## À PROPOS DE L'AUTRICE

Mère de deux garçons très dynamiques, **Caro M. Leene** se consacre à sa passion pour l'écriture durant son temps libre. Fourmillant d'idées en permanence, elle aime tout particulièrement créer et faire évoluer ses personnages en imaginant que, quelque part dans le monde, ils existent vraiment.

Bien cordialement,
votre employée
(complètement folle de vous)

CARO M. LEENE

# Bien cordialement, votre employée (complètement folle de vous)

Harper Collins
POCHE

**HARPERCOLLINS FRANCE**

83-85, boulevard Vincent-Auriol, 75646 PARIS CEDEX 13
Tél. : 01 42 16 63 63

www.harpercollins.fr

ISBN 979-1-0339-0897-5

*À Gaëlle et à nos heures passées à s'inventer des histoires. Ma fibre d'auteur a dû naître lors des nombreuses soirées pyjama de notre adolescence !*

*S'il est rare de donner sa confiance sans aucune restriction, même à ses meilleurs amis, il l'est encore plus de n'avoir pas à s'en repentir.*

Constance de Théis
*Les Pensées diverses* (1835)

# Prologue

*Aubrey*

*— Jace, c'est encore une gamine, elle n'a que quatorze ans, quinze à tout casser. Elle est seulement en première année. Je t'assure, tu ne l'as pas vue ! Son idée de thème pour le bal de fin d'année est bonne, c'est vrai, mais le jour où elle est venue la présenter, elle était complètement flippée. On ne peut pas la choisir comme ambassadrice de cette soirée, elle n'a pas l'âge requis, encore moins l'étoffe. À mon avis, elle ne porte même pas de soutien-gorge !*

*Les paroles de Serena, la fille la plus populaire du lycée (ou la plus peau de vache, au choix) me percutent violemment. Pas de soutien-gorge ? Elle est sérieuse ? Je baisse les yeux et tire sur mon encolure. Mes seins sont là, bien en place, prisonniers d'une brassière de sport et camouflés sous un large T-shirt. Tout le monde n'a pas une tendance à l'exhibitionnisme. Et puis quel est le rapport avec mon idée de projet ? Dans mon souvenir, une fois les premières secondes gênantes passées, ma présentation s'est plutôt bien déroulée. J'ai été claire et concise comme M. Lindle, mon professeur de littérature, me l'a assuré. Alors qu'est-ce que cette Serena raconte ?*

*Je m'apprête à intervenir lorsque j'entends leurs rires étouffés. Je me fige, blessée par leurs moqueries stupides. Partagée entre la colère et l'humiliation, je ferme les yeux. Me planter devant eux fièrement sans me soucier de mon 85B serait une bonne leçon, mais mon petit doigt me dit que leur décision, enfin la décision de cette salope de Serena, est déjà prise. Je ravale ma déception et fais demi-tour en courant, convaincue que mon âge et ma poitrine ne sont que des prétextes. Je fonce dans les toilettes, claque la porte et m'appuie contre le mur, furieuse après moi. Je n'aurais pas dû m'enfuir, j'aurais dû les affronter et leur expliquer pourquoi mon idée est la meilleure. Sauf que je n'ai que quatorze ans et que me mettre à dos le groupe le plus populaire du bahut n'est pas un programme très réjouissant.*

Je me redresse en sursaut et allume la lampe de chevet. J'attrape mon téléphone : 5 h 24. Mon cœur bat à tout rompre comme si je venais vraiment de traverser ce couloir en sprintant. J'inspire profondément et me rallonge, en fixant le plafond, perdue dans mes souvenirs. Quelle pétasse, cette Serena, quand j'y repense ! Ma mère m'a pourtant toujours dit de ne pas écouter aux portes, j'aurais peut-être dû lui obéir. Dix ans plus tard, les paroles méchantes de Serena résonnent encore dans ma tête. Je ne sais pas pourquoi, mais je n'ai jamais raconté ce triste épisode à personne, pas même à Amber, ma meilleure amie de l'époque. Seulement, depuis que j'ai envoyé ma candidature spontanée à Good-up, l'entreprise ultra-réputée de Jace Adam et Serena Parker, le passé a décidé de se rappeler à mon bon souvenir. Chercher à être embauchée dans le service communication de leur société n'est pas l'idée du siècle. Mais voilà, j'ai eu envie de suivre mon instinct et j'ai coutume de dire que rien n'arrive jamais par hasard. Reste à savoir si j'ai raison !

# 1

*Delsin, Illinois*
*Dix ans plus tôt, mars 2007*

— Très bien, le cours est terminé. Pour demain, vous répondrez aux questions 5 et 7 de la page 223. Et ce n'est pas une option, faites-le vraiment. Mademoiselle Simpson ! J'aimerais vous parler cinq minutes.

— Mais, je…

— C'est non négociable, me coupe monsieur Lindle, mon professeur de littérature et accessoirement prof principal.

Je range mon manuel et ma trousse sous le regard ennuyé d'Amber. Je grimace, dépitée. J'ai une heure de temps libre avant le prochain cours et M. Lindle le sait parfaitement. Peut-être que si je prétexte une envie pressante ou une urgence de fille, il me laissera filer ?

Envieuse, je regarde les autres élèves déguerpir dans un brouhaha dont seuls les adolescents sont capables. *Sauter par la fenêtre ne doit pas être si risqué. On est à quel étage déjà ?*

— Avez-vous réfléchi à ma proposition ? me demande mon prof.

Je jette un coup d'œil discret vers la fenêtre, mais il se racle la gorge, réclamant toute mon attention.

À contrecœur, j'abandonne mon plan d'évasion et

me tourne vers lui. Il est appuyé contre son bureau et m'observe, les bras croisés.

— Aubrey, nous sommes au deuxième étage ! N'imaginez pas que vous allez pouvoir vous enfuir !

Démasquée !

— Savez-vous que certains chats ont survécu à une chute de trente-deux étages ?

Il hausse un sourcil et peine à retenir son sourire.

— A-t-on une photo de ces pauvres bêtes après l'atterrissage ? Car je ne suis pas certain que survivre à une chute de trente-deux étages soit une bonne chose et, entre nous, je vous déconseille fortement de sauter par la fenêtre. Je vous rappelle que je suis votre professeur principal, je connais vos notes dans les autres matières et le sport n'est pas un domaine dans lequel vous excellez.

— Depuis quand la gymnastique est-elle considérée comme un sport ? On n'a pas idée de demander à une élève de faire un salto sur une poutre. Ce truc fait quoi, dix centimètres de largeur tout au plus ?

— Si nous passions plutôt au sujet qui nous intéresse ?

— Je ne vois pas de quoi vous parlez.

— Laissez-moi vous rafraîchir la mémoire. Avez-vous oui ou non postulé pour faire partie du comité d'organisation du bal de fin d'année ?

Je fais semblant de retrouver la mémoire.

— Ah, ça ?

— Oui, ça, Aubrey !

— Enfin, monsieur Lindle, ce n'est pas moi qui vais vous apprendre comment fonctionne le lycée.

— C'est-à-dire ? Je vous en prie, éclairez ma lanterne.

— C'est très simple. L'école est un reflet de notre société actuelle, un microcosme en quelque sorte. Il y a les populaires, les nuls et ce que j'appellerais vulgairement la populace, catégorie dans laquelle je m'inclus bien évidemment.

— Et ?

— Et on ne se mélange pas. Le comité dont vous me parlez est réservé aux plus populaires. C'est un groupe fermé, ils ne restent qu'entre eux, ne parlent à personne, ils ont leur propre banc devant le lycée et quand je dis *leur*, j'insiste sur la notion de propriété. Personne, mis à part eux, n'est autorisé à s'asseoir dessus... Il en va de même pour la cantine et les toilettes. Même les toilettes !

— Aubrey, je crois qu'on s'éloigne du sujet...

Il n'a pas besoin de hausser le ton pour me faire comprendre qu'il perd patience et que mon argumentation ne le convainc pas. Je suis loin d'être une rebelle, j'ai toujours été docile face à l'autorité et il ne m'est jamais venu à l'idée de contredire un de mes professeurs. En plus, j'adore M. Lindle et je ne veux pas le décevoir, seulement là, ce qu'il me demande, à savoir se mêler au groupe le plus populaire du lycée, me paraît impossible.

— Aubrey, votre idée est vraiment bonne, elle mérite d'être entendue par le comité des fêtes et, en toute honnêteté, si on pouvait éviter un énième thème banal, ce serait merveilleux !

— De toute façon, le dépôt des candidatures a pris fin hier et...

— Et c'est pour cette raison que je me suis permis de parler de votre idée à Jace Adam.

— Quoi ? Mais pourquoi vous avez fait ça ?

— Parce que votre projet est original et que vous avez toutes vos chances. Vous êtes une jeune fille intelligente et très mature, comme le prouve votre petit discours sur le lycée. J'ajouterai que participer à l'organisation de cette soirée serait un atout non négligeable pour votre dossier scolaire. Je sais que vous espérez obtenir une bourse et c'est exactement le genre de projet qui pourrait jouer en votre faveur.

— Mais je n'ai que quatorze ans, je viens juste d'entrer au lycée, il me reste trois ans pour…

— Aubrey, quel est le véritable problème ? Je vous connais et la peur ou le manque de confiance en soi ne font pas partie de votre personnalité.

Je grogne. Monsieur Lindle ne va pas me lâcher. Il me regarde, attendant patiemment une explication, sauf que je n'ai pas l'intention de lui avouer que me présenter devant Jace Adam et Serena Parker me terrifie. Ici, ils sont une légende, une sorte de duo intouchable, inaccessible. Je crois même qu'ils sortent ensemble, enfin c'est ce que disent les rumeurs. C'est sûrement ridicule, mais m'imaginer leur parler me donne des sueurs froides. Ils vont se moquer de moi et je suis presque certaine de ne pas réussir à aligner trois mots sans bafouiller. Et si par malheur il m'arrivait de postillonner, cette anecdote honteuse me poursuivrait toute la vie. Delsin est une petite ville.

Seulement, M. Lindle, inconscient de mon trouble, continue de parler tout en retournant derrière son bureau.

— Vous avez rendez-vous à 16 heures. Ne soyez pas en retard.

Je soupire, vaincue. Le traître sait très bien que je n'ai plus le choix.

— Faites-moi confiance Aubrey ! Présentez votre projet et…

— Mais je n'ai préparé aucun support !

— Est-ce que c'est vraiment un problème ? Il me semble qu'avec moi, vous avez improvisé, je me trompe ?

— Mais avec vous, ce n'était pas pareil ! Vous n'étiez pas là pour me juger… Si j'avais su, je ne vous aurais jamais parlé de mon idée…

— Et ça aurait été bien dommage. Gatsby comme thème de soirée est vraiment une excellente idée ! Je compte sur vous, on en reparle demain.

Peu avant l'heure fatidique, j'erre dans ce satané couloir et m'assure que mon ébauche de carton d'invitation est attractive. Je relis une dernière fois les notes rédigées à la va-vite pendant l'heure du déjeuner. Amber adore mon idée, mais Amber est aussi ma meilleure amie alors je ne suis pas sûre que son jugement soit très objectif ! Malgré l'enthousiasme de M. Lindle, je reste persuadée que mon projet n'a rien de très original, il est essentiellement question de code couleur noir et or, de plumes et de colliers de perles blanches. J'imagine un décor à la fois chic, rétro et glamour avec le mot « *cheers* » inscrit un peu partout. Je n'ai rien inventé, cette soirée sera à l'image des fêtes typiques de l'époque de Gatsby : extravagantes et somptueuses. Le parallèle entre la fin du lycée et les années folles m'amuse. Ce sont toutes deux des périodes d'intense soulagement qui sont synonymes de libération. Mon prof a d'ailleurs adoré cet argument, mais j'émets un sérieux doute sur le fait qu'il puisse convaincre une bande de lycéens prétentieux. Au pire, je mettrai l'accent sur l'idée d'excès et d'exubérance et si ça ne suffit pas, je sortirai mon arme secrète : le noir. Le noir est la couleur élégante par excellence, elle plaît beaucoup aux filles de dernière année. Elle leur donne l'impression d'être plus âgées et à dix-sept ans c'est tout ce qui compte.

La sonnerie retentit. 16 heures.

J'inspire et pousse la porte. Comme prévu, les premières secondes sont gênantes et un silence glacial suit mon entrée. Le cœur battant, j'avance d'un pas assuré vers le groupe de cinq personnes qui me fixe.

*Ne pas vomir, ne pas postillonner. Ne pas vomir, ne pas postillonner.*

Par chance, Jace n'est pas là, ce qui est une source de stress en moins. Je me plante devant eux et m'adresse directement à Serena car il est de notoriété publique que si Jace est absent, c'est elle qu'il faut convaincre.

Aucun indice sur leur choix ne fuite jusqu'au jeudi midi où les résultats sont enfin annoncés. Je ne regrette pas que M. Lindle m'ait poussée à participer car, contre toute attente, mon idée a véritablement semblé les intéresser et j'ai pu développer le parallèle entre les deux époques. Serena s'est montrée plutôt sympa même si elle m'a ignoré les jours suivants.

Une foule d'élèves est massée devant le panneau d'affichage et nous empêche de voir le thème retenu. Même si cette soirée ne concerne que les dernière année, c'est un véritable événement au sein de l'établissement. Amber et moi jouons des coudes et nous contorsionnons pour enfin arriver devant le tableau.

*« Sur un air de Charleston, plongez au sein des années folles ! »*

Ce n'est pas vrai !

Oh mon Dieu !

Mon idée !

Mon idée a été retenue !

Je me tourne vers Amber avec un large sourire. Elle sautille sur place en frappant dans ses mains et en poussant des petits cris aigus.

— J'y crois pas, Aubrey ! Tu as gagné, tu as gagné ! Tu es l'ambassadrice de cette putain de soirée !

Elle se fend même d'une danse de la victoire qui me fait éclater de rire.

— Euh, au fait, ça consiste en quoi, être l'ambassadrice de la soirée ?

Elle hausse les épaules et continue à danser, attirant quelques regards curieux.

— Tout ce que je sais, c'est que c'est presque aussi bien que d'être la reine de la promo. J'ai entendu des filles de dernière année le dire aux chiottes, hier. Allez fonce, va les voir !

Je m'exécute et cours vers la salle 324b en me disant qu'il faut absolument que je réussisse à faire inviter ma meilleure amie. Jamais je ne pourrai aller à cette soirée sans elle !

En approchant de la salle, je ralentis et tente de me calmer pour éviter d'avoir l'air d'une hystérique. Je m'arrête et inspire à fond, mais au même moment, j'entends mon prénom. Curieuse, je m'avance sans bruit vers la porte entrouverte. Grave erreur.

— Jace, c'est encore une gamine, elle n'a que quatorze ans, quinze à tout casser. *Elle est seulement en première année*. Je t'assure, tu ne l'as pas vue ! Son idée de thème pour le bal de fin d'année est bonne, c'est vrai, mais le jour où elle est venue la présenter, elle était complètement flippée. On ne peut pas la choisir comme ambassadrice de cette soirée, elle n'a pas l'âge requis, encore moins l'étoffe. À mon avis, elle ne porte même pas de soutien-gorge !

Sans un mot, abasourdie, je fais demi-tour en maudissant mon prof de m'avoir forcé la main.

Le lendemain, après une courte nuit, j'apporte à M. Lindle mon projet écrit dans les moindres détails.

— Les félicitations sont de rigueur, mais je ne comprends pas, Aubrey. J'ai croisé Jace Adam qui m'a dit que vous ne vous étiez pas manifestée. Pour quelles raisons ?

Me manifester ? Pour les entendre se foutre de moi ? Et puis quoi, encore !

— Vous vouliez que je présente mon projet, c'est fait ! dis-je, la voix pleine de colère. Pour le reste, je n'ai pas besoin d'intégrer le comité. Tout est là, ils n'auront qu'à suivre cette feuille de route à la lettre.

M. Lindle me dévisage, peu habitué à mon ton glacial. Consciente qu'il est déconcerté par ma réaction, je me radoucis.

— Par contre, comme vous me l'aviez suggéré,

j'aimerais que ce projet soit inscrit dans mon dossier. Vous savez, pour ma demande de bourse…

Je vois qu'il hésite, il a envie d'insister et cherche à comprendre mon attitude.

— S'il vous plaît…

— Bien sûr, mais que s'est-il passé ? Est-ce qu'ils ont essayé de vous intimider ?

— Non, pas du tout ! Vraiment, ce n'est rien d'important, mais je préfère m'en tenir à cette solution.

Son examen semble durer une éternité.

— Très bien. Je vous laisse tranquille pour aujourd'hui, mais nous en reparlerons.

Presque un mois plus tard, alors que je pense cette histoire derrière moi, M. Lindle me fait un coup tordu. Même si je n'en ai aucune preuve : c'est sa parole contre la mienne.

La veille, il n'a pas caché sa désapprobation quand le comité a annoncé que Serena serait l'ambassadrice de la soirée. Il a bien essayé de me soutirer à nouveau des informations pour comprendre ce qu'il s'était passé, mais je n'ai rien laissé filtrer. Pourtant, j'étais furieuse. Comment cette peste osait-elle s'approprier mon idée sans la moindre honte ?

Lorsque j'ai quitté sa salle de classe, il a crié qu'il n'avait pas dit son dernier mot. Maintenant que je le vois au bout du couloir avec Jace, je comprends qu'il n'a pas menti. Détail non négligeable, ils discutent devant mon casier. Un hasard ? Sûrement pas ! Il doit y avoir pas moins de sept cents casiers, trois étages, deux ailes et un parking géant, mais non, il a fallu qu'ils choisissent cet endroit. Troublant ! Tête baissée, je m'approche prudemment en tentant de passer inaperçue, ce qui est voué à l'échec car Jace est tourné dans ma direction.

Ai-je déjà mentionné que Jace est le plus beau mec de

notre lycée ? Je n'ai pas beaucoup d'expérience en matière de garçons, voire aucune si on enlève le slow que j'ai dansé avec Liam Andrews aux cinquante ans de mariage de mes grands-parents, mais je suis certaine que Jace est un mec à part. Premièrement, il a des yeux bleus à vous couper le souffle et des cheveux châtain clair toujours en bataille, comme s'il venait de passer la main dedans ou de tomber du lit. Deuxièmement, il est grand, bien plus que moi. Une fois, je l'ai d'ailleurs surpris en train d'enlacer Serena et je me suis tout de suite imaginé la sensation qu'elle devait ressentir. Ça avait l'air tellement agréable ! J'en ai rêvé pendant des nuits. Dernière chose et pas des moindres, j'adore son rire. Il donne l'impression de ne jamais se prendre la tête ou d'être de mauvaise humeur, ce qui contraste pas mal avec l'attitude odieuse de sa copine, la reine des pimbêches.

— Mademoiselle Simpson ! Quelle surprise ! lance M. Lindle avec un enthousiasme exagéré.

Je redresse la tête et lève les yeux au ciel. Je lui fais un signe poli et me dépêche de déposer mes livres de la matinée dans mon casier.

— Jace et moi étions justement en train de parler de la soirée et je lui faisais part de mon étonnement. Je n'avais pas le souvenir que Serena Parker était à l'origine de cette fabuleuse idée.

Je referme mon casier d'un coup sec. Le traître !

— Euh…

— Jace m'expliquait que la gagnante du concours ne s'est jamais manifestée, physiquement j'entends, et que par conséquent Serena s'est proposée pour la remplacer. Étrange, non ?

*Tu parles !*

Je jette un coup d'œil discret à Jace qui assiste, curieux, à notre échange.

— C'est toi ? dit-il soudain en me dévisageant. Gatsby, c'est ton idée ?

*Bien joué, Sherlock !*

Je le fixe quelques secondes, réfléchissant à la meilleure option pour me sortir de là, sauf que toute tentative semble vaine : Lindle m'a piégée. Alors je décide de la jouer détachée.

— Ouais.

— Effectivement, c'est elle, le génie de cette soirée ! Maintenant que les présentations sont faites, je vous laisse. Aubrey, ce fut un plaisir.

Je grogne.

Il nous salue et repart tranquillement vers sa classe. Pas franchement emballée à l'idée d'un tête-à-tête avec Jace, je me dépêche de suivre mon professeur mais il m'attrape le poignet.

— Eh, attends une minute !

— Je suis pressée ! On m'attend, dis-je en me dégageant d'un geste sec.

Il lève les mains en signe d'apaisement.

— Eh, du calme ! Je veux juste parler. Pourquoi tu n'es pas venue nous voir ? On n'allait pas te manger ! C'est dommage.

*Voyez-vous ça !* Il me regarde tout sourire alors que les paroles de Serena et leurs rires tournent en boucle dans ma tête.

— Dis-moi, je me demandais, fais-je sur un ton mielleux, simple curiosité, Serena fait quoi, un bon 90B, non ?

Mon visage est en feu. Merde ! Je n'avais pas l'intention de dire ça, mais Jace m'a poussée à bout. Ma tirade a le mérite de jeter un froid. Il me dévisage, mais cette fois, je ne lui laisse pas le temps de répondre et cours vers l'escalier, rouge de honte.

Après cet incident, je prends soin d'éviter la petite bande jusqu'à la fin de l'année. Jace ne rétablit pas la vérité et je ne suis pas invitée au bal. De toute façon, je préfère cent fois passer la soirée à regarder des films débiles et me goinfrer de pop-corn avec Amber. Après tout, c'est normal à quatorze ans, non ?

# 2

*New York*
*Aujourd'hui, juillet 2017*

En soi, ce n'est qu'un entretien d'embauche comme j'en ai déjà passé des dizaines ces six derniers mois. Une formalité ! *Bien vu, Aubrey, rationaliser la situation ! Bien tenté…* Seulement, mon niveau de stress atteint des records, il est donc inutile de se voiler la face en jouant la fille détachée.

Je manque de bousculer une dame, mais arrive par je ne sais quel miracle à effectuer une petite pirouette et à l'esquiver, tout en sauvant mon café de la catastrophe. Je m'excuse en criant et reprends ma course folle en direction du métro. Je ne suis pas encore en retard. « Pas encore » étant la partie essentielle de cette phrase car le métro new-yorkais est loin d'être fiable. Pourtant j'avais tout prévu, sauf, c'est vrai, que mon réveil ne se déclenche pas. Hallucinant comme parfois le destin peut se jouer de vous ! J'espère simplement qu'il ne s'agit pas d'une mise en garde divine, cherchant à me faire comprendre que ma candidature pour rejoindre Good-up, la start-up nº 1 des États-Unis et accessoirement l'empire de Jace Adam, mon béguin du lycée, est la pire idée du siècle. Je chasse cette pensée, me concentrant sur cet entretien que j'ai passé des jours à préparer. Entretien que j'ai d'ailleurs failli refuser lorsque j'ai appris que

Serena y assisterait. Je n'avais pas imaginé la croiser aussi rapidement. Ma réaction n'a pas échappé à Jess, ma coloc et meilleure amie.

— Tu la connais ? Je peux t'aider à préparer ton entretien si tu veux.

Je suis restée évasive.

— On était dans le même lycée, à l'époque c'était une vraie pétasse. Tu sais, le genre à te dire en attrapant tes mains : « oh ! j'adore la forme de tes ongles. Dommage qu'ils soient aussi dégueulasses, tu n'as jamais pensé à faire une manucure ? »

Jess, la gentillesse personnifiée, a poussé un cri horrifié.

— Elle t'a dit un truc pareil ?

— Non, pas à moi, à Amber, une amie. Ça te donne une idée de la mentalité… Malheureusement, je ne crois pas que les gens puissent vraiment changer. Du moins, pas les gens dans son style. Les cons ne se sont pas réveillés cons un matin, ils le sont depuis l'enfance.

Je ne suis pas entrée dans les détails et Jess s'est contentée de mon explication. Je ne sais pas pourquoi, mais lui raconter cette histoire de bal de fin d'année m'a semblé stupide et puéril.

Pour me préparer à cet entretien, Jess a joué le rôle de Serena. Grâce à mes explications, elle est parfaitement entrée dans la peau de son personnage, si bien que tous mes souvenirs du lycée sont revenus hanter mes nuits ! J'ai enchaîné cauchemar sur cauchemar, revivant inlassablement l'humiliation dont j'avais été victime, même si, à la lumière de mes vingt-quatre ans, cette histoire paraît ridicule.

Nous sommes en été, il fait un soleil de plomb. Je dévale l'escalier de la bouche de métro en priant tous les dieux qu'il n'y ait aucun problème de trafic. Immédiatement, je suis saisie par une chaleur étouffante et grimace en montant dans le wagon pour effectuer les quarante-cinq minutes de trajet et rejoindre ainsi le cœur de Manhattan. Un type à côté de moi lève le bras pour attraper la barre et instantanément une odeur âcre et acide de transpiration m'agresse. *Bon sang !*

Il descend à la station suivante et est remplacé par une maman avec un garçonnet sur les épaules. Le nez collé à la couche, je peux assurer à cette dame sans l'ombre d'une hésitation que le gamin a besoin d'être changé. *Genre tout de suite !* La joie des transports…

Si j'obtiens ce poste, déménager va vite devenir une nécessité. J'habite à Bushwick, n'imaginez donc pas le Brooklyn bobo dont parlent tous les guides touristiques, mais plutôt un quartier avec des immeubles délabrés et des terrains vagues clôturés de grillages rouillés. Rien de très attractif comparé aux berges attrayantes de l'Hudson.

Je descends à Fulton et retrouve mes anciennes habitudes. J'ai travaillé ici pendant un an et demi avant que ma boîte, une petite start-up située dans le quartier, fasse faillite. Du jour au lendemain, après des mois d'aventure enrichissante, mes sept collègues et moi nous sommes retrouvés sur le carreau. Avec un loyer à payer, j'ai dû parer au plus pressé et ai accepté un job temporaire de serveuse dans un bar, le soir. C'est loin d'être le rêve, mais ça a le mérite de payer les factures et d'aider Jess pour les soins médicaux de son fils, Arthur. Seulement, je commence à avoir besoin d'autre chose, même si pour le moment il n'est pas question de démissionner du Brooke's bar : les pourboires y sont bien trop généreux ! Je vais faire moins d'heures afin de cumuler deux jobs et m'astreindre à ne pas refaire le monde avec Harper, ma collègue, après 1 heure du matin. Elle est hyper bavarde !

Par miracle, j'arrive à l'heure dans Liberty Street et me présente à l'accueil de Good-up, à peine échevelée.

— M. Braxton et M^lle^ Parker vont vous recevoir dans

quelques minutes. Vous pouvez patienter dans le hall. Désirez-vous un café en attendant ?

J'avais fini par me convaincre qu'en occupant un tel poste, Serena devait avoir d'autres chats à fouetter qu'assister à mon entretien. Même s'il y a peu de chances qu'elle me reconnaisse, me retrouver face à elle ne m'enchante pas.

Je refuse poliment le café, bien trop angoissée, et me dirige vers un fauteuil.

Professionnelle et classe.

Avec son tailleur gris foncé, son caraco rose poudré et ses cheveux blonds ramassés en un chignon strict, Serena incarne l'élégance de la parfaite femme d'affaires. Je m'attarde sur ses traits fins et son maquillage léger, en me disant qu'elle est encore plus jolie qu'il y a dix ans. Est-ce ce côté sophistiqué qui plaît à Jace ? Rien d'étonnant à ce que les médias leur prêtent une relation même si aucun des deux n'a jamais confirmé cette rumeur. Depuis la fin du lycée, elle a toujours fait partie de son entourage proche et, alors que leur prétendu couple fait débat (j'ai encore lu un sondage sur le sujet la semaine dernière dans *People USA*), les médias s'accordent au moins sur une chose : Jace voue une confiance absolue à sa partenaire et ne jure que par elle. Pour ma part, je mise sur une relation platonique. Ce ne sont pas mes affaires, mais je serais curieuse de connaître la vérité. En général, il y en a toujours un qui est plus investi que l'autre et je soupçonne que c'est elle.

Le téléphone de Serena sonne, elle s'excuse puis décroche.

— Oui, Jace. Non, pas pour le moment, je suis en entretien. Très bien, il faudrait peut-être contacter…

En entendant le prénom de Jace, mon esprit s'affole. Mes souvenirs d'adolescente ne rendent absolument pas justice à son physique.

À l'époque, il était déjà canon, mais aujourd'hui je dirais qu'il est le genre de type devant lequel on bave (adieu, estime de soi !). Jace a toujours été très grand, je sais même de source sûre – merci la presse à scandale – qu'il mesure désormais un mètre quatre-vingt-quatre et a un corps de rêve avec des abdos bien dessinés, juste ce qu'il faut. La nuance a son importance ! Ses cheveux aussi sont une pure merveille, ils lui donnent ce côté à la fois sexy et négligé. Déjà au lycée, sa coupe coiffée-décoiffée me plaisait, mais avec l'expérience, j'emploierais plutôt la célèbre expression de « coupe d'après baise ». Enfin, un regard digne d'un océan un soir de tempête et des fossettes irrésistibles finissent de parfaire cet homme. Cliché ? Peut-être… Mais Jace est un véritable adonis ! Et jusqu'à présent, je n'ai rencontré aucune femme qui ne soit pas de cet avis.

Avant de devenir une personnalité publique, il a été une star locale et croyez-moi, à Delsin, Illinois, ce n'est pas fréquent. Quand j'ai appris sa participation à une campagne de pub pour Levi's, c'est tout naturellement que je me suis abonnée à ses comptes sur les réseaux sociaux. Imaginez l'événement dans cette petite ville de douze mille habitants lorsque nous avons découvert son visage, et surtout son corps, placardé sur des gigantesques panneaux publicitaires. J'avais quinze ans et mes hormones bouillonnaient. Je me souviens d'avoir découpé sa photo dans un magazine et l'avoir précautionneusement rangée dans le tiroir de ma table de nuit.

Après ça, son évolution a été fulgurante et on s'est mis à parler de lui comme du nouvel enfant chéri de l'Amérique. Une carrière éclair de mannequin, des apparitions dans une série avant l'apothéose : le rôle principal dans une superproduction hollywoodienne. Puis, sans qu'on sache vraiment pourquoi, il a annoncé qu'il mettait fin à sa carrière d'acteur. Alors qu'il aurait pu vivre confortablement avec ses millions, il a ensuite développé une application pour smartphone dont je n'ai pas retenu le nom et qui a rencontré un vif succès dans les hautes sphères financières. C'est un touche-à-tout, son domaine d'expertise est vaste, mais depuis peu, il se concentre essentiellement sur son restaurant, sa nouvelle lubie. Il est le propriétaire du prestigieux Secret, un lieu original et branché en plein cœur du quartier de Tribeca, où tout New York se bouscule pour avoir le droit ne serait-ce que de boire un verre au bar.

Il y a un mois, alors que je traînais chez moi en pyjama, j'ai lu une interview dans *Forbes* où il expliquait être à la recherche d'un nouveau concept. Concept qu'il souhaiterait implanter ensuite dans de grandes capitales européennes. Ambitieux ? Légèrement ! Mais avec *le* bon projet, il pourrait faire un malheur et justement, c'est là que j'interviens : j'ai une idée grandiose ! J'ai beaucoup hésité avant de postuler à cause de ce stupide épisode de bal de fin d'année, mais son entreprise est réputée et passer à côté de cette occasion serait stupide.

Après le lycée, j'ai fait des études de communication. Rechercher et innover est une facette du métier qui me plaît énormément. J'adore réfléchir, penser, concevoir un projet puis le défendre et le voir prendre vie. Une fois mon diplôme en poche, j'ai envisagé de travailler à mon compte, mais je n'ai pas les épaules pour. Il y a trop de démarches administratives, de contraintes juridiques et financières, j'ai donc préféré mettre mes idées et mon enthousiasme au service des autres. Je ne suis pas faite pour diriger, mais suivre bêtement des directives ne me convient pas non plus. Trouver le juste milieu s'avère parfois compliqué.

— Pourquoi nous avoir envoyé votre candidature spontanée, mademoiselle Simpson ? m'interroge M. Braxton, le directeur des ressources humaines, après les présentations d'usage.

Le regard perçant de Serena m'analyse, je crois que

je l'intrigue. Je réfléchis à ma réponse avant de parler, pour ne pas donner l'impression d'être brouillonne. Je dois organiser mes arguments et synthétiser. J'en suis capable, je me suis suffisamment préparée avec Jess. Je commence par détailler mon parcours car même s'ils ont mon CV sous les yeux, il est important de valoriser mon expérience.

Volontairement, je tais notre passé commun à Delsin. Le mentionner risquerait de me faire passer pour une opportuniste. Dix ans se sont écoulés depuis cette stupide histoire de fête de fin d'année, mais Serena a la réputation d'être une mère louve et elle m'octroierait sûrement de mauvaises intentions. Mon honnêteté mettrait sans doute fin à cet entretien sans me laisser la moindre chance. Et après toutes ces nuits blanches passées à édifier les fondations solides d'un concept avant-gardiste, cette option est inenvisageable. Je me fais donc violence, me promettant de révéler cette information au bon moment. Évidemment, il suffirait à Serena de lancer une recherche Internet dès la fin de notre entretien pour découvrir que nous avons fréquenté le lycée de Delsin à la même période, mais je mise sur ma force de persuasion. Tout l'enjeu de cette rencontre est de donner envie à Good-up de créer un poste.

Je parle pendant dix minutes avec enthousiasme des projets dont j'ai eu la charge dans mes précédentes expériences et conclus en fixant Serena. Rien n'a changé, elle est toujours *la* personne à convaincre.

— Votre entreprise est toujours à la pointe de l'innovation et possède un fort potentiel d'évolution dans le domaine de l'événementiel. J'ai envie de m'investir dans une équipe dynamique et j'ai vu récemment que Good-up était à la recherche d'un nouveau concept pour son restaurant. J'aimerais faire partie de ce genre d'aventure.

Serena inscrit quelques notes sur son cahier et semble

se crisper très légèrement lorsque j'aborde le sujet du restaurant, mais c'est si fugace que je pense avoir rêvé.

— En fait, mademoiselle Simpson, dit-elle en posant son stylo-plume Montblanc, je comprends votre intérêt pour notre société, mais nous n'avons actuellement pas de poste à pourvoir dans ce domaine.

— Oui, j'en suis consciente. J'espérais vous convaincre de créer un poste. Participer à un projet de cette envergure est enrichissant et très motivant. Mon expérience professionnelle alliée à une équipe de communication dynamique et aussi novatrice que la vôtre permettrait à Good-up de se démarquer définitivement de ses concurrents.

Nous nous fixons longuement, c'est maintenant que tout se joue. Elle finit par acquiescer d'un léger signe de tête avant de mettre fin à l'entretien.

— Vous êtes bien sûre de vous. Nous vous recontacterons d'ici quelques jours.

C'est ce qu'ils font à peine une semaine plus tard. Seulement la proposition diffère légèrement de l'objectif initial et M. Braxton me propose un poste de responsable des salles de pause. Au programme : approvisionner les panières de viennoiseries et s'assurer que le café est chaud et en quantité suffisante. Rien de très excitant ! Malgré ma déception, je décide d'accepter et intègre Good-up dès la semaine suivante.

# 3

*Jace*

*New York,*
*Huit mois plus tard, 16 mars 2018*

Je fonce sous la douche. Il est déjà 21 h 30 et je suis attendu dans un restaurant de la ville par une trentaine de personnes. Je ne prends pas la peine de fermer la porte, Serena va débarquer d'ici peu et je suis presque sûr qu'elle va me rejoindre. En revanche, je n'arrive pas à savoir si l'idée m'excite. Prendre du plaisir est toujours agréable, surtout le jour de son anniversaire, mais notre relation commence à me lasser. Et y mettre un terme, c'est prendre le risque de déclencher une affaire d'État.

Serena et moi nous connaissons depuis toujours. Notre relation a démarré au lycée par une amitié ambiguë et n'a jamais vraiment évolué. C'est bien le fond du problème, nous sommes restés au même stade qu'à quinze ans. Ce n'est pas foncièrement désagréable, mais j'ai de plus en plus l'impression de me servir d'elle, d'autant plus que depuis quelques semaines, j'ai un étrange pressentiment. Mon amie s'est montrée excessive à plusieurs reprises, notamment lorsque je suis sorti avec Debbie Roger, une starlette de la télé-réalité, sans lui en parler. La raison de sa colère est restée un mystère. Elle sait très bien que nous ne sommes pas un couple exclusif, je vois d'autres femmes et je ne m'en suis jamais caché. Ryan, mon meilleur pote, pense que Serena est amoureuse de moi et qu'elle attend patiemment que j'aie une subite envie de me poser, sauf que ce n'est pas près d'arriver. Quand je lui ai demandé si faire durer la situation faisait de moi un connard, il a grimacé, sachant que Ryan n'est pas un type très attaché à la morale… Ça veut tout dire !

Perdre Serena n'est pas une option envisageable ; elle est une directrice adjointe hors pair et mon entreprise a toujours été une priorité, donc je préfère taire mes doutes. Elle s'occupe de la communication et de tout ce qui m'ennuie, notamment les aspects administratifs et financiers de mon nouveau projet, comme obtenir les licences du restaurant ou négocier les contrats avec les fournisseurs. Depuis peu, elle se renseigne aussi sur la législation en cours dans les pays européens. J'ai décidé d'ouvrir une enseigne de restaurants en Europe. Reste à trouver le concept qui nous permettra de nous démarquer.

— Elle finira par passer à autre chose, tu verras, ai-je dit à Ryan, optimiste.

Ma remarque l'a fait ricaner.

— Tu rêves, mon pote, si tu crois qu'elle va te lâcher ! Tu es *le* célibataire le plus en vue de New York. En plus, tout le monde pense déjà que tu couches avec elle. Les rumeurs : c'est son ticket gagnant pour éloigner les concurrentes.

— Ce n'est pas une compétition ! ai-je grogné.

Il a vidé sa bière d'une traite en me fixant.

— Tu devrais peut-être jouer franc-jeu avec elle ! Ça te permettrait de baiser quelqu'un d'autre.

— Je baise quand je veux !

— Ah ouais ? Et c'était quand, la dernière fois que tu t'es envoyé en l'air, Serena mise à part ? Et ne me ressors pas ton histoire de Debbie Roger… On sait tous les deux que tu n'as pas couché avec elle.

— …

— Voilà, c'est bien ce que je disais. *Elle* est la dernière personne qui a vu ta queue ! Et tu sais pourquoi ? Parce qu'elle s'assure que tes besoins soient comblés, comme ça tu ne vas pas voir ailleurs. CQFD !

Sa réponse s'est soldée par un silence. Notre discussion s'est arrêtée là et nous sommes sortis en boîte toute la nuit. Depuis je n'arrête pas de ressasser les paroles de mon pote.

Un déclic se fait entendre et je tourne la tête. Comme je m'y attendais, Serena pénètre dans la salle de bains. Tellement prévisible. Elle me sourit et d'un geste fluide ôte sa petite robe noire. Je déglutis, elle n'a pas de sous-vêtements. Je sais que ce n'est pas correct de profiter d'elle, mais mon corps réagit déjà et je décide de remettre cette conversation à plus tard. Après tout, c'est mon anniversaire et je suis le roi de la fête.

Ça ne fait plus aucun doute, nous allons vraiment être en retard.

Nous passons une soirée sympa à l'Upstairs, au Kimberly Hotel, où Serena a eu l'idée de privatiser une partie du rooftop. Le lieu offre une vue imprenable sur la tour Chrysler et ce panorama a conquis mes invités.

Nous sommes installés à une table dressée sous une large tonnelle éclairée de guirlandes lumineuses. La musique branchée et la douceur du mois de mars viennent parfaire la soirée. Je regarde mes amis plaisanter et rire. Ryan est déjà en train de brancher la serveuse, ce qui n'a rien de surprenant, c'est un dragueur-né. Il lui fait le coup du sourire en coin et elle rit, ce qui signifie que c'est dans la poche. À côté de moi, Serena sirote un verre de vin rouge d'un grand cru français tout en discutant avec sa voisine. Soudain, nous sommes plongés dans le noir et seules les lumières de la ville nous éclairent. Une flopée de serveurs apparaît alors, les bras chargés de magnums de champagne enveloppés d'une pluie de lumière. Ils avancent en rythme, encadrant deux jeunes femmes qui tiennent un plateau sur lequel se trouve un gigantesque gâteau d'anniversaire. Toute la table applaudit, Ryan se met à siffler. Je me lève et Serena m'imite aussitôt. Je croise le regard de mon pote, il me fait un signe discret accompagné d'une grimace. Putain ! Est-ce que toute la table la prend pour ma nana ? Je lui presse délicatement le bras et me penche vers elle pour lui murmurer à l'oreille de se rasseoir. Elle acquiesce sans discuter et je me sens soulagé. Toute cette histoire me prend la tête.

Une heure plus tard, alors que je contemple la vue hallucinante sur la ville, Serena me rejoint.

— Tout va bien, Jace ? Tu as l'air perdu dans tes pensées. Tu veux qu'on s'échappe pour finir la soirée comme il se doit ?

Je me tourne vers elle et la dévisage. Elle est vraiment canon, je suis presque certain que n'importe quel mec ici (sauf Ryan) donnerait cher pour passer la nuit avec elle. Alors qu'est-ce qui cloche chez moi ? Pourquoi tout d'un coup ma conscience se réveille ? C'est du grand n'importe quoi ! Nous couchons ensemble depuis des années et je ne me suis jamais posé la moindre question.

Je décide de me jeter à l'eau.

— Est-ce que tu as des sentiments pour moi ?

Serena me fixe sans rien laisser transparaître. Avec une conscience aiguë que toute notre amitié dépend de sa réponse, je sens ma gorge s'assécher et mon cœur s'emballer. Mettre fin à des années de collaboration parce que nous avons été incapables de faire évoluer notre relation serait un gâchis monumental. Sans oublier que la perdre signifierait restreindre mon cercle de confiance à une seule personne : Ryan. La célébrité a tendance à attirer les charognards.

— Est-ce que tu aimerais ? finit-elle par répondre après une éternité.

— Non…, murmuré-je prudemment.

Elle éclate de rire.

— Alors c'est réglé !

Décontenancé par sa réaction, je n'ose pas bouger ou même rire, de peur de déclencher ses foudres. Au cours des dernières années, j'ai parfois eu affaire à des femmes blessées et je peux certifier qu'en une fraction de seconde elles peuvent passer du rire aux larmes.

— Respire, Jace ! ajoute-t-elle en se calmant. Tu verrais ta tête !

Par chance, Ryan met fin à ce moment de gêne en nous rejoignant. Il sourit tout en me tendant une coupe de champagne.

— Qu'est-ce qu'il y a de si drôle par ici ? J'aimerais bien participer !

Devant notre silence, il lève sa coupe.

— Santé, mon pote !

Nous buvons une gorgée puis il s'exclame :

— Merde, mon portable est resté sur la table, file le tien qu'on prenne une photo. On va alimenter un peu la Toile…

— La Toile ?

— Ouais, Twitter, Snapchat, Facebook, Instagram.

J'ai conscience de le regarder d'un air bovin.

— Rassure-moi, ça te parle ? Toi, le roi de l'application à vingt-cinq millions de dollars !

— Je ne pense pas que ça intéresse quelqu'un de nous voir en train de…

— Mais sur quelle planète tu vis, Jace ? me coupe-t-il. Les gens sont des voyeurs, ils adorent mater les photos des célébrités, zoomer, observer les moindres détails, laisser un commentaire dans l'espoir que l'un d'entre eux réponde. Le must, c'est quand ils ont l'impression que la photo est vraiment privée, genre prise à son insu !

— Je me tue à le lui dire, confirme Serena. Il doit être plus présent sur les réseaux sociaux s'il veut entretenir son image. Les gens, enfin surtout les femmes, s'abonnent à ses comptes pour ça, mais monsieur fait la sourde oreille.

*Ryan et Serena d'accord ? Une première !*

— Tu gères très bien cette partie du business, Serena, et…

— Hein ? Mais tu ne fais jamais rien tout seul, mec ? Serena est ta mère ou quoi ?

Je lui lance un regard noir et ne prends pas la peine de répondre à sa provocation. Serena, quant à elle, ignore sa remarque et se lance dans un long monologue. Impossible de l'interrompre, malheureusement, elle est intarissable sur le sujet.

— Jace, tu dois vraiment t'impliquer d'avantage, Ryan a raison, même si ça me tue de le dire. Fais des efforts pour être plus actif sur les réseaux sociaux. Tu n'es pas obligé de poster sur tous tes comptes en même temps. Commence déjà par un, je continuerai à m'occuper des autres, ça sera déjà un début !

Je me passe nerveusement la main dans les cheveux, pendant que Serena me tend son iPhone.

— Regarde, par exemple : Instagram. Douze millions d'abonnés. *Douze millions*, répète-t-elle en détachant chaque syllabe. Douze millions de personnes qui vivent quelque part dans le monde, communiquent, voyagent. Douze millions de clients potentiels pour ton resto à New York ou ceux que tu comptes ouvrir en Europe. Ce n'est pas rien ! Douze millions de followers qui ont eux-mêmes des dizaines, voire des centaines de contacts. Ne sous-estime pas l'importance des réseaux sociaux, Jace, ils font la pluie et le beau temps.

Elle fait défiler les photos de mon compte. Je sais qu'elle l'alimente régulièrement, je lui ai donné carte blanche et ça me va très bien. Qu'est-ce qui lui prend soudain de vouloir changer les règles du jeu ?

— Je connais ces photos, Serena. Ce n'est pas parce que c'est toi qui les postes que je ne vais jamais jeter un œil.

— Tu mens très mal, Jace ! Je te demande juste de faire un effort sur le sujet. Aujourd'hui, par exemple : les gens savent que c'est ton anniversaire, ils ont envie de te le souhaiter. Ils n'attendent que ça. Ça te semble peut-être dingue, et ça l'est, je te l'accorde, mais sur ce coup-là on aurait tort de ne pas en profiter. Ces douze millions, c'est de la pub gratuite pour ton business ! Tu ferais bien d'y réfléchir.

J'abdique, je ne veux pas gâcher la soirée en me disputant avec elle. Après tout, si ça me permet de la faire taire, ça me va.

— Très bien, dans ce cas-là, prends-nous en photo Ryan et moi !

Nous nous éloignons de quelques mètres et Ryan me donne une claque dans le dos en se moquant.

— Je parie qu'elle rêvait de poser avec toi pour montrer au monde entier que tu lui appartiens.

— Arrête tes conneries ! Justement, on s'est expliqués avant que tu débarques et je t'assure que c'est réglé. Plus d'ambiguïté.

— Dis le mec qui se l'est tapée avant de venir…

— Qu'est-ce qui te fait dire ça ?

— Peut-être le petit sourire victorieux qu'elle affichait en arrivant. Fais gaffe, mon pote, l'étau se resserre !

Trois heures plus tard, je claque la porte de mon loft et cette fois-ci la verrouille. Il est 4 heures du matin. J'ai réussi à rentrer seul, ce qui en soi est une petite victoire. Serena a bien essayé de s'incruster, mais j'ai poliment refusé et elle n'a pas insisté, me confirmant que nous sommes capables d'entretenir une relation amicale. Ryan se trompe.

Une fois douché, je me glisse à poil dans mon lit. Ma vie m'épuise et même si je ne l'échangerais pour rien au monde, le calme et la simplicité me manquent. J'attrape mon portable et ouvre Instagram. Malgré ma promesse sur le rooftop, je n'ai toujours pas publié la fameuse photo.

— N'oublie pas les hashtags, c'est hyper important, a insisté Serena, soupçonnant que je me défilerais.

Mon air incrédule m'a donné le droit à un cours rapide et je sais maintenant qu'à chaque publication, je dois écrire : #GOODUP #JACEADAM. Et pour cette publication : #ITSMYBIRTHDAY #FRIENDS, sans oublier de mentionner le lieu qui nous a accueillis #KIMBERLY-HOTEL. Je ne savais pas qu'il y avait autant de règles à suivre.

Il n'y a rien de compliqué, c'est juste superficiel ! Seulement, il est trop tard pour changer d'avis. J'accompagne mon post des hashtags et appuie sur « partager ». Je ferme les yeux vingt secondes et quand je les rouvre, je découvre… Hein ? Comment est-ce possible ? Cent quatre commentaires et vingt-deux mille cinquante-six likes ! En vingt putains de secondes ! Sérieux ?

Curieux, je clique sur l'icône cœur et une liste de visages féminins apparaît. Blonde à forte poitrine semble être le mot d'ordre général ! C'est tellement cliché. Au menu : sourire factice, seins refaits et bouche pulpeuse qui doivent se révéler efficaces pour certaines activités. Je passe en revue les profils de Stacy Arthur, Jess Barnet et Amanda Winter avant d'arriver à celui d'Aubrey Simpson.

Tout de suite, je devine que cette femme est différente des autres. Sur sa photo de profil, là où les autres se sont mises en valeur (elles ou leurs seins), cette nana a choisi une image de Lisa Simpson avec des lunettes à ressort et des gros yeux globuleux tombants. Charmant ! Dessous, les indications renseignées sont succinctes :

Aubrey Simpson
24 ans
« L'œuvre d'art, c'est une idée qu'on exagère – A. Gide »
Delsin forever !

Delsin ?

Comme Delsin, Illinois ?

Delsin, le bled paumé de mon enfance ?

Trop fort !

Le clin d'œil inattendu à mon passé me tire un large sourire et me replonge instantanément dans mes souvenirs. Que sont devenus mes amis du collège ? Mis à part Serena, je n'ai gardé contact avec aucun d'entre eux. Il faut dire que la célébrité a cette tendance à vous éloigner de l'essentiel. Le fait d'avoir été manipulé par d'anciennes connaissances ne m'a pas non plus aidé à garder des liens avec cette partie de ma vie. À l'époque, la jeunesse et l'innocence faisaient de moi une proie vulnérable. Pourtant cette association dirigée par des voisins de mes parents pour soutenir des enfants malades avait l'air fiable. Comment aurais-je pu imaginer que mon don de deux millions de dollars serait détourné à des fins personnelles ? La rage, accentuée par la honte et l'humiliation d'avoir été berné par mon entourage, m'a tenu éveillé des nuits entières. Leur arnaque a sonné le glas de ma candeur, me révélant au passage une facette de l'espèce humaine : avide et intéressée. Mon avocat, un jeune requin réputé pour sa pugnacité, n'a fait qu'une bouchée de ces voleurs, m'offrant une vengeance nette et sans bavure. Depuis, je suis très méfiant et garde les gens à distance, excepté Ryan et Serena.

Aubrey Simpson.

Aubrey.

Simpson.

Vingt-quatre ans.

Légèrement plus jeune que moi, nous avons néanmoins dû fréquenter les mêmes aires de jeux et le même lycée.

Simpson.

Je réfléchis. Le nom m'est vaguement familier, sans que je parvienne à l'associer à un souvenir précis. Je fixe la citation inscrite sous son prénom, m'interrogeant sur son choix. Considère-t-elle que ces mots la définissent ? Les quatre profils que je viens de regarder faisaient tous plus ou moins état de la même chose : mannequin option youtubeuse, étalage de mensurations et liste d'émoticônes. Chez cette fille, il n'y a aucune indication personnelle mis à part son âge et cette fameuse citation. Habite-t-elle toujours à Delsin ?

Ses photos mettent en avant l'art de rue, mais je ne reconnais aucun de ces lieux. Sur l'une d'elles, Aubrey se dévoile, faisant face à l'objectif, un grand sourire aux lèvres. Je l'observe, curieux, fouillant ma mémoire à la recherche d'un indice qui m'aiderait à l'identifier. Mais rien. Seul un épais brouillard continue de flotter autour de ce nom. La photo date d'octobre. Aubrey Simpson ne semble pas être beaucoup plus active que moi sur les réseaux.

#JOURNÉEDUSOURIRE #VIVELESOURIRE #STOPALAMAUVAISEHUMEUR

On voit bien qu'elle n'a jamais suivi le cours de Serena sur l'importance d'utiliser des hashtags courts.

#STOPAUXCONS #PAYETONSOURIRECESTGRATOS #NYC

NYC ! Contre toute attente, la nouvelle me réjouit sincèrement. Étonnant d'ailleurs, car j'ai plutôt tendance à fuir ce genre de hasard. Certaines expériences m'ont appris à ne pas croire aux coïncidences.

Je zoome sur la photo et agrandis son visage. Elle a de grands yeux noisette rieurs qui étincellent d'espièglerie.

Je les examine un long moment, subjugué par leur expressivité. Cette photo a visiblement été prise sur le vif dans un parc. Je l'imagine en train de marcher avant d'être interpellée par la personne qui l'a photographiée. Ses cheveux châtains virevoltent dans tous les sens, ses joues sont roses et une petite fossette se dessine au creux de sa joue. C'est insensé, mais je peux presque l'entendre rire ! Je l'étudie longuement, intrigué par son naturel : elle ne ressemble en rien aux femmes que j'ai l'habitude de fréquenter. Je cherche à reconnaître le lieu où la photo a été prise. Battery Park ? Brooklyn Heigts ?

Je passe l'heure suivante à explorer l'intégralité de son profil qui par chance n'est pas privé, ce qui fait limite de moi un psychopathe. Je lis tous les commentaires, cherchant la moindre information sur elle et lorsque j'arrive à sa dernière publication, la cinquante-septième, je suis déçu. Sans trop de raison, je fais à nouveau défiler l'ensemble des photos en m'arrêtant sur mes préférées. Comment puis-je avoir des photos préférées alors que je suis incapable de savoir si j'ai déjà croisé cette fille ?

Je pose mon téléphone avec humeur, agacé par ma réaction. Les réseaux sociaux sont en train de me monter à la tête. Il faut que je dorme.

# 4

*Aubrey*

*22 mars 2018*

Cet engouement pour les flamants roses est insensé. Qui a pu avoir une idée pareille ? Certainement pas Jace. Je travaille chez Good-up depuis huit mois et je n'ai jamais entendu, ni vu le moindre indice faisant état d'une passion pour ces oiseaux. Et je passe mes journées dans les salles de pause !

Déconcertée, je consulte le carton d'anniversaire rose pétant en forme de flamant qui m'a été remis la veille. Nous sommes officiellement invités le samedi 7 avril à fêter l'anniversaire de Jace. Ce style de soirée est loin d'être ma tasse de thé, mais y aller signifierait peut-être avoir enfin une chance de le croiser. J'ai été embauchée en juillet et nous sommes déjà au mois de mars. Même à la soirée d'entreprise de fin d'année, nous nous sommes manqués : apparemment, Jace est arrivé quelques minutes après mon départ. J'avais été obligé de filer au bar qui recevait ce soir-là un groupe de musique et avait réquisitionné toutes les serveuses.

Et si cette fois était la bonne ?

Tous les ans pour son anniversaire, Jace organise au Secret une énorme soirée à laquelle sont conviés tous ses employés et apparemment c'est un événement mémorable. Dommage que ce soit un samedi, le jour où je me fais le plus de pourboires. Moi qui pensais que ce job de serveuse serait temporaire !

Depuis mon entretien avec Serena et M. Braxton, j'ai légèrement revu mes ambitions à la baisse. « Je peaufine mon projet ! » C'est la version officielle que je sers à Jess et Harper, mais la réalité est légèrement différente. J'avais imaginé m'entretenir avec Serena et la convaincre de me changer de service, malheureusement elle ne me laisse aucune chance. Quand elle ne m'ignore pas, elle me prend de haut. Quelle conne ! Un matin, alors que je m'assurais que le café était prêt et chaud dans une salle de pause du douzième étage – à la demande expresse de M. Braxton –, Serena est entrée. Elle m'a gratifiée d'un léger signe de tête courtois avant de prendre une tasse. Je me suis décalée pour lui laisser la place et j'ai décidé de saisir l'occasion.

— Bonjour, mademoiselle Parker, ai-je commencé. Je suis contente de vous voir, je…

— Votre intégration au sein de Good-up se passe-t-elle bien ? m'a-t-elle coupée.

— Oh oui, merci. Tout le monde s'est montré très accueillant et Stanley, mon binôme, m'a très bien formée.

— Mais ? Parce qu'il y en a un, n'est-ce pas ?

Malgré son air hautain, j'ai osé lui répondre.

— Effectivement, j'avais postulé au service communication et…

— Pourtant vous avez bien accepté ce poste, non ?

Sa remarque m'a prise au dépourvu et j'ai manqué de repartie. Serena a alors profité de l'arrivée de deux jeunes femmes pour tourner les talons, emportant sa tasse et son insupportable mépris. Charmante ! Pour sauver la face, je me suis empressée de sourire et de lui souhaiter une bonne journée, mais vu l'air contrit des deux employées, j'ai compris que je n'avais pas fait illusion. J'ai passé le reste de la journée à ressasser. Je n'ai pas pour habitude d'être impulsive mais débouler dans son bureau et lui balancer ma démission m'a semblé être une option très tentante. Heureusement, Stanley m'a convaincue d'y réfléchir et, en fin d'après-midi, lorsque j'ai trouvé Jess en pleurs à cause d'une fuite d'eau dans la cuisine, j'ai définitivement abandonné cette idée.

Le lendemain, j'ai donc ravalé ma fierté et j'ai badgé à 7 heures tapantes. J'ai fait le tour de toutes les salles de pause, vérifié que le café était prêt et réapprovisionné les distributeurs. J'ai garni les panières en osier de fruits frais et disposé quelques donuts et muffins chauds dans des assiettes. Palpitant !

Pour ne pas avoir l'impression de perdre mon temps, dès que j'ai cinq minutes, je continue à bosser sur mon projet dans le plus grand secret. Je joins des compléments, griffonne un schéma, ajoute des astérisques et des flèches dans tous les sens. Seul Stanley est au courant. Ce grand type d'un mètre quatre-vingt-cinq s'est vite fait une place dans mon cœur. Il est déjanté, hilarant, adorable et – détail qui joue un rôle crucial dans notre amitié – il n'y a aucune ambiguïté entre nous. Good-up est pour lui une étape temporaire, son but est de se faire suffisamment d'argent pour lancer sa propre marque de vêtements. Il a raison d'être ambitieux. Un soir, au bar, il m'a fièrement montré ses croquis et, même si ce n'est pas mon domaine, je peux certifier qu'il a un sacré talent.

La porte s'ouvre et mon ami pénètre dans la salle de pause réservée aux membres de notre équipe.

— Tu es encore là, ma beauté ? Je croyais que tu avais fini !

Je glisse discrètement l'invitation de Jace entre les dizaines de feuilles éparpillées devant moi.

— Je voulais terminer un truc.

Je rassemble mes documents, mais le carton stylisé glisse et tombe au sol. Stanley se penche et le ramasse en me faisant un clin d'œil.

— Ça va être la soirée du siècle ! Dire que je me suis fait embaucher rien que pour avoir cette putain d'invitation.

— Tu penses y aller même si on ne peut pas venir accompagné ?

— Évidemment, et toi aussi ! Aubrey, d'où tu sors ? C'est LA soirée à ne pas louper… Tu sais combien de personnes aimeraient être à notre place ? Pour moi, c'est une occasion en or de faire des rencontres professionnelles. En plus du personnel de Good-up, il y aura également des connaissances et des partenaires de Jace. Ce type connaît énormément de monde.

Je lève les yeux au ciel en entendant son ton théâtral. Stanley a une prestance et un charisme qui le rendent unique, ce n'est pas le genre à passer inaperçu. Tout le contraire de moi. Me pointer à cette soirée avec lui, c'est l'assurance de me faire remarquer.

À mon arrivée, l'idée d'aborder Jace directement ne me posait pas de problème, puis plusieurs rumeurs le concernant sont venues freiner mes ardeurs. Les bruits de couloir s'accordent à dire qu'il n'a confiance en personne et que sa vie est soigneusement cloisonnée pour éviter que des personnes mal intentionnées le manipulent. Débarquer dans son bureau comme une fleur en lui glissant que nous sommes originaires de la même ville et que je souhaite lui soumettre un projet innovant – mais qui requiert un lourd financement – m'aurait automatiquement mise sur la touche. Alors, j'ai préféré rester dans l'ombre et attendre que mon projet soit abouti pour me présenter. Avec le temps, j'ai appris qu'il est inutile de se précipiter et, même si Good-up est l'option la plus attrayante, j'ai aussi effectué quelques recherches sur d'autres entreprises qui pourraient être intéressées par mon idée. Je préfère étudier toutes les possibilités pour donner les meilleures chances à mon projet de voir le jour.

Un léger raclement de gorge me fait revenir à la réalité.

— Je t'ai perdue ? demande Stan, amusé.

— Tu ne trouves pas que le thème est, comment dire… bizarre ?

— Génial, tu veux dire ! s'écrie-t-il. Absolument génial ! J'ai déjà une foule d'idées pour ma tenue.

— Une foule d'idée sur le thème flamant rose ? je l'interroge, étonnée.

— « Vous êtes priés de venir avec une touche de rose », maintenant que tu le dis, je me demande si on n'a pas une carte à jouer. On pourrait frapper fort et se faire remarquer grâce à une de mes créations.

— « On » ?

Il me fixe en haussant un sourcil. Je me lève et range mon dossier en riant.

— Je ne suis même pas certaine de venir !

— Comment ça ?

— Je bosse le samedi soir, tu sais bien.

— Tu bosses tous les jours, Aubrey… Tu peux bien t'octroyer une petite pause, non ? Merde, on ne parle pas des soixante-dix ans de tonton Raymond, là, mais de la soirée d'anniversaire de Jace Adam. *Jace Adam !* J'ai besoin de te l'épeler ou son nom te dit vaguement quelque chose ? !

— …

— Bon, c'est réglé : je m'occupe de nos tenues.

— Mais…

— Inutile de me remercier ! Allez, file, il est bientôt 15 heures, Arthur va t'attendre.

Il a raison. Je l'embrasse sur la joue et file sans demander mon reste. Aujourd'hui, Jess passe un entretien, je suis donc chargée de garder Arthur, mon filleul. Il vient tout juste d'avoir quatre ans et c'est le plus beau petit garçon du monde. Il est si courageux pour son âge. Il y a presque un an, il a subi une lourde opération car les médecins se sont aperçus qu'il commençait à perdre la vue. À l'époque, Jess avait consulté un ophtalmologue car il se cognait beaucoup. Au début, nous avions mis ça sur le compte de la maladresse, puis les jours ont passé et le comportement d'Arthur a empiré, jusqu'à devenir étrange. Il se renfermait sur lui-même, ne parlait presque plus, se réveillait la nuit en hurlant sans que nous parvenions à le calmer. Jess était morte d'inquiétude, moi, je faisais bonne figure, mais en réalité j'étais tout aussi angoissée. J'ai écumé les sites Internet en espérant trouver des réponses, ce qui, bien sûr, était une très mauvaise idée. Lorsque le diagnostic est tombé, notre monde s'est effondré : Arthur avait une tumeur qui comprimait le nerf optique, réduisant un peu plus chaque jour son champ de vision. Jess était anéantie. J'étais son seul soutien, le père d'Arthur ne faisant plus partie du paysage depuis sa naissance. Il n'avait visiblement pas compris ce que signifiait devenir père. Un matin, deux mois après la naissance d'Arthur, il avait fait sa valise et s'était barré. Jess m'avait alors appelée en larmes et depuis ce jour, je ne l'ai plus quittée. À nous trois, nous formons une drôle de famille et je soupçonne Stan de vouloir intégrer notre cercle. Il est déjà venu chez nous plusieurs fois et il s'entend très bien avec Arthur. Il faut dire qu'ils ont grosso modo le même âge mental. À savoir six ans… Arthur est en avance pour son âge.

C'est pour cette raison que j'ai accepté le poste chez Good-up. Jess peinait à rassembler l'argent pour l'opération, les frais médicaux étaient hors de prix et sa couverture sociale quasi inexistante. Elle avait aussi dû réduire ses heures au magasin comme vendeuse pour s'occuper d'Arthur, alors j'ai pris le relais.

Deux mois après mon embauche, Arthur a pu être soigné. L'opération a été couronnée de succès et il a même pu retourner à l'école il y a trois semaines. Il doit porter des lunettes de soleil, mais je lui ai assuré que ça faisait de lui le garçon le plus cool de la classe.

Surtout depuis que Stan lui a offert des lunettes de soleil Batman.

— Aubrey, tu vas vraiment finir par être en retard.

Stan me tend ma veste en jean en souriant.

— Tu bosses ce soir, je suppose ?

— *Yes*, dis-je en attrapant mon sac. Pourquoi ?

— Profites-en pour demander ta soirée du 7. Si tu les préviens aujourd'hui, ils auront largement le temps de s'organiser.

— On est déjà le 22 mars.

— Ouais, c'est bien ce que je dis. Ça leur laisse quinze jours pour te trouver une remplaçante.

— Je n'ai pas dit que je venais.

Mais Stan ne m'écoute pas et ouvre la porte pour quitter la pièce. Je lui cours après.

— Stan ! Attends une minute, s'il te plaît.

— Quoi ? Qui me parle ? Je n'entends pas ! Je n'entends rien ! crie-t-il en plaquant les mains sur ses oreilles.

Sans se retourner, il me salue en riant. Je soupire, vaincue, car je sais déjà qu'il m'aura à l'usure. Ne jamais sous-estimer la force de persuasion de Stan !

Deux semaines plus tard, nous arrivons à la soirée avec plus d'une heure et demie de retard. Le restaurant est bondé et nous avons dû montrer patte blanche pour entrer. C'est dingue ! Nous sommes à peu près six cents invités à avoir été triés sur le volet. Je crois bien que c'est la première fois que j'assiste à un événement de cette envergure.

Le Secret est un lieu génial, il y a trois étages avec trois ambiances différentes. Stan m'entraîne directement au dernier étage, à l'ambiance « Ibiza », où on peut manger les pieds dans le sable. Ici, certains se baignent dans une piscine bleu turquoise, pendant que d'autres dansent et rient en buvant des cocktails décorés de petits parasols. Je comprends mieux pourquoi tout New York fait des pieds et des mains pour obtenir une table ici.

Nous déambulons sous le regard amusé des invités. Moi qui aime passer inaperçue, je suis servie ! Pour nous mettre dans l'ambiance, nous faisons un détour par le bar. Ce soir, les boissons sont servies à volonté, il serait dommage de s'en priver. Très vite, nous retrouvons quelques visages familiers avec qui nous passons une heure à discuter et à danser. Je ne pensais pas m'amuser ce soir.

Stan, déjà un peu éméché, hurle dans mon oreille.

— Tu vois, on a bien fait de venir ! Je t'avais dit que c'était la soirée à ne pas manquer.

Je lui fais un clin d'œil et lève les bras en l'air, en me déhanchant sur une musique électro à la mode. Plutôt mourir que de l'admettre !

Lorsque je commence à avoir un peu le tournis à cause de mon deuxième mojito, je propose à mon ami d'aller faire un tour dans le restaurant.

Au premier étage, je découvre un salon feutré, orné de belles plantes vertes et d'énormes lampes ovales design qui diffusent une lumière douce. De larges banquettes en cuir marron, garnies de coussins moelleux, sont disposées un peu partout devant des tables basses. Stan et moi décidons d'y boire un verre et de grignoter quelques amuse-gueules.

Nous nous dirigeons ensuite vers le deuxième étage en suivant les pancartes colorées indiquant *TATE*. Le *Tate* est la salle de restaurant qui fait fureur à New York. Elle est composée de tables en bois et en acier noir de toutes les tailles avec des chaises jaunes, vertes et bleues. Ce soir, il n'y a pas de service en salle, mais les invités se sont installés pour bavarder. Évidemment, il n'y a pas de place pour tout le monde. Les chaises se libèrent au rythme d'un ballet incessant de va-et-vient. La salle, en référence au célèbre musée londonien, est colorée, vivante, animée et surtout remplie d'œuvres d'art en tout genre. Il y en a pour tous les goûts : Marilyn Monroe fait sa belle au milieu de photos d'objets extravagants et d'un gigantesque graff de la panthère rose et de Popeye embrassant Olive. C'est complètement loufoque et absolument génial ! Sur des étagères, des sculptures de vaches déjantées côtoient des baigneurs borgnes. Il y a même des canapés à l'effigie du célèbre Rubik's Cube, où on a envie de s'étendre, tellement ils ont l'air confortables. Un peu plus loin, en me faufilant entre les groupes d'invités, je découvre la reproduction géante d'un billet d'un dollar. Stan me pousse devant et me colle sur les yeux des lunettes de soleil bleues avec un palmier vert et un flamant rose à paillettes avant de sortir une paire tout aussi ridicule pour lui.

— Tu as pensé à tout !

— Pour qui tu me prends, ma belle ? Claque ton plus beau sourire, je vais l'envoyer à Jess !

Nous faisons une série de selfies sous le regard enchanté de certains invités qui nous prennent en photo. Il faut dire que le déguisement de flamant rose de mon collègue est particulièrement original. Aucun doute, dans quelques secondes, nos visages inonderont Internet : Stan est accro aux réseaux sociaux.

*Jace*

Cette soirée est complètement dingue. Je ferme les yeux et les ouvre, mais ma vision ne disparaît pas : il y a bien un type déguisé en flamant rose sur la terrasse. Ryan, visiblement victime de la même hallucination, me donne un grand coup dans les côtes.

— Putain, je rêve ou y a un flamant rose géant ?

— Non, tu ne rêves pas !

— Si tu veux mon avis, on devrait aller voir ça de

plus près et trinquer avec lui. Le gars a quand même joué le jeu à fond, alors que le thème est bien pourri !

Je me lève, imité par Ryan, mais au même moment, Serena apparaît et se dirige vers nous d'un pas décidé. Impact dans quelques secondes.

— Je propose même qu'on y aille maintenant, dis-je.

Malheureusement, Serena n'est pas prête à me laisser m'échapper. Elle me fait un signe de la main, m'intimant de l'attendre, et j'obtempère. Ryan, qui ne l'avait pas vue, grogne, agacé par le contretemps.

— Emmerdes à deux heures ! Elle te lâche jamais, sérieux ?

J'ignore sa remarque : dans mon monde, Serena et moi formons une équipe et jusqu'à présent je ne l'ai jamais critiquée. Je ne compte pas commencer ce soir, même si j'avoue que, depuis quelques semaines, son comportement m'irrite. J'ai de plus en plus l'impression de me plier à ses moindres exigences et ça me dérange. À quel moment notre relation a-t-elle pris cette tournure ? Est-ce que, comme Ryan le sous-entend, je me suis engagé dans une histoire plus sérieuse sans vraiment m'en rendre compte ?

— Elle a vraiment un corps de déesse, dommage que ce soit une conne !

Il a raison à propos de son physique, sa robe noire moulante dessine sa silhouette à la perfection et je me surprends à me demander si elle porte des sous-vêtements. Non pas que ça m'excite. Même si j'admets que je n'ai pas toujours dit ça. Serena et moi n'entretenons pas de relation suivie, entre nous, il n'y a ni règle ni contrainte. Parfois l'occasion de coucher ensemble se présente, alors nous la saisissons. C'est aussi simple que ça. Ryan appelle ça de la « baise facile », moi, j'y vois seulement une occasion de prendre du bon temps.

— Ryan, dit-elle en le saluant d'une voix glaciale.

Jace, tu te souviens que tu dois choisir la photo gagnante du concours ?

Mes amis ne s'apprécient pas mais ont appris à se supporter car je refuse de choisir entre eux. Ryan incline la tête poliment et déclare :

— Serena, le rose te sied à merveille.

Elle lui lance un regard noir, qu'il ignore.

— C'est plutôt ironique, tu ne trouves pas ? Tu imposes à tout le monde un thème malabar absolument ignoble que tu es toi-même incapable de respecter.

— Mon string est rose, si tu veux tout savoir.

— Je ne te connaissais pas de tendance exhibitionniste !

— Je l'ai mis en vue d'une soirée privée.

Je m'étouffe presque en entendant sa réponse, alors qu'il y a quelques semaines, cela m'aurait juste fait jubiler d'emmerder Ryan.

— Désolé, tu n'es pas invitée à l'after, ma belle.

— Je ne suis pas ta belle ! répond-elle de façon hargneuse.

Puis elle se tourne vers moi.

— Le hashtag HBJ28 que nous avons créé pour la soirée fait un carton ! Les gens ont déjà posté des centaines de photos, ce serait bien que tu jettes un coup d'œil et peut-être même que tu en commentes certaines. On pourrait établir une sorte de tiercé gagnant et on annoncerait…

— Bon, c'est pas que votre conversation ne m'intéresse pas, la coupe Ryan, mais je vais essayer d'attraper le flamant rose géant avant qu'il s'envole. À plus !

— De quoi parle-t-il ? demande Serena en le suivant des yeux.

— Je te rejoins dans cinq minutes. Prends-moi une autre bière ! lui crié-je avant qu'il soit trop loin.

Je le regarde s'éloigner, à la fois amusé par sa réaction et frustré de ne pas pouvoir l'accompagner. Serena claque des doigts pour capter mon attention.

— Tiens, regarde ça ! Les gens sont surexcités de savoir que la photo gagnante sera exposée dans ton resto, surtout à l'étage du Tate ! Je n'ai entendu parler que de ça depuis mon arrivée.

#HBJ28. Happy Birthday Jace 28 ans. Quelle originalité !

Des dizaines de photos roses apparaissent sur l'écran de son téléphone. Merveilleux ! Heureusement, j'ai prévu d'en sélectionner une au hasard pour ne pas y passer des heures. L'idée de ce concours est plutôt bonne, même si je soupçonne Serena de l'avoir inventé pour m'obliger à aller sur Instagram... *Du. Grand. N'importe. Quoi.* Surtout que, ces derniers temps, je n'ai besoin d'aucune excuse pour consulter l'application. Depuis le soir de mon anniversaire et de mes retrouvailles virtuelles avec Aubrey Simpson, je ne pense qu'à ça. Je sais : c'est insensé, à la limite du rationnel !

Le mystère entourant cette femme a vite été éclairci. À peine quelques heures après que je m'étais endormi, ma mémoire s'est activée et des yeux scintillant de colère au beau milieu d'un couloir du lycée me sont apparus très nettement. Je me suis rappelé un bref échange avec cette fille à propos de l'organisation d'une soirée dont j'avais la charge en terminale. Le thème « Gatsby » – son idée – avait été retenu mais, pour une raison obscure, elle n'était pas venue se présenter au comité des fêtes pour en discuter. Serena l'avait cataloguée de gamine sans intérêt et je n'avais pas cherché plus loin. Les états d'âme d'une adolescente timide ne m'intéressaient pas. Je n'avais pas prévu de végéter à Delsin, j'étais plein d'ambition et l'agence de publicité qui négociait un contrat pour une grande marque de jean avec mes parents était ma seule priorité.

Le soir de mes vingt-huit ans, le voile s'est levé sur l'identité de cette fille qui m'avait obsédé. Ma curiosité aurait dû être assouvie, seulement, mon intérêt pour

Aubrey Simpson n'a pas diminué. Bien au contraire, il s'est même accentué et je ne peux m'empêcher de penser à elle. Tout le temps. Comme si la découverte de son profil sur ce réseau social était un signe qui m'était destiné, un chant de sirène envoûtant impossible à ignorer. Au fil des jours, j'ai commencé à m'interroger sur le souvenir qu'elle avait pu garder de cette stupide histoire. M'en veut-elle toujours ?

À l'époque, elle ne devait pas avoir plus de quinze ans, pourtant elle avait déjà un sacré caractère. Je l'avais recroisée à quelques occasions, mais elle m'ignorait systématiquement et lorsqu'elle ne le faisait pas, c'était pour me jeter des regards noirs. Avec du recul, j'imagine qu'un élément qui m'a échappé avait dû la blesser et que, par fierté, elle n'avait pas voulu associer son nom au comité des fêtes. Aubrey a campé sur ses positions et a refusé de venir à la soirée, malgré l'invitation que je lui avais transmise par l'intermédiaire de Serena. Elle a continué à m'ignorer sans se soucier de ma cote de popularité. Je crois bien que cette fille est une des rares personnes à avoir eu ce culot. En dix ans, personne, mis à part mes parents et Ryan, n'a eu l'audace de me remettre à ma place ! Pas même Serena. Triste, mais véridique. La célébrité fausse, voire pourrit toutes les relations, même celles avec nos proches. Évoluer dans le milieu du show-business n'a rien de charmant. Les médias donnent de ce monde l'image d'un paradis fait de strass et de paillettes, alors que la vérité est très différente : une bande de fauves affamés, tapis dans l'ombre, attendant le meilleur moment pour attaquer et se repaître des faiblesses de leur proie.

Dans mes souvenirs, Aubrey était une jeune fille franche et droite. A-t-elle changé depuis nos années lycée ? Le monde l'a-t-il épargnée ? Une part de moi, chose assez déroutante je l'admets, aimerait le savoir.

Avant, rien ne pouvait me déconcentrer. Mais hier,

alors que j'étais en pleine réunion *business plan* d'une de mes filiales, je suis allé vérifier si elle n'avait pas publié une nouvelle photo. Pathétique ? Je le reconnais, mais surtout impressionnant de voir qu'à l'heure du tout numérique, Aubrey Simpson reste un véritable fantôme sur Internet ! Pour pousser un peu plus loin mon côté fanatique, une nuit, j'ai regardé les photos de ses soixante-trois abonnés et lu quelques commentaires pour m'assurer qu'aucune information la concernant ne m'avait échappé. Effrayant ? Sans doute. J'ajouterais « légère tendance à l'obsession » ! Malheureusement, cette recherche s'est soldée par un échec, même s'il m'a semblé la reconnaître de dos sur la photo d'une certaine Harper Stanford.

Tous les jours, Aubrey est donc la première et la dernière personne que je vois. Une chose pareille ne m'est jamais arrivée. J'ai l'impression d'être devenu le héros d'une de ces séries à l'eau de rose. Tout l'inverse de moi !

— Jace ! Tu m'écoutes ?

— Je me demandais, dis-je en prenant son téléphone, sur Instagram, il y a moyen de savoir qui consulte ton profil ?

Serena s'esclaffe.

— C'est ce qu'on appelle ses abonnés, oui.

— Prends-moi pour un con ! Non, je veux dire, est-ce que les gens savent si je regarde leur profil ?

Si c'est possible, je suis vraiment dans la merde car ces cinq derniers jours, j'ai dû consulter le profil d'Aubrey pas moins de trente fois. Serena me fixe, cherchant à comprendre où je veux en venir. Je la regarde, impassible, avant de prendre ma bière et de hausser les épaules, comme si ma question était innocente. Pour la première fois depuis que nous sommes associés, je lui cache volontairement quelque chose. Je n'ai pas envie de lui parler d'Aubrey.

— Sans être abonné ?

— Oui.

— Non, ils ne peuvent pas le voir. Pourquoi ?

— Simple curiosité.

Ouf !

Serena reprend notre discussion sur le concours, mais je ne l'écoute plus, absorbé par le flot de mes pensées et hanté par mon comportement inhabituel. Ses lèvres remuent sous mes yeux sans qu'aucun son me parvienne et je finis par me demander si elle ne pourrait pas m'aider à me désintoxiquer de ma nouvelle obsession. Je secoue alors vivement la tête, furieux d'être tenté par la facilité, avant de me lever d'un bond pour chasser les images salaces qui envahissent mon cerveau.

— Qu'est-ce qui t'arrive ? demande-t-elle, hésitante.

— J'ai besoin d'aller faire un tour.

— OK. Et pour la photo, on fait quoi ?

— Les gens peuvent participer jusqu'à la fin de la soirée, non ?

— Oui, c'est juste que plus tu attends, plus il y en aura…

— Tant pis, dis-je en tournant les talons, pressé de m'enfuir.

Je me joins aux invités, saluant certains et discutant un peu plus avec d'autres. Cela fait quatre ans que nous organisons cette soirée au Secret avec tous les employés de Good-up, c'est l'occasion de rassembler toutes les équipes. Nous faisons appel à un service de traiteur pour que les cuisiniers et les serveurs du restaurant puissent aussi participer à l'événement. Chaque année, Serena insiste pour choisir un thème. Y aurait-il un rapport avec cette fameuse soirée au lycée où nous avons voté pour l'idée d'Aubrey et non la sienne ? « Gatsby le magnifique » était une bien meilleure proposition que « plage, bikini et short de bain ». Cette année n'a pas dérogé à la règle et, même si je n'ai rien contre le rose, choisir comme thème « flamant rose » n'est pas la première option qui me serait venue à l'esprit. Mais elle a lancé cette idée alors que nous étions en train de nous envoyer en l'air, et je n'ai rien trouvé à y redire. Ryan a raison : elle sait me manipuler.

La musique couvre les conversations, l'ambiance est bonne, tout le monde semble passer un excellent moment. Je contourne la piscine extérieure située au dernier étage qui est le clou du spectacle de mon restaurant. Dès son ouverture, le Secret a connu un véritable succès. Je sais que c'était lié en partie à ma notoriété, je ne suis pas naïf, mais depuis, j'aime penser que les clients se bousculent pour l'originalité du lieu et non dans l'espoir de me serrer la main.

Un peu plus loin, j'aperçois la tête de flamant rose. J'avance péniblement dans cette direction, slalomant entre les invités qui m'interpellent, me tapent dans le dos ou trinquent avec moi. À cette allure, je vais finir bourré avant d'avoir atteint ma cible !

J'arrive enfin à la hauteur de Ryan, en train de rire avec un groupe de mecs pendant que le flamant rose disparaît, une fille sur l'épaule. Ryan siffle et il se retourne en levant le pouce pendant que sa prisonnière, tête en bas, se débat vigoureusement. Impossible de voir son visage, mais sa tenue est – comment dire ? – originale : une robe couverte de plumes roses.

— Qu'est-ce qu'il fout ?

— Ah, te voilà ! T'as loupé le flamant rose, ce mec est complètement taré !

— On est sûrs qu'il bosse pour moi ? dis-je, amusé.

Je le suis des yeux alors qu'il se faufile entre les groupes, en direction de la piste de danse. À moins que…

— Putain, il ne va quand même pas la balancer à l'eau ?

J'observe la scène pour voir si ce type est aussi fou qu'il en a l'air, mais Ryan m'entraîne à l'opposé, vers le bar, où nous commandons deux bières. Accoudés au comptoir, nous regardons les invités en silence.

— T'en penses quoi ? demande-t-il soudain en désignant trois nanas sur notre droite.

Elles portent des masques de flamant – un *goodie* offert par l'équipe de communication. Je bois une gorgée au goulot en les détaillant. Ryan sait que je ne couche jamais avec mes employées, mais je suis humain, ça ne veut pas dire que je n'ai pas le droit de regarder. Parfois, j'ai du mal à me souvenir pourquoi je m'impose cette règle, notamment ce soir, car ces femmes sont l'incarnation de la tentation.

— Si tu veux mon avis, le masque est en trop.

— Moi, ça me dérange pas. Elles peuvent le garder, tant qu'elles ne portent rien d'autre, précise Ryan.

J'éclate de rire.

— Vas-y si tu veux, on se retrouve plus tard ! Je vais aller saluer quelques personnes pendant ce temps.

— Putain, tu plaisantes ? C'est ton anniv, mec, toi aussi, tu as le droit de t'amuser ! Et ces trois nanas pourraient clairement faire office de cadeaux d'anniversaire, si tu vois ce que je veux dire…

— Arrête tes conneries ! Je ne couche pas avec mes employées, tu le sais très bien.

Il vide sa bière d'une traite et la repose sur le comptoir avec humeur.

— Et Serena alors ? Elle ne bosse pas pour toi, peut-être ? lance-t-il sur un ton ironique.

— T'es lourd avec ça, je t'ai déjà…

— Tiens, quand on parle du loup ! me coupe-t-il. En fait, tu m'étonnes que tu ne te tapes personne d'autre, elle est toujours collée à toi, pire qu'une sangsue. Tu devrais peut-être penser à revoir cette règle sur tes employées, c'est pour ton bien ! Allez, je te laisse. Bonne soirée privée, mon pote.

Avant que j'aie pu lui répondre, il se dirige vers le trio féminin sans un regard en arrière.

Quelques heures plus tard, mon téléphone sonne. J'attrape une bière fraîche dans le frigo, la troisième depuis que je suis rentré, et récupère mon portable sur la table basse avant de me vautrer à nouveau sur le canapé.

Ne me dis pas que t'es parti vérifier si son string était rose.

Pas étonnant que Ryan vienne aux nouvelles. Après que j'avais hésité à les rejoindre, une des nanas n'arrêtait pas de me lancer des œillades à peine discrètes, je me suis finalement cassé de la soirée sans prévenir personne. Évidemment, Serena n'a pas manqué de remarquer mon absence et m'a bombardé d'appels.

J'envoie à Ryan une photo de ma télé, qui affiche la retransmission d'un match de basket, et un doigt d'honneur. Je comate depuis plus de trois heures devant mon écran plasma géant, qui comme chez tout bon célibataire occupe la moitié du mur.

T'es encore là-bas ou t'as réussi à conclure ?

Ryan est un dragueur invétéré. Ce ne serait pas étonnant qu'il ait quitté la soirée peu de temps après moi.

Non, je viens de partir. C'est con que tu te sois cassé, t'as loupé le mec déguisé en flamant rose, il nous a fait un de ces show ! Regarde sur Insta, y a la dose de photos et de vidéos.

Le concours ! J'ai complètement oublié… Serena doit être folle de rage. Je consulte le hashtag HBJ28.

Cinq mille quatre cent cinquante-sept photos ! Du délire. Quand elle a dit que ça faisait un carton, j'étais loin d'imaginer que c'était dans ces proportions. Je fais défiler les photos à toute vitesse vers le bas, puis vers le haut, et répète mon manège plusieurs fois avant de laisser le hasard décider. Évidemment, je tombe sur une photo nulle, tout comme les cinq suivantes. Elles sont floues ou mal cadrées et ne méritent même pas d'être affichées dans les chiottes publiques. La septième en revanche améliore considérablement mon humeur : Ryan pose à côté du flamant rose et d'une nana qui, d'après sa tenue, semble être le sac à patates qu'il transportait. Ses yeux sont cachés par le fameux masque en forme d'oiseau, et elle arbore un grand sourire. Sans réfléchir, je like la photo. Je crois bien que c'est la première fois que ça m'arrive. J'en profite pour regarder une vidéo postée par Ryan avec le hashtag HBJ28 avant de revenir à ma mission principale.

Après quelques minutes, je trouve enfin la photo lauréate. Le photographe a mis en scène une bonbonnière remplie de bonbons en gélatine rose, en forme de flamant. Il en a sorti un seul et l'a placé à côté du pot, donnant l'impression qu'il s'est échappé. La légende annonce :

Libertad ! #HBJ28.
The winner is…

J'envoie la photo à Serena et cinq secondes plus tard, elle m'appelle. Je laisse sonner, déterminé à ne pas finir la soirée avec elle. Serena n'étant pas le genre de femme à accepter qu'on l'ignore, il va falloir que je sois inventif si je veux lui échapper dans les prochains jours. La nuit porte conseil.

Je bâille, fatigué. Néanmoins, je ne résiste pas à l'envie de faire mon petit tour habituel sur le profil d'Aubrey.

C'est quoi, ce délire ? Ce putain de délire, même ! Immobile, je reste un long moment à fixer mon téléphone. Puis je me redresse et pose ma bière sur la table.

Pourquoi Aubrey a-t-elle posté la photo d'un masque de flamant rose ?

J'agrandis le cliché pour constater qu'il ressemble

étrangement à ceux que j'ai vus durant la soirée. Mon cœur bat à toute vitesse, comme celui d'un lycéen qui viendrait d'apercevoir son béguin. Impossible, je dois être en train de rêver. Je ferme les yeux quelques secondes, mais quand je les rouvre, rien n'a changé. Le masque en carton est toujours là et me nargue malgré son apparence fatiguée. Il est tordu et l'élastique blanc est cassé. Sous la photo, je lis « *Paulo Flamingo is dead* » suivi du fameux hashtag du concours. Je n'en reviens pas. Aubrey était à ma soirée ? À. Ma. Soirée. Mais qu'est-ce qu'elle foutait là-bas ?

La photo a été postée il y a vingt minutes et seule une fille du nom de Harper Stanford a commenté.

Répare-le ! Demain, je veux qu'il soit opérationnel pour le service. Les clients vont adorer ! XOXO

Service ? Client ?

Aubrey et Harper sont-elles des serveuses du Secret ? Ça serait surprenant, j'y passe la plupart de mes soirées et je ne pense pas me vanter en disant que je connais les visages de mes employés. À moins qu'elle vienne juste d'être embauchée. Malgré l'heure tardive, j'envoie un message à Shana, la responsable du personnel sur place, pour savoir si une certaine Aubrey Simpson fait partie des effectifs. Intrigué, je consulte ensuite le profil de cette mystérieuse Harper et passe en revue ses photos. A priori, elle est adepte des cocktails. Deux hypothèses : soit cette fille est barmaid, soit c'est une alcoolique. J'essaie de reconnaître les lieux où ont été prises les photos, mais sans succès. C'est comme chercher une aiguille dans une botte de foin. En pire. New York est gigantesque et regorge de restos, snacks et bars en tous genres. Si nous étions à Delsin avec ses trois pauvres *diners*, ça irait plus vite.

Harper est canon. Si elle est barmaid à New York, elle n'aura peut-être pas échappé au radar de Ryan. Je tente de l'appeler mais je tombe sur sa messagerie. Il me reste une dernière chance d'élucider ce mystère : Ana, mon assistante dévouée. Malheureusement, j'élimine aussitôt cette option. Risquer de me mettre son mari à dos – un champion de karaté – pour obtenir la liste de mes collaborateurs ne serait pas très malin. Ce n'est pas un adepte des coups de fil nocturnes, j'ai déjà eu l'occasion de m'en apercevoir.

9 h 03 est une heure tout à fait décente pour débarquer chez son pote à l'improviste. Toujours mieux que 5 heures du matin ! Même si Ryan ne sera sûrement pas du même avis que moi.

Je suis sur les nerfs. Je n'ai pas dormi de la nuit après avoir finalement regardé les cinq mille photos de la soirée et être tombé sur un selfie d'Aubrey, sans son masque, entourée de Ryan – pourvu qu'il ne l'ait pas draguée – et du type déguisé en flamant rose, un certain SLCC, Stany La Class Corporate. Malgré la fatigue et un taux d'alcool dans le sang élevé, j'ai réalisé qu'Aubrey était la nana qu'il baladait sur son épaule. Sur le profil du fameux SLCC, j'ai aussi découvert plusieurs photos d'elle avec des lunettes de soleil ridicules.

Sans chercher à analyser ma réaction, j'ai retroussé la manche de ma chemise et béni Ryan de m'avoir collé ce tatouage débile de flamant rose sur le bras. Quelques secondes plus tard, je publiais la photo avec la légende « *Alive* » en réponse au « *dead* » d'Aubrey.

Je tambourine comme un malade à la porte de mon ami.

— Ryan, ouvre cette porte, bordel !

Cinq longues minutes plus tard et dans un flot d'injures impressionnant, il daigne enfin m'ouvrir. Je le bouscule et entre sans attendre, sous son regard surpris. Il s'étire et se vautre sur le canapé pendant que je fais les cent pas.

— Y a un problème, mec ? Tu sais quelle heure il est ? demande-t-il d'une voix pâteuse, en bâillant. Je te fais un café ? Même si pour ma part, l'eau serait un meilleur remède.

Je décline et reste silencieux.

— Accouche, Jace ! J'ai une gueule de bois monumentale donc je ne suis pas vraiment d'humeur à jouer aux devinettes, là.

Je lui mets la photo de lui et Aubrey sous le nez. Il regarde l'écran sans sourciller, puis relève la tête, confus.

— Ouais, et donc ? Je suis censé comprendre quelque chose ? Il va falloir que tu m'expliques, là, parce qu'aux dernières nouvelles, toi et moi, on n'est pas encore télépathes.

Je soupire, exaspéré.

— Arrête tes conneries, tu veux bien ?

— Mes conneries ? Tu déconnes ? Tu débarques chez moi sans prévenir, en ameutant au passage tout l'immeuble, pour me montrer une putain de photo et c'est moi qui dois arrêter mes conneries ?

— C'est qui ?

— Stan, le…

— Non, elle !

— Elle ?

J'agrandis la photo sur le visage d'Aubrey.

— Oui, elle.

— Qu'est-ce que j'en sais, moi ? Une de tes employées, j'imagine !

Incapable de rester en place, j'ouvre la baie vitrée pour sortir sur la terrasse. De l'air. J'ai besoin d'air. J'ai besoin de respirer. Je suis à cran, ça fait plus de vingt-quatre heures que je n'ai pas dormi et je suis à deux doigts de péter les plombs.

— Bon sang, mais qu'est-ce qui t'arrive ? demande Ryan qui m'a rejoint.

Je reste silencieux à observer la ville. Cette fille

m'obsède, c'est complètement absurde et irrationnel, pourtant, depuis que j'ai vu ce sourire, je n'arrive pas à penser à autre chose. Je ne la connais même pas, mais si je n'en parle pas à quelqu'un, je vais devenir fou.

Je me tourne alors vers Ryan. Depuis qu'on s'est rencontrés à la fac, il a toujours été un ami sur qui je pouvais compter. Jamais de coups tordus, quelques embrouilles, certes, mais rien d'insurmontable. Avec Serena, il constitue un de mes piliers et il a toute ma confiance. Confiance que je n'accorde pas facilement. La célébrité attire malheureusement beaucoup de personnes malhonnêtes et jalouses, je l'ai appris à mes dépens. C'est pour cette raison que j'ai toujours préféré éviter les réseaux sociaux. L'expérience m'a trop souvent appris que les rencontres sont rarement le fruit du hasard.

Je finis par vider mon sac devant un Ryan totalement ahuri, ce qui n'a rien de surprenant car un, je n'ai jamais été un adepte des réseaux et deux, je n'ai jamais montré autant d'intérêt pour une femme.

— T'es amoureux d'une nana de ton ancien bahut ? demande-t-il, incrédule.

Son ton n'est pas moqueur, il est juste curieux.

— Mais non ! Pas du tout… enfin, je ne crois pas. Je n'ai plus vraiment les idées claires. Cette nana m'obsède depuis deux semaines, sans que j'en comprenne la véritable raison, et je découvre qu'elle était à ma soirée. Avoue que c'est un sacré hasard.

Je me laisse tomber sur un des transats et respire profondément pour me calmer.

— C'est elle qui t'a demandé de faire une photo hier ? Et l'autre type, c'est son mec ?

Il grimace et se masse les tempes.

— Franchement, aucune idée. C'est un peu flou… Tout ce dont je me souviens, c'est d'être resté un bon moment avec eux. Ils étaient sympas, on a picolé, discuté, et dansé aussi.

— De quoi ?

— De quoi, quoi ?

— De quoi vous avez discuté ?

— J'en sais rien, moi, de trucs banals, j'imagine. Putain, Jace, j'ai la tête en vrac, honnêtement je ne peux pas t'en dire beaucoup plus.

— Est-ce qu'elle a parlé de moi ?

— Pas que je me souvienne, mais tu sais bien que l'alcool a tendance à altérer les souvenirs. Par contre, y a quelque chose que je capte pas. C'est quoi, le problème, exactement ? Pourquoi tu ne la contactes pas, vu que vous vous connaissez ? Tu lui écris, tu la vois, tu la sautes et hop, tu fais d'une pierre deux coups !

— Comment ça ?

— Faut vraiment que je te fasse un dessin ? Un : tu te sors cette nana de la tête, deux : tu couches avec quelqu'un d'autre que Serena.

— Je ne couche pas avec mes employées. Dans quelle langue il faut que je te le dise ?

— Oh ! tu me gaves ! Tu cherches quoi, alors ? Que je sorte avec elle pour te rendre service ? Une petite baise par procuration, c'est ça que tu veux ?

Je me lève sans un mot. Venir ici était une connerie.

— Mec, je plaisante, dit-il en me rattrapant. Respire. Prends une bière, on va trouver une solution.

La main sur la poignée, je ferme les yeux. Une chose est sûre : j'ai besoin d'un ami. Je me retourne et vois Ryan en train de brancher la PlayStation, comme s'il savait déjà que j'allais rester.

— Avant toute chose, on se fait un petit Fifa. Je me sens en veine.

— Je ne suis pas non plus à l'article de la mort ! Je te signale que c'est toujours moi qui gagne. Tu veux une bière ? dis-je en me dirigeant vers le frigo.

— Je pense qu'aujourd'hui je vais m'abstenir de boire de l'alcool.

— Ça me paraît plus sage, effectivement.

Je m'installe sur le canapé à côté de lui. Il est en train de sélectionner les équipes et les différentes options de match.

— D'abord, on joue. On parlera après.

Il me tend la manette et j'acquiesce, le cœur un peu plus léger de m'être en partie confié.

Lundi, je suis déjà au bureau depuis plus d'une heure lorsque Ana arrive. Surprise de voir ma porte ouverte, elle vient me saluer et nous échangeons quelques politesses. Je résiste à l'envie de lui sauter dessus pour avoir la liste des employés, et lui laisse le temps de s'installer. Je sais maintenant de source sûre qu'Aubrey ne travaille pas au Secret, Shana a été catégorique. Quant à Ryan, il a passé quelques coups de fil pour savoir si l'un de ses amis connaissait une Harper Stanford, mais ce n'est pas le cas. Nous avons donc abandonné nos recherches et continué de jouer à la PlayStation jusque tard dans la nuit.

Je regarde ma montre. 8 h 07. Ana est là depuis sept minutes, c'est bien suffisant. Il est temps de passer en mode patron exigeant.

# 5

*Aubrey*

— Salut, Arthur ! Qu'est-ce que tu fais déjà debout ?

L'adorable fils de Jess se précipite vers moi et m'enlace alors que je m'accroupis. Je niche ma tête dans son cou et respire sa douce odeur réconfortante. Il se frotte les yeux et bâille.

— C'était bien, l'anniversaire chez ton copain, hier ? je lui demande.

Il acquiesce en souriant, puis m'abandonne pour grimper sur le canapé, son doudou à la main. Il est à peine 6 h 30 mais il ne semble pas disposé à retourner se coucher. Mon sac sur l'épaule car je m'apprêtais à rejoindre le métro, je file dans la cuisine et verse du lait dans sa tasse, un verre spécial avec une paille dinosaure et un couvercle pour éviter les accidents. Je la lui ai achetée, il y a quelques mois, lorsqu'il a décrété que boire avec un biberon était pour les bébés. De retour dans le salon, je lui pose quelques questions.

— Et alors, Lauren était là ? Tu lui as dit que tu voulais bien être son amoureux ?

Est-ce que c'est pathétique d'être intéressée par la vie sentimentale d'un gamin de quatre ans, à défaut d'en avoir une ?

— Oui, ça y est, on est fiancés.

L'air à la fois fier et détaché qu'il arbore me fait fondre. Je l'embrasse sur la joue en lui tendant son lait chocolaté.

— Je dois filer au boulot, mais tout à l'heure, quand je viendrai te chercher à l'école, tu me raconteras tout dans les moindres détails. Tata Aubrey veut tout savoir !

La paille dans la bouche, il hoche la tête tout en regardant un livre de super héros.

— A tout à l'heure, mon grand !

Trop absorbé par les dessins, il ne répond pas, et lorsque la porte de l'appartement se referme, je l'entends crier :

— Salut, Aubrey, je t'aime.

Le cœur gonflé d'amour, je file chez Good-up, oubliant la fatigue due à mes deux emplois.

La salle de repos du huitième est vide. Pas un chat. J'imagine que certains sont encore en train de se remettre de la soirée de samedi. Je bâille à m'en décrocher la mâchoire en me maudissant d'avoir été aussi faible. Il a suffi d'un simple sourire de Stan pour que je cède. Dire que je n'ai même pas croisé Jace… J'y allais essentiellement pour ça. Nous nous sommes quand même bien amusés. Nous avons ri et dansé. Et bu aussi. Beaucoup. Stan a même fini dans la piscine ! Il a essayé de m'entraîner avec lui, mais ma menace de lui faire mauvaise presse auprès de Jess et Arthur a fonctionné. Nous avons été le centre d'attention une bonne partie de la soirée, les gens s'étant mis en tête d'approcher l'homme flamant rose ! C'était le cas de Ryan, un type sympa. L'alcool l'avait rendu très bavard, et même si je n'ai pas su s'il était vraiment ami avec Jace, j'ai en revanche bien retenu qu'il ne semblait pas apprécier Serena. Ce qui nous fait un point commun, même si je me suis bien gardée de le lui dire. Lorsqu'il est parti commander à boire au bar, Stan a insisté pour que je mentionne l'air de rien que je suis allée au lycée avec Jace et que nous lui parlions de notre projet. Récemment, nous avons envisagé de collaborer.

Selon lui, son génie de la mode allié à mon esprit créatif est un gage de réussite ! Dans le but de me le prouver, il a dessiné un nombre impressionnant de tenues très originales pour les serveurs du futur restaurant.

Mon refus d'utiliser Ryan pour arriver à nos fins l'a agacé.

— Je ne suis pas une arriviste, me suis-je défendue.

— Je ne vois pas le rapport.

— Tu m'as dit toi-même qu'il n'a confiance en personne. Tu penses vraiment que jouer cette carte nous donnera un avantage ?

J'ai hésité à être honnête en lui avouant que j'avais déjà contacté dans le plus grand secret Storm US, une start-up montante spécialisée dans l'hôtellerie. Le nom de Patty Asher était revenu à plusieurs reprises lors de mes recherches. Les journaux spécialisés la décrivent comme étant une femme de poigne, tournée vers les jeunes talents aux projets ambitieux et qui souhaite diversifier son activité en ouvrant plusieurs restaurants sur la côte est. Mon projet avait une chance de l'intéresser. Seulement cette soirée n'était pas le lieu idéal pour avoir cette conversation avec Stan. Il n'était pas prêt à entendre mes arguments et je savais qu'insister sur le soutien financier dont Jess a besoin pour les soins d'Arthur ne suffirait pas à le convaincre. Ces derniers temps, j'avais beaucoup réfléchi à l'idée de révéler mon identité à Jace, mais le doute persistait. Qu'adviendrait-il s'il se braquait et me qualifiait de profiteuse ? Le risque était trop grand pour être encouru. Je ne voulais pas perdre mon travail.

Il est à peine 9 heures, la matinée s'annonce longue et ennuyeuse. Je vérifie que je suis seule en salle de pause – Serena a la fâcheuse tendance d'arriver au mauvais moment – et en profite pour m'asseoir cinq minutes avec un café et sortir mon téléphone. J'ouvre Instagram et consulte mes notifications. Quand j'ai vu le masque de flamant rose passablement épuisé sur mon lit hier soir, j'ai trouvé la photo artistique. Il y avait aussi cette histoire de concours et même si plus de cinq mille photos avaient déjà été postées, dont la plupart représentaient des poitrines et des paires de fesses moulées dans du tissu rose, j'avais eu envie de tenter ma chance.

Je laisse un commentaire sous la dernière photo de Harper, un cocktail multicolore qu'elle a créé la veille et que j'ai eu la primeur de goûter. Un véritable régal ! Mon amie est douée et s'entraîne sans relâche pour participer à un concours (et le gagner) rassemblant les meilleurs barmans des États-Unis. Je passe ensuite rapidement en revue les derniers posts des profils que je suis et découvre, surprise, une publication de Jace. D'habitude, il n'est pas très actif sur les réseaux sociaux. Sa photo de tatouage pour enfant me laisse perplexe. Au-delà des neuf cent soixante douze mille quatre cent trente-sept personnes qui ont liké, c'est son propre commentaire qui me surprend.

Alive.

On dirait presque qu'il fait écho à mon post de la veille. Le compte « Jace Adam page fan » (un reliquat honteux de mon adolescence fanatique) a aussi publié une story : un fond noir avec l'inscription « Jace is back – @RyanMolton ». Curieuse de savoir s'il s'agit du Ryan de la soirée, je visite son profil. Effectivement, c'est bien lui. Même sourire canaille et mêmes yeux bleus. Ce type est vraiment canon, pas autant que Jace, certes, mais il n'a rien à lui envier. Il a posté une dizaine de photos de la soirée, dont le selfie où Stan et lui m'ont collé de force ce masque ridicule de flamant rose. Tiens, tiens… Jace a liké la photo ! Étonnant, mais pas désagréable ! Une femme mature a aussi le droit d'avoir ses petits fantasmes !

Des bruits de pas dans le couloir me ramènent à la

réalité et me font prendre conscience du ridicule de la situation. Je me dépêche donc de ranger mon téléphone dans ma poche et de reprendre mon chariot roulant pour continuer l'approvisionnement des panières.

— Bon sang, pourquoi tu t'arrêtes comme ça ? Ah, salut, Aubrey !

Je lance un regard par-dessus mon épaule en reconnaissant la voix de Nathan Simon, le directeur financier de Good-up. Il est accompagné… de Jace. Ce dernier est immobile et me fixe avec curiosité. Je déglutis. Lui. Ici. En salle de pause. J'ai beau avoir imaginé cette rencontre des dizaines de fois, me retrouver face à cet homme que je n'ai pas vu depuis dix ans est étrange. Je me fustige de le dévisager comme une idiote et m'empresse de lancer un bonjour à la cantonade, avant de me décaler pour les laisser se servir. On dirait une collégienne mal à l'aise.

La voix rauque de Jace interrompt mes pensées :

— Bonjour. Mademoiselle… ? Je ne crois pas que nous ayons déjà été présentés.

Surprise qu'il s'adresse à moi, je me mets à bafouiller.

— Aubsil… Simpson. Aubrey Simpson.

— Jace Adam, dit-il d'un ton neutre tout en me serrant la main.

Une part de moi – celle qui a encore quinze ans – est déçue que mon nom ne lui soit pas familier. À quoi je m'attendais ? Il lâche ma main tandis que Nathan Simon prend de mes nouvelles. Être restés coincés ensemble dans un ascenseur nous a permis de faire connaissance. Ce jeudi de septembre, alors que nous étions suspendus entre deux étages, il m'avait régalée des bêtises de son fils pour retrouver son calme. Depuis, il vient boire son café tous les matins dans une de mes salles de pause.

Good-up occupe vingt-quatre étages, deux équipes gèrent les salles de pause. Stan et moi nous occupons des douze premiers étages. Le bureau de Jace est situé au dernier étage, raison pour laquelle je ne le croise jamais.

— Comment va Oli ? Pas de nouveaux smarties coincés dans le nez ? demandé-je en faisant référence à la dernière frasque de son fils, sous le regard perplexe de Jace.

Cette bêtise lui avait valu un court séjour aux urgences, où on lui avait assuré que la pastille colorée sortirait toute seule. Mon Dieu, les enfants ont parfois de drôles d'idées !

— Vous vous connaissez ?

— Disons que rester coincés dans un ascenseur, ça rapproche ! répond Nathan.

— Pardon ? lâche Jace d'un ton froid et accusateur.

Je sens le rouge me monter aux joues en comprenant l'ambiguïté de sa réponse. Il faut dire que le droit américain ne plaisante pas avec le harcèlement.

— Calme-toi, Jace ! Qu'est-ce que tu vas imaginer ? Nina me tuerait ! Aubrey a dû nous supporter, moi et ma claustrophobie, c'est tout. Je lui ai raconté toutes mes histoires sur Oli pour me calmer. Et Dieu sait qu'elles sont nombreuses, ajoute-t-il, dépité.

Jace semble se détendre et m'adresse même un clin d'œil complice avant de se tourner vers son collègue.

— Comment se fait-il que tu connaisses mieux mes employés que moi ? Tu ne passerais pas un peu trop de temps à discuter ?

L'ado en moi est clairement excitée par la réaction de Jace. Serait-il jaloux ?

— Si tu t'arrêtais parfois de travailler, répond Nathan en levant les yeux au ciel, tu saurais que dans les salles de pause d'Aubrey, le café est toujours chaud !

— C'est noté. J'essaierai d'y passer alors.

En entendant ce commentaire à mon attention, je me tourne vers lui et me heurte à ses prunelles bleues qui m'observent avec intérêt. Ses yeux sont un parfait mélange de curiosité et d'intensité et je ne peux m'empêcher d'y lire une promesse, celle que nous allons nous revoir.

Quelques heures plus tard, je navigue sur le profil Instagram de Jace. Cela fait bien longtemps que lui et moi n'appartenons plus au même monde, si tant est que ça ait été le cas un jour. Au même titre que Ryan Gosling ou Liam Hemsworth, il fait partie du club très select de mes fantasmes. Quand j'étais jeune, ce n'était qu'un béguin innocent, mais avec le temps et son sex-appeal grandissant, il est devenu sexuellement très attirant. N'oublions pas que ce mec a été placardé sur des panneaux publicitaires géants plus grands que mon immeuble de Brooklyn, qu'il côtoie des stars de cinéma et, par-dessus tout, est intelligent, charismatique et drôle. Enfin, d'après les interviews de lui que j'ai pu voir. Bref, la liste de ses qualités est longue comme le bras et la presse l'adore. Il fait aussi régulièrement la une des journaux, est invité dans des talk-shows et participe au moins une fois par semaine à des événements mondains. Comment ne pas fantasmer sur cet homme alors que la moitié de l'Amérique est amoureuse de lui ?

Mes pensées dérivent alors vers mon prochain rencard, une connaissance de Harper. Je n'ai pas pour habitude d'accepter des rendez-vous arrangés mais mon amie s'est montrée très persuasive et n'a pas tari d'éloges sur ce type.

— Tu es là, ma beauté, je te cherchais !

Stan entre dans la salle de pause. Il porte un jean slim avec des poches cloutées et une chemise blanche. D'une démarche pleine d'assurance, il se dirige vers le frigo et en sort son sandwich.

— Alors, quoi de neuf ? demande-t-il après avoir pris une énorme bouchée.

— Rien de spécial, réponds-je en haussant les épaules.

Afin de m'épargner un de ses interminables sermons sur mon manque d'ambition, je passe sous silence ma rencontre avec Jace et oriente la discussion sur notre projet, consciente qu'il est temps de passer en revue les différentes options qui s'offrent à nous. Depuis peu, nous avons décidé de nous associer.

— Le projet est fini ! J'ai terminé ma partie hier soir après mon service, dis-je avec un grand sourire.

— Génial ! Alors, quand est-ce que le grand patron va pouvoir nous recevoir, à ton avis ? Ça serait bien d'être fixés rapidement sur un planning car les délais de livraison des tissus sont parfois très longs.

J'ouvre la bouche mais aucun son ne sort. La conversation ne prend absolument pas la tournure escomptée.

— Pourquoi tu me regardes comme ça ? Tu sais, je suis très exigeant quant à la qualité de la matière première que je choisis. Je qualifierais même ma démarche d'écoresponsable.

Sa précision me fait glousser et, malgré le regard noir qu'il me lance, je ne peux pas m'empêcher de me moquer.

— Ecoresponsable ? Première nouvelle… Alors comment tu expliques que…

— Attention, jolie demoiselle ! Ne vous aventurez pas dans cette voie dangereuse. Ce serait regrettable que notre collaboration prenne fin avant même d'avoir démarré !

— Tout de suite, les grands mots.

Il me fait un clin d'œil et reprend avec bonne humeur.

— Plus sérieusement, quand est-ce qu'on va voir Ana pour lui demander un rendez-vous avec le grand manitou ?

Ma grimace a le mérite de mettre fin à ses grandes illusions.

— Aubrey Simpson, serais-tu en train de te dégonfler, par hasard ?

— Le truc, c'est que…

— Merde, dire qu'hier, ce Ryan aurait pu nous ouvrir des portes. J'aurais dû suivre mon intuition et profiter de cette occasion en or pour lui parler de notre projet.

— Arrête de t'énerver et écoute-moi cinq minutes.

Ça fait un moment que j'y réfléchis et je pense que Storm US pourrait être une option très intéressante pour nous. Cette femme, Patty Asher, a dit dans une interview que…

Les mains de mon ami s'abattent brusquement sur la table, me faisant sursauter.

— Hors de question ! Je refuse de brader mon talent, je veux le must, le nec plus ultra, et on sait tous les deux que c'est Good-up. Certainement pas cette chaîne de motels bas de gamme…

Je fulmine, agacée par son manque criant de raisonnement, et me lève pour lui faire face.

— Tu n'as pas l'impression d'exagérer un peu ? Tu ne connais même pas Storm US. Tu juges avant de savoir.

Il croise les bras, buté, mais consent à me laisser continuer.

— Son entreprise est hyper innovante, je me suis renseignée et…

— Ce sera Good-up ou rien.

Peine perdue, mon ami est plus têtu qu'une mule. Nous nous affrontons du regard pendant de longues secondes et je finis par capituler. Je suis faible, mais je déteste me disputer.

— Stan… Ce n'est pas à toi que je vais apprendre que Jace est très méfiant. Il risque de s'imaginer que je suis là pour le piéger ou un truc tordu dans le genre.

— Tu racontes n'importe quoi.

— Rien ne nous empêche d'étudier plusieurs options et de décider ensuite laquelle on retient.

— C'est non.

Il campe sur ses positions, visiblement en colère.

— Stan, écoute-moi, s'il te plaît. Il ne s'agit pas de brader notre projet comme tu le dis, mais d'étudier différentes possibilités afin de lui donner toutes ses chances.

Il tire sa chaise et me fait signe de me rasseoir.

— C'est quoi, la vraie raison, Aubrey ?

Je me pince l'arête du nez et cherche mes mots avec soin pour ne pas risquer de l'énerver encore plus.

— J'ai vraiment besoin de ce boulot, Stan, mon salaire de serveuse n'est pas suffisant pour aider Jess. Franchement, rien ne s'est passé comme prévu, c'est à la com que j'avais postulé. Est-ce que tu crois sérieusement que j'ai la moindre légitimité avec ce poste ?

— Il faut le voir comme un tremplin.

— Il va nous rire au nez.

— Tu racontes n'importe quoi.

— Pas du tout. Je ne tire pas un trait sur Good-up, je propose simplement une autre option. On se renseigne, rien de plus.

— Arthur va mieux, contre-t-il.

— C'est vrai, mais il n'est pas totalement guéri. Le traitement est encore lourd, le spécialiste est hors de prix et nous n'avons même pas fini de rembourser l'opération. Si je perdais mon job ici, Jess serait en galère.

— Elle te tuerait si elle savait que tu renonces à cause d'elle.

— Pour elle, Stan, pas à cause d'elle.

— C'est pareil.

Je tente une approche différente.

— De toute façon, Jace a un emploi du temps de ministre, nous n'aurons pas d'entretien avec lui avant quinze jours, nous pouvons donc mettre ce temps à profit pour prospecter ailleurs.

— Tssssss... Faut y aller au culot, ma belle. Tu sais bien que dans ce monde, on n'a rien sans rien. La chance, ça se provoque, on n'attend pas qu'elle nous tombe dessus un matin. Alors bouge ton joli p'tit cul, bombe la poitrine, claque ton plus beau sourire, pointe-toi devant son assistante et chope-nous un créneau.

Je lève les yeux au ciel en grognant.

— Je ne savais pas que j'allais devoir me trémousser devant son assistante pour obtenir cet entretien.

— Ce n'est pas ce que j'ai dit… enfin, pas vraiment.
— Promets-moi de réfléchir à l'option Storm US, renchéris-je.
— Fais ce que tu veux avec ta Patty Machin Chose, moi je reste concentré sur l'objectif de départ.
— Stan, tu sais que j'ai l'intention de la rencontrer, avec ou sans ton accord.
Il balaie ma remarque d'un geste impatient.
— Je te propose un marché.
Je m'adosse à ma chaise et croise les bras sur la poitrine, l'invitant à continuer.
— Si d'ici un mois, tu n'as pas réussi à obtenir un entretien avec Jace, alors nous irons voir cette fameuse Patty ensemble.
— C'est vrai ? Tu serais d'accord pour venir avec moi ?
— Je viens de te le proposer.
— Ok, marché conclu, dis-je en lui tendant la main.
— Par contre, je te préviens, pendant ces trente jours, je ne vais pas te lâcher.

Et c'est ce qu'il fait.
Tous les jours, il me harcèle pour savoir si je suis enfin allée voir la secrétaire de Jace. D'autant plus que la direction nous a mystérieusement changés de secteur et nous sommes désormais responsables des étages treize à vingt-quatre. Nous croisons donc Jace presque tous les jours et échangeons généralement quelques banalités avec lui. Nous sommes en ce moment même en pleine discussion et, sans que je sache comment, la conversation a dérivé sur la communication d'entreprise. Je me laisse aller à donner mon point de vue sur la campagne de Dicos, une grande enseigne de restauration rapide chinoise, sous le regard appréciateur et fier de Stan. Visiblement intrigué par mon analyse, Jace penche la tête en s'interrogeant :

— Que fait un petit génie de la com comme vous à la gestion des salles de pause ?

Je me fige, mal à l'aise, et Stan saute bien sûr sur l'occasion.

— C'est vrai ça, Aubrey ! Pourquoi tu ne raconterais pas à M. Adam…

— Jace. Vous pouvez m'appeler Jace.

Ravi, Stan lâche quelques sous-entendus et m'adresse des regards éloquents avant de s'enfuir comme un lâche. Je le maudis en silence, consciente que c'est le moment fatidique, celui que j'attends depuis des mois. Me défiler n'étant pas une option, car j'ai fait une promesse à Stan, je décide de me lancer et de parler de notre ville natale. Après tout, il va peut-être très bien réagir.

— Vous ne vous souvenez sûrement pas de moi, mais nous nous sommes déjà rencontrés, il y a quelques années de ça.

— Ah bon ?

J'ai le sentiment qu'il feint d'être surpris. Est-il possible qu'il sache déjà ce que je m'apprête à lui révéler ? Serena entre alors en trombe dans la salle et met fin à notre tête-à-tête.

— Jace ! Bon sang, ça fait vingt minutes que je te cherche partout.

Elle affiche clairement son agacement, avant de remarquer ma présence. Me trouver assise en face de Jace ne semble pas améliorer son humeur.

— Mademoiselle Simpson, loin de moi l'idée de vous dire comment faire votre travail mais il me semble, et nous pourrons éclaircir ce point avec M. Braxton si nécessaire, que votre mission consiste simplement à réapprovisionner les salles de pause et non à bavarder, ni à gêner les membres de l'équipe, encore moins la direction.

Je vire au rouge écarlate et saute de mon tabouret, humiliée d'être rappelée ainsi à l'ordre. Je me dirige à grands pas vers mon chariot, pressée de quitter les lieux pour éviter une nouvelle salve de remontrances gratuites et insultantes.

— Arrête, Serena. C'est moi qui dérangeais Aubrey dans son travail et non l'inverse. Je te rejoins dans cinq minutes. Aubrey, tu disais ? insiste-t-il, me surprenant par l'emploi du tutoiement.

Serena n'a pas bougé d'un pouce et même si je suis en droit de répondre à mon patron, je n'ai pas envie qu'elle soit témoin de cette conversation.

— Rien d'important, je dois y aller. Bonne journée.

Sauf que, contrairement à moi, la présence de son amie ne l'empêche pas d'être honnête.

— Nous en reparlerons plus tard alors.

# 6

*Jace*

— Tu n'es pas sérieux, Jace ?

J'ignore le regard incrédule de mon amie, remercie Ana de faire le nécessaire et entre dans mon bureau, Serena sur les talons.

— Allô la lune, ici la terre ! reprend-elle.

Elle ferme la porte et je salue silencieusement son initiative, je déteste me donner en spectacle. Je m'assois dans mon fauteuil et croise les bras.

— Quoi ?

— Tu comptes vraiment attribuer à Aubrey Simpson l'organisation de notre soirée Good-clients ?

— Et comment !

— On est bien en train de parler de la soirée du 15 juin ?

— Je n'en vois pas d'autre.

— Mais c'est dans à peine deux mois. Tu comptais m'en parler un jour ? Je veux dire, si je n'étais pas arrivée au moment où tu demandais à Ana de lui donner les accréditations nécessaires, est-ce que tu aurais au moins pris la peine de me mettre au courant ?

Agacé par sa réaction, j'ouvre ma boîte mail et consulte les derniers messages. Cinquante-huit nouveaux messages. Comment est-ce possible ? Je suis parti à peine dix minutes !

— Jace ! Tu m'écoutes ?

— Je ne fais que ça…

— Cet événement est juste *la* soirée la plus importante de l'année, tu en es conscient ?

— Je croyais que c'était mon anniversaire… Putain, t'as vu le mail de cet enfoiré de Truman ? Je vais me faire un plaisir de lui répondre…

— J'ai atterri dans la quatrième dimension ou quoi ?

Serena fait les cent pas devant moi, visiblement stupéfaite d'avoir appris que je comptais confier l'organisation de cette soirée à Aubrey. Sa réaction est démesurée, d'autant plus que je sais maintenant qu'elle a assisté à son entretien d'embauche avec Braxton. Je ne peux donc pas croire qu'elle soit passée à côté d'un tel potentiel. Le CV d'Aubrey est tout à fait intéressant et elle semble avoir une très bonne capacité d'analyse, notre discussion de l'autre jour me l'a encore prouvé. Sa remarque pertinente sur la stratégie de communication de ce géant du fast-food asiatique m'a totalement pris de court. En plus d'être très attirante, c'est une fille intelligente. Rien de plus sexy qu'une femme qui sait de quoi elle parle. Dommage que Serena nous ait interrompus à ce moment-là. J'ai voulu retourner la voir plus tard pour m'excuser, malheureusement elle était déjà rentrée chez elle, et un nombre impressionnant d'imprévus me sont tombés dessus les jours suivants, si bien que je n'ai pas eu l'occasion de la recroiser.

Puisque le destin semblait être contre moi, j'ai demandé à Ana de récupérer son dossier aux ressources humaines. Il était temps de percer le mystère Aubrey Simpson. Je n'ai pas été déçu : à la minute où j'ai posé les yeux sur son CV, j'ai su qu'elle était différente des autres. Diplômée d'un master en communication, elle possède une expérience étonnamment riche pour son âge. Elle a déjà effectué plusieurs stages dans de grandes entreprises et a même rejoint une start-up pendant quelques mois. Une rapide recherche n'a fait que confirmer mon intuition, elle a à son actif une sacrée liste de projets variés et très innovants. Comment a-t-elle pu atterrir au poste de responsable des salles de pause ? En parcourant son CV, j'ai aussi découvert une autre information : le Brooke's bar. Aubrey y est serveuse le soir et le week-end. Intrigué, j'ai passé un coup de fil à Braxton pour connaître ses horaires et son salaire chez Good-up. Rien d'anormal, celui-ci est plus que correct. Après une seconde d'hésitation, j'ai finalement enregistré l'adresse du bar dans mon portable, me promettant d'aller y faire un tour.

— Qu'est-ce qui t'arrive, Jace ?

Serena me coupe dans mes réflexions et me ramène à la réalité.

— Est-ce que tu couches avec cette fille ? lâche-t-elle en me regardant droit dans les yeux.

— Quoi ?

Elle continue à me fixer.

Cinq.

Quatre.

Trois.

Deux.

Un.

— Ça expliquerait ton comportement bizarre, dit-elle en contournant mon bureau. Tu ne m'appelles plus. Avant, ça ne te gênait pas que je passe te voir à l'improviste. Maintenant, j'ai tout le temps l'impression de te déranger. On dirait que tu m'évites.

Elle s'assied sur le bureau et écarte légèrement les cuisses, me laissant entrevoir ses dessous en dentelle rouge. Nos petits jeux me paraissent tellement ridicules que je peine à croire que j'y ai trouvé un jour un intérêt.

— Je te connais, Jace, je sais que tu as des besoins donc si tu ne les combles plus avec moi, j'imagine que tu vas voir ailleurs. Ça ne me pose pas de problème, j'aurais préféré que tu sois honnête, c'est tout !

Sauf que je ne suis pas tout à fait convaincu que ça ne lui pose aucun problème. Son ton est bien trop perché pour être sincère et j'ai surtout l'impression qu'elle se force à faire comme si tout allait bien.

— Serena, s'il te plaît, dis-je en désignant ses cuisses. Pas maintenant.

Elle se rembrunit, vexée, mais n'insiste pas et se lève.

— Tu admettras que j'ai le droit d'être surprise. Chaque année, nous organisons cette soirée ensemble. Est-ce que je dois te rappeler que ce n'est pas un simple événement ? Nos plus gros investisseurs seront là et…

— Bon sang, arrête ton délire ! On dirait que tu parles à un gosse. Je sais très bien ce que je fais.

— Mon délire ? C'est le monde à l'envers ! Tu décides de confier l'organisation de la soirée la plus importante de l'année à une vulgaire employée qui sort de je ne sais où, et c'est moi qui délire ? Je ne te suis pas, Jace.

— Pourtant, c'est très clair. Je veux qu'Aubrey Simpson prenne en charge cet événement de A à Z. Elle en a tout à fait les capacités. D'ailleurs, qu'est-ce qu'elle fout aux salles de pause ? Elle a répondu à une annonce ?

Lui avouer qu'Aubrey était dans le même lycée que nous serait sans doute la chose la plus honnête à faire, seulement je n'en ai pas envie. Serena a tendance à vouloir me protéger, et d'ordinaire je suis le premier à me méfier des gens. Douter de la nature humaine est plutôt ma marque de fabrique, issue d'une vision cynique et désabusée du monde dans lequel je vis, mais pour une raison incompréhensible, Aubrey semble différente. L'autre jour, si Serena ne nous avait pas interrompus, je mets ma main à couper qu'elle allait me parler de Delsin. D'ailleurs, quand j'ai vu la honte voiler les iris noisette de mon nouveau fantasme, l'agressivité de Serena m'a tapé sur les nerfs. Aubrey semble incapable de cacher ses émotions, ce qui s'avère être une véritable bouffée d'air dans ce monde surfait.

— Non, candidature spontanée.

*De mieux en mieux !*

— Et ? dis-je pour l'encourager à développer.

— Et quoi ?

Je la sonde du regard, dubitatif. À quel moment avons-nous arrêté d'être sur la même longueur d'onde ?

— Rassure-moi, tu as lu son CV ? Car moi, oui, et il est très bon. Putain, Serena, c'est tout à fait le genre de profil dont la com de Good-up a besoin. Pourquoi est-ce que je suis le seul à m'en rendre compte ?

— Que reproches-tu à la com actuelle ? Excuse-moi, Jace, mais là j'ai vraiment du mal à voir où tu veux en venir. Tu n'as jamais parlé de recruter quelqu'un dans ce service.

— Tu te fous de moi ? Dois-je te rappeler que Langdstrom s'est barré chez la concurrence et bosse pour cette garce de Patty Asher ? Storm US a réussi, par je ne sais quel miracle, à débaucher un de nos employés les plus prometteurs. Je ne t'apprends rien en te disant qu'avec ce départ, c'est une partie de nos secrets de communication qui s'est fait la malle. Cette femme déploie des trésors d'ingéniosité pour nous saboter et devenir leader sur le marché. Elle cherche à nous voler nos idées et à nous ridiculiser. À nous de renforcer notre équipe et de nous entourer de collaborateurs plus efficaces et plus innovants.

Mais Serena semble sourde à mon discours.

— On s'est réorganisés en conséquence. Et je te signale que tu n'as jamais mentionné que nous devions remplacer Langdstrom.

Je balaie sa remarque d'un geste impatient, agacé par sa mauvaise foi. Je n'ai pas envie de me disputer avec elle, mais Serena ne doit pas oublier que Good-up est avant tout *ma* boîte et que je n'hésiterai pas à le lui rappeler si elle m'y force. Certes, son poste est capital et je n'ai pas la prétention de m'attribuer 100 % du succès de l'entreprise, mais je n'en reste pas moins le principal décisionnaire.

Nous nous fixons un long moment, puis je hausse les sourcils et lui désigne du menton le fauteuil en face de mon bureau, l'invitant à s'asseoir. Elle soupire et s'exécute. Nous allons enfin pouvoir discuter calmement. Je la connais, je sais que sous ses airs hautains et ses réactions excessives se cache une femme brillante et intelligente.

— Écoute, la communication, c'est ton domaine, je te l'accorde, mais cette femme a un potentiel inexploité, je le pressens.

— Et si c'était une opportuniste ?

— Une détraquée qui passe neuf mois en salle de pause à faire du café et s'assurer que les corbeilles de fruits sont pleines, tu veux dire ? À d'autres, Serena ! C'est une femme tout à fait normale qui a sûrement perdu son boulot et qui cherche juste un moyen de payer ses factures. Tu ne crois pas que si c'était une opportuniste, ça ferait bien longtemps qu'elle aurait cherché à m'aborder ?

— Ce ne serait pas la première fois qu'on a affaire à une tarée.

— Pas elle.

Nous nous affrontons du regard, mais elle n'a pas l'air convaincue.

— Pas cette fois, Serena… Je me porte garant.

— Très bien, cède-t-elle à contrecœur. Si elle s'en sort avec cette soirée et qu'elle ne nous ridiculise pas, je veux bien qu'elle intègre le service.

— Elle s'en sortira, je n'ai aucun doute. Et puis, je serai là pour lui donner un coup de main et lui expliquer ce que nous attendons exactement d'elle.

— Toi ? Mais pas plus tard qu'hier tu disais que tu

étais complètement débordé. Tu ne veux pas plutôt que je m'en charge ?

— Non, c'est bon. Je m'en occupe.

Serena semble attendre des précisions, mais je n'ai pas l'intention de me justifier.

— Comme tu veux, lâche-t-elle en se levant. J'organiserai un entretien officiel après la soirée, mais je te préviens, Jace, je veux avoir mon mot à dire. Si la soirée est un fiasco ou si j'estime qu'elle n'a rien à apporter à mon équipe, tu devras m'écouter.

Mon téléphone sonne au même moment, mettant fin à notre conversation. J'acquiesce et elle sort de mon bureau.

Une bonne chose de faite !

# 7

— Salut, Aubrey.

Il est à peine 7 h 45 lorsque j'entre dans la salle de pause. D'habitude, je ne suis pas si matinal, mais en venant aussi tôt j'étais certain de la trouver à son poste. Si j'ai appris quelque chose sur Aubrey ces derniers jours, c'est qu'elle est consciencieuse et ponctuelle. Je savais aussi qu'à cette heure, nous ne serions pas dérangés. Elle pivote vers moi, un grand sourire aux lèvres, puis sans un mot verse du café dans une tasse. C'est la première fois que nous nous retrouvons seuls depuis l'incident Serena.

— Bonjour, Jace. Noir sans sucre, récite-t-elle en me tendant le breuvage magique.

Je lui fais un clin d'œil, impressionné par sa mémoire.

— Merci. Tu as mené ton enquête sur moi ?

Elle secoue la tête en riant, interprétant sans doute mes paroles comme une plaisanterie alors que ma question n'est pas si anodine. Certaines personnes sont capables de mettre au point des stratégies hallucinantes pour m'atteindre, mais Aubrey, elle, semble vierge de toute mauvaise intention. J'espère simplement que mon sixième sens ne me trompe pas. Sans se douter une seconde de mes pensées tordues, elle continue de réapprovisionner les panières de viennoiseries.

— Je suis très observatrice, c'est tout. Serena ajoute un nuage de lait, et Ana deux sucres.

— C'est une qualité appréciable.

— Utile en tout cas, surtout quand on travaille dans les salles de pause, complète-t-elle avec un adorable petit rire.

Aubrey est tout en discrétion par rapport aux femmes qui ont l'habitude de rayonner autour de moi. C'est toujours à celle qui rira le plus fort, aura la jupe la plus courte ou le décolleté le plus plongeant. Parfois, j'ai même la désagréable impression qu'il me suffirait de tendre la main pour toucher leur corps refait. Alors le fait de découvrir Aubrey dans son jean noir, sa blouse en dentelle blanche, avec des converses kaki aux pieds et fuyant mon regard est une curiosité en soi. C'est comme si elle était originaire d'une autre planète, une sublime excentricité, bien différente des autres femmes et totalement immunisée contre ma célébrité. Rafraîchissants et inédits, voilà les adjectifs qui me viennent à l'esprit pour qualifier nos rapports. En dix ans, personne ne s'est comporté avec moi avec autant de simplicité et de naturel.

— En parlant de qualités, j'ai consulté ton dossier.

Elle se fige pendant une poignée de secondes avant de déposer un cookie sur une assiette comme si de rien n'était. Je me tais et la regarde constituer une jolie pyramide sucrée à l'aide de la pince en acier. Je bois une gorgée de café et reprends, essayant de modérer mon enthousiasme :

— Ton CV est impressionnant. Tu as été prolifique depuis ta dernière année de fac.

Elle hausse les épaules et reste concentrée sur sa tâche.

— J'ai eu de la chance, rien de plus.

— Je ne crois pas que la chance ait grand-chose à voir là-dedans. À mon avis, tu as un réel talent pour cibler les attentes et les besoins d'un client. Ton analyse sur la dernière campagne de communication de Dicos était très pertinente.

— Je vois chaque projet comme un nouveau défi. Chacun est unique et, à ce titre, mérite qu'on s'y implique à 100 %. J'imagine que les clients pour lesquels j'ai travaillé ont été conquis par mon enthousiasme, ce qui explique que j'ai souvent bénéficié de recommandations qui m'ont ouvert de nouvelles portes.

— Dans ce cas, comment se fait-il que tu ne travailles plus dans ton domaine ?

Elle laisse échapper un soupir.

— Mon ancienne entreprise a fait faillite et, comme beaucoup de personnes, j'ai dû parer au plus pressé, à savoir trouver un emploi au plus vite pour payer mon loyer. J'ai pris le premier job que j'ai trouvé.

— C'est dommage.

— Temporaire me paraît un choix de mot plus approprié.

— Donc tu attends simplement qu'une occasion plus intéressante se présente ?

— Oui. Je ne désespère pas. Sans vouloir vous vexer…

— Tu, s'il te plaît.

— Sans vouloir te vexer, fait-elle en souriant, je ne compte pas rester ici toute ma vie.

Elle finit de disposer les viennoiseries, se penche pour attraper un pichet de jus d'orange pressé et termine de garnir la table. Elle observe alors le résultat, déplace les tasses et réajuste le bouquet de fleurs puis sourit, satisfaite.

— Et si je te donnais cette occasion maintenant ?

Ma question a le mérite d'attirer son attention.

— Comment ça ? demande-t-elle en me fixant de ses prunelles expressives. Pourquoi tu ferais ça ?

Je porte la tasse à mes lèvres et avale les dernières gouttes du liquide bouillant, sans rompre le contact visuel. La réponse la plus évidente et sincère serait de lui avouer que je la connais et que je me souviens de son esprit créatif d'adolescente, mais je préfère garder cette information pour l'instant, curieux de voir si elle va elle-même l'évoquer. Elle hoche la tête et reste silencieuse pendant une dizaine de secondes. Ai-je raison de lui faire confiance ? Pourquoi aurait-elle intérêt à me cacher cette information ? Malgré mon trouble, je me décide à lui préciser ma proposition.

— Une place s'est libérée au service communication il y a cinq mois et le poste est resté vacant.

Ses jolis yeux chocolat s'arrondissent comme des soucoupes, trahissant son étonnement.

— Tu… tu me proposes un poste sans même me connaître ? m'interroge-t-elle en bégayant.

Elle balaie la pièce des yeux et semble méfiante. Pense-t-elle que je lui suggère un arrangement douteux ? Soudain, je regrette de ne pas l'avoir convoquée dans mon bureau pour un entretien plus formel. J'acquiesce et profite de sa surprise pour poser ma tasse sur son chariot, tout en veillant à rester à distance. La dernière chose dont j'ai besoin, c'est d'être accusé de harcèlement sexuel.

— Pas exactement. Disons que tu devras d'abord faire tes preuves.

Je grimace, conscient que ma précision pourrait être mal interprétée. Très mal interprétée. Du style à m'envoyer direct devant un juge. Quel con ! Dans ma tête, ça ne sonnait pas du tout comme une réplique de film porno.

— Une période d'essai, ajouté-je en espérant mettre un terme à ses doutes. Une sorte de défi à relever.

Une étincelle embrase alors son regard. Aubrey est une battante, je le sens. Sa méfiance semble enfin s'être envolée.

— Je t'écoute, dit-elle sans réussir à cacher son excitation.

Sa bonne humeur est contagieuse et je sens mes lèvres s'étirer.

— Tous les ans, nous organisons une soirée pour nos

clients. Cette année, elle aura lieu le samedi 15 juin. J'aimerais que tu te charges de l'organisation de cet événement avec mon aide. Si tu arrives à me convaincre de tes compétences, le poste actuellement vacant est à toi.

— Il y a un piège, c'est ça ?

Je lève les mains devant moi dans un geste que j'espère rassurant.

— Aucun, promis. Mis à part que le timing est plutôt serré et que le service communication est dirigé par Serena. Donc si tu intègres l'équipe, elle sera ta responsable directe. Si cela te pose un pr…

— Pas de problème, me coupe-t-elle vivement.

Je tente de retenir un sourire victorieux.

— Parfait. Voilà comment je vois les choses. Cette mission est à effet immédiat. Tu commences dès aujourd'hui et, de mon côté, je vais demander aux ressources humaines de trouver un remplaçant pour ton poste.

Elle se met à triturer ses doigts.

— Et si je ne fais pas l'affaire, est-ce que mon contrat prendra fin ?

Je me passe la main sur la nuque, gêné. Effectivement, c'est une possibilité à envisager car si elle ne se révèle pas suffisamment compétente pour gérer l'organisation de cette soirée, je ne pourrai pas justifier son embauche au service communication. Serena s'y opposera formellement et elle aura raison. Certes, Aubrey me plaît beaucoup – comme aucune autre femme jusqu'à présent – mais ça ne doit pas influencer mon jugement. Je n'engage que des collaborateurs performants. C'est ce qui a toujours fait la richesse de Good-up.

— C'est une éventualité, oui. Reste à savoir si tu acceptes de prendre ce risque.

Son regard torturé me fixe. En réalité, je ne sais rien d'elle. Un simple souvenir de l'époque du lycée est insuffisant pour prétendre l'avoir cernée.

— Est-ce que ça poserait un problème que je garde mon poste actuel et que je consacre mes après-midi à ce projet ?

Je l'étudie en silence, étonné par sa demande. Elle a donc vraiment besoin de ce boulot. Étrange lorsqu'on sait qu'elle occupe déjà un poste de serveuse dans un bar. J'aimerais l'interroger pour en savoir davantage sur ses motivations, mais j'ai conscience que nous ne sommes pas encore à ce stade de proximité.

— Gratuitement bien sûr, ajoute-t-elle en redressant le menton.

Sa force de caractère m'impressionne. Malgré la chance que je lui offre, elle veut faire ses preuves jusqu'au bout.

— C'est bien la première fois qu'un de mes collaborateurs propose de faire des heures sup gratuitement ! dis-je en riant.

Elle rit à son tour, les yeux débordant d'espoir, et je ne résiste pas à l'envie de lui tendre la main pour sceller notre accord.

— Marché conclu, Aubrey.

Ses lèvres forment un adorable « o » de joie, de surprise et de gratitude, et pour mon plus grand bonheur, elle glisse ses doigts dans ma paume, m'hypnotisant de son regard pétillant. Subjugué par sa beauté et conquis par son naturel, je sens mon pouls s'accélérer. À contrecœur, je lâche sa main et recule, prenant soin de mettre les mains dans les poches pour cacher mon trouble.

— Très bien, alors on se retrouve à 14 heures, dans la salle de réunion à côté de mon bureau ?

Son sourire est immense et je suis fier d'en être à l'origine.

— Parfait, je serai là.

J'acquiesce et me dirige vers le couloir, l'esprit bouillonnant, partagé entre joie et déception. Mais alors que je m'apprête à quitter la salle de pause, elle m'interpelle. Je ferme les yeux, soulagé. Aubrey n'est pas une manipulatrice, je savais qu'elle finirait par me parler du lycée. J'inspire et me tourne vers elle, veillant à garder un air neutre.

— Oui ?

Je hausse un sourcil, mais elle me dévisage sans rien dire, le regard à nouveau empli de doute et de crainte.

— Merci. Merci, Jace.

Deux petits mots simples.

Rien d'autre.

Pourtant, même si j'espérais un autre aveu, mon cœur s'emballe et se met à battre plus vite, troublé par la douceur de sa voix. Incapable de répondre de peur de trahir mes émotions, je me contente de hocher la tête.

*Aubrey*

— Alors, comment a-t-il réagi ?

Je viens d'annoncer la nouvelle à Stan et le moins que l'on puisse dire, c'est qu'il est ravi !

— Comment ça ?

— Quand tu lui as dit que vous veniez du même bled paumé.

Un long silence gêné flotte entre nous, et j'ai soudain envie de m'enterrer six pieds sous terre. Loin d'être dissuadé par ma grimace, il affiche un air de reproche.

— Aubrey, gronde-t-il.

— Je te promets que j'en avais l'intention, mais…

— Maiiiis ?

Je n'ai jamais vu des sourcils se lever aussi haut. Si je n'étais pas en si mauvaise posture, j'en rirais, sauf que je sens bien que ce n'est pas le moment. Le mieux est de faire profil bas.

— Mais… rien, j'ai flippé.

— Flippé ? Je suis censé me contenter de cette vague explication ?

Je ferme les yeux et me frotte le front.

— Bon sang, je me sens tellement stupide. J'allais le lui dire, mais au dernier moment, je n'ai pas osé. Et s'il avait gardé un très mauvais souvenir de cette histoire ? Nous étions jeunes, je sais bien, mais…

— Est-ce que tu crois qu'il se souvient vraiment de cet épisode ?

— J'étais peut-être une gamine de quatorze ans, mais j'avais un sacré caractère. Alors crois-moi quand je te dis que ma colère n'a pas pu lui échapper. À l'époque, les avoir entendus se foutre de moi m'a vraiment blessée, alors j'ai mis le paquet pour être particulièrement odieuse chaque fois que je le croisais. Et ça arrivait souvent. Très souvent.

Stan glousse.

— Qu'as-tu pu faire de si horrible ?

— Des trucs d'ado, les ignorer royalement, leur lancer des regards noirs, murmurer des insultes sur leur passage. À ma décharge, j'étais encore jeune. Le monde était noir ou blanc pour moi. Comme tout le monde, j'ai découvert en grandissant qu'il existait des nuances de gris.

— Exactement, alors pourquoi n'avoir rien dit ? Vous pourriez même en rire, cette histoire n'est pas non plus un drame. Vous avez fréquenté la même école, vous vous êtes bouffé le nez, et alors ? La belle affaire ! Tu bosses ici depuis des mois et à aucun moment tu n'as utilisé votre passé comme un passe-droit. Tu es la personne la plus honnête que je connaisse, fais-moi confiance, Aubrey, Jace n'a aucune raison de mal le prendre. Au contraire, il va retrouver une vieille connaissance avec qui il pourra critiquer ses anciens profs.

*Pourquoi je n'ai rien dit ?*

Cette question m'a hantée toute la matinée. Ça ne donne jamais rien de bon de ne pas être honnête. Pourtant, j'ai fait taire la petite voix qui me répétait de dire la vérité. Pour ma défense, sa proposition m'a prise de court et j'ai eu peur de tout gâcher. À la dernière seconde, j'ai bien eu un regain de courage et l'envie de me comporter comme une adulte. Sur le moment, je m'en sentais capable ! Nettement moins quand, après l'avoir interpelé, j'ai découvert son visage impassible, dénué de toute émotion. Tout à coup, il semblait être redevenu le patron inatteignable que je redoutais et la crainte de passer à côté d'une belle chance m'a aveuglée. Mon souffle s'est suspendu un instant, seuls les battements de mon cœur résonnaient avec force, et je n'ai rien trouvé d'autre à dire qu'un pitoyable merci. Après son départ, j'ai enfin pu reprendre ma respiration, malheureusement cette stupide omission me laisse une sensation désagréable, comme un caillou dans ma chaussure : gênant et douloureux.

— Rectifie le tir quand tu le rejoindras à 14 heures. Joue cartes sur table et on n'en parle plus.

Pour Stan, tout est simple. J'acquiesce en silence et ferme à clé la réserve où nous venons d'entasser une dizaine de cartons.

— C'est ce que j'ai prévu de faire.

— C'est notre chance, Aubrey, ne la laisse pas passer, ajoute-t-il d'une voix excitée.

— Au fait, j'ai une autre bonne nouvelle à t'annoncer.

Alors que nous marchons dans le couloir, Stan m'arrête brusquement, me retenant par le bras.

— Deux bonnes nouvelles ! C'est Noël, c'est ça ?

Je glousse.

— Euh, non pas vraiment. Nous sommes le 22 avril, je te rappelle !

— C'est d'autant plus surprenant !

L'attitude toujours enthousiaste de mon ami alliée à sa bonne humeur communicative et inépuisable donnerait le sourire à n'importe qui.

— Il y a une heure, Linda, l'assistante de Patty Asher,

m'a appelée et figure-toi que Storm US est d'accord pour nous rencontrer le 8 mai.

On peut dire que cette matinée aura eu son lot de surprises. Contre toute attente, Storm US n'a pas été si difficile à approcher. Dans un premier temps, j'ai contacté leur siège pour obtenir des informations. J'avais besoin de connaître le nom de leur responsable de la communication et de savoir s'ils acceptaient les candidatures spontanées. Puis je leur ai envoyé un long mail, CV à l'appui, expliquant pourquoi je serais ravie de rejoindre leur équipe de communication et de pouvoir leur soumettre un projet inédit.

Stan grogne. Malgré mes tentatives pour le convaincre, il n'est toujours pas emballé par cette idée.

— C'est quand même mieux de bosser en famille, non ?

— En famille ?

Il n'a pas son pareil pour choisir ses mots.

— Oui, chez Good-up. On fait tous les deux partie de cette boîte, autant profiter de cet avantage.

— Stan, on a déjà eu cette discussion. Je ne sais pas comment te le dire autrement. J'ai *vraiment* envie de donner sa chance à ce projet. J'y ai passé trop de nuits blanches pour ne pas étudier toutes les options.

— Au point de pactiser avec l'ennemi ?

Sa remarque sonne comme un horrible reproche et me vexe.

— Pas du tout, dis-je, irritée.

— Good-up est *la* start-up la plus innovante. Je trouve que c'est dommage de ne pas viser le plus haut possible dans un premier temps, surtout quand on en a les capacités.

— J'étudie simplement une autre possibilité, histoire d'avoir un plan B. Rien n'est définitif.

— Tu m'avais promis d'attendre un mois.

— Je sais.

— Le mois est-il écoulé ?

— Non.

— Donc Good-up est toujours la priorité, conclut-il, rayonnant.

— Tu n'en fais vraiment qu'à ta tête.

— Bla bla bla, je ne t'entends plus, chante-t-il en se bouchant les oreilles.

— Stan !

Je croise les bras, attendant patiemment qu'il arrête de jouer au gamin.

— Alors on est d'accord, enchaîne-t-il, cet après-midi tu fais ton mea culpa auprès de Jace…

— Mon mea culpa ?

— Je croyais que tu avais été « odieuse », réplique-t-il en dessinant des guillemets imaginaires avec ses doigts. Donc vous réglez cette histoire de lycée, ensuite tu lui montres que tu es la meilleure en gérant l'organisation de la soirée comme une chef et en te faisant embaucher à la com puis tu te jettes à l'eau et tu lui présentes notre projet.

Il me fixe, un grand sourire aux lèvres, satisfait de sa démonstration.

— On est d'accord ?

Je m'incline en maugréant, consciente qu'il n'abandonnera pas.

— Ah enfin, ça c'est mon bébé !

Je lève les yeux au ciel en riant.

— Tu racontes n'importe quoi !

— Pas du tout. Tu es la meilleure, Aubrey, je suis certain qu'on va casser la baraque ensemble, fanfaronne-t-il en me faisant un clin d'œil.

— J'ai quand même l'intention de rencontrer cette Patty Asher, que tu le veuilles ou non !

Mais Stan met fin à notre discussion avec un baiser sur ma tempe et m'attrape par les épaules pour m'entraîner vers les vestiaires.

Un peu avant l'heure fatidique, j'emprunte l'ascenseur, tremblante. Les numéros des étages défilent au rythme des battements de mon cœur. J'inspire lentement pour me calmer, mais chaque seconde qui me rapproche de cette confrontation avec Jace m'angoisse. Je me surprends même à prier que l'ascenseur tombe en panne. Au moins, j'y verrais un signe du destin, un avertissement que je m'apprête à tout foutre en l'air.

Je surprends mon reflet dans les parois métalliques et devine sans mal mon teint blafard et mon regard livide. Est-ce que les condamnés à mort ressentent cette peur panique ? Je secoue la tête pour chasser les images d'un Jace furieux, appelant la sécurité dans le seul et unique but de me jeter dehors. Je redresse les épaules, m'enjoignant à plus d'assurance. Puis je me pince les joues pour me donner bonne mine et plaque un sourire sur mon visage d'adulte. Je ne suis plus une gamine et je n'ai jamais baissé les bras devant un défi à relever, ce n'est certainement pas aujourd'hui que ça va commencer.

Je sors de l'ascenseur et me dirige vers la salle de réunion, pleine de détermination. La porte est ouverte et laisse entrevoir un Jace en pleine réflexion, probablement absorbé par la rédaction d'un mail. Je m'arrête sur le seuil et me racle la gorge pour lui signaler ma présence. Son air sérieux et concentré s'efface alors aussitôt au profit d'une adorable expression avenante.

— Aubrey, pile à l'heure. Parfait ! Entre, je t'en prie.

Hésitante, je fais un pas dans la salle de réunion sans oser m'asseoir. Un voile d'incompréhension teintée d'inquiétude obscurcit son regard et fait disparaître sa fossette.

— Quelque chose ne va pas ? Tu as changé d'avis ?

J'inspire profondément, consciente que si je ne lui dis pas la vérité maintenant, je ne le ferai jamais. Ce cirque a assez duré, alors je me lance en débitant mon aveu d'une traite.

— Je viens de Delsin. Tu ne t'en souviens sûrement pas, mais nous sommes allés dans le même lycée.

Il s'adosse à son siège, la cheville gauche posée sur sa jambe droite, et me fixe longuement. Je ne me suis jamais sentie aussi mal à l'aise. Je déglutis, incapable de savoir ce qu'il attend de moi.

— C'est un problème ? finit-il par demander.

Je décide de répondre avec prudence.

— Non, pas du tout, mais je préférais te le dire.

Il m'examine attentivement, comme s'il cherchait à se remémorer notre première rencontre.

— Je me souviens de toi.

J'ouvre de grands yeux, surprise.

— Vraiment ?

Il opine. Son visage ne laisse transparaître aucune émotion.

— Parfaitement. M. Lindle m'en a voulu pendant des semaines à cause de cette soirée des terminales. Ce type était ton fan numéro un !

Je souris. Moi aussi, je l'appréciais ; c'était un des meilleurs professeurs du lycée, il m'a toujours soutenue et encouragée dans mes projets. Je lui dois ma ténacité et ma rigueur. Il m'a beaucoup aidée à développer mon sens de l'organisation et à croire en moi.

— C'est vrai que nous avons toujours eu un bon feeling.

Je laisse échapper un petit rire gêné et poursuis, espérant clarifier mes intentions.

— Je me sens bête de ne pas te l'avoir dit plus tôt, mais je n'ai pas osé.

— Pourquoi ?

Sa voix ne trahit ni colère ni agacement, seulement de la curiosité. Je hausse les épaules, comme si ce simple geste pouvait faire office de réponse.

— Je crois que je n'ai tout simplement pas su comment aborder le sujet sans donner l'impression de profiter de la situation.

— Ce n'est pas le cas ?

— Bien sûr que non ! Je ne voulais pas que tu aies une fausse image de moi.

— Pourtant, j'ai vu dans ton dossier que tu nous avais envoyé une candidature spontanée. Dans quel but ? J'imagine que responsable des salles de pause n'arrivait pas tout en haut de la liste de tes jobs de rêve.

Sa question a beau être tout à fait légitime, elle accentue mon malaise. Jouer la transparence et lui parler de mon projet de restaurant serait la meilleure chose à faire, mais j'ai peur qu'il finisse par se braquer avec toutes ces révélations. En même temps, j'ai aussi conscience que c'est mon unique chance de tout lui dire. Comment puis-je prétendre être honnête et continuer à lui cacher mes motivations ?

Alors que le silence semble s'étirer à cause de mon indécision, c'est Jace qui reprend la parole :

— Je ne vais pas te mentir, Aubrey. Je n'ai pas pour habitude de travailler avec des personnes que j'ai connues dans le passé, excepté Serena. Certaines tentatives m'ont laissé un mauvais souvenir. Pourtant, cette fois-ci, j'ai envie de faire une exception. C'est difficile à expliquer, mais j'ai le sentiment que nous pourrions former une très bonne équipe, toi et moi, et comme tu le sais peut-être, je marche à l'intuition. Donc si tu n'as pas prévu de me supplier de parrainer une association, de sauver une boîte au bord du dépôt de bilan, ou encore de me demander un financement pour un projet irréaliste, on devrait pouvoir laisser Delsin derrière nous et se concentrer sur l'avenir.

« Demander un financement pour un projet irréaliste ? » Est-ce que je qualifierais mon projet d'irréalisable ? Non. Bien sûr que non, mais je ne suis pas sûre que ce détail soit suffisant pour m'innocenter. Sans le savoir, Jace vient d'anéantir tous mes espoirs. Ses mots résonnent dans ma tête et je me force à dissimuler ma déception en me concentrant sur le positif. Avoir la possibilité d'obtenir un poste au service communication de Good-up est une aubaine qui ne se représentera pas deux fois, alors même si mon cœur se serre, je relègue mon projet au second plan pour l'instant.

— Je cherchais simplement un poste dans un service de communication. J'ai ciblé un certain nombre d'entreprises correspondant à mes critères et j'ai postulé. Good-up m'a rappelée en premier, rien de plus.

Il prolonge son examen détaillé et silencieux. Je cligne des yeux et croise les mains derrière mon dos pour cacher mes tremblements.

— Très bien. Si tout est clair, je propose qu'on s'y mette.

Lorsque j'arrive à Brooklyn, après notre première séance de travail, je suis encore sur un petit nuage. Je suis bien décidée à trouver les bons mots dès le lendemain pour lui parler de mon idée de projet. Je pousse la porte de notre appartement et découvre Jess, en pleurs, assise à la table de la salle à manger. Je me précipite vers elle, inquiète.

— Qu'est-ce qui se passe, Jess ? Arthur va bien ?

Le regard perdu, elle se redresse et essuie son visage baigné de larmes, tout en rangeant un courrier à en-tête de l'hôpital. Sans lui demander la permission, j'attrape la feuille et la déplie. Il s'agit d'une note d'honoraires de trois mille dollars à régler avant la fin du mois.

— Je croyais que nous avions déjà reçu toutes les factures de son hospitalisation. C'est quoi, cette fois ? La location des draps ? Le supplément chocolat chaud le matin ?

Je bouillonne. Notre système de santé est une véritable catastrophe, les soins sont hors de prix pour ceux qui n'ont pas les moyens. À croire que seuls les riches ont le droit d'être en bonne santé. Jess renifle bruyamment.

— J'ai l'impression que ça ne va jamais s'arrêter, ajoute-t-elle en éclatant en sanglots. Dès qu'on finit de payer un truc, il y a une nouvelle facture qui nous tombe dessus.

Je lui caresse le dos et m'agenouille à ses côtés pour la réconforter. Voir mon amie aussi démunie me brise le cœur.

— Jess, ça va aller, on va s'en sortir. À nous deux, on va y arriver.

Mais elle continue de pleurer, inconsolable.

— J'ai deux boulots, renchéris-je avec douceur, je t'assure qu'à la fin du mois, on pourra payer.

— Mais ce n'est pas à toi de le faire, Aubrey.

— Bien sûr que si ! On est une équipe, on se serre les coudes, c'est normal.

— Ce n'est pas normal de cumuler deux jobs. Ça devait être temporaire, mais je suis incapable de garder un emploi à cause de mes absences.

Je balaie sa remarque d'un signe de main.

— C'est normal, la santé d'Arthur passe avant tout, Jess. Ne t'inquiète pas pour moi, je m'en sors très bien. Donc on va continuer comme prévu : tu te concentres sur la guérison d'Arthur et moi, je gère les vautours. Tout ça sera bientôt derrière nous, OK ?

Elle m'adresse un sourire timide plein de reconnaissance.

— Tu es sûre ?

— Comme jamais !

— Merci, Aubrey. Tu es une amie en or. Sans toi, je ne sais pas ce que nous serions devenus.

— Tu en aurais fait autant.

Elle renifle et acquiesce.

— Où est Arthur ?

— Dans sa chambre, je ne voulais pas qu'il me voie pleurer.

— D'acc, sèche tes larmes, je vous emmène manger une glace ! Il me reste une heure avant mon service au Brooke's bar.

— Mais tu viens à peine de rentrer. Tu n'as pas envie de te poser un peu ?

Je lui presse l'épaule en guise de réponse et appelle Arthur. Après mûre réflexion, je vais attendre encore un peu avant de parler à Jace de mon projet. J'ai besoin de mes deux emplois. Plus que jamais.

# 8

*Jace*

*Dix jours plus tard*

J'ajuste ma casquette des Cubs, la meilleure équipe de base-ball de Chicago, pour essayer de passer inaperçu. La dernière chose dont j'ai envie est d'attirer l'attention. Parfois, être remarqué ne me dérange pas, mais ce soir, je préfère rester discret.

Pour un mercredi soir, le bar est bondé. Dans le fond de la salle, un groupe joue un classique du rock des années 1990 pendant que les serveuses se pressent entre les tables avec des plateaux remplis de bières et de cocktails.

— Tu la vois ? hurle Ryan.

Initialement, je n'avais pas vraiment prévu de l'emmener, je ne lui avais même pas parlé de mes plans pour la soirée, mais ce mec doit avoir un sixième sens. Alors que j'hésitais encore à rendre une visite surprise à Aubrey, il a débarqué chez moi un peu avant 22 heures et, comme d'habitude, n'a pas attendu que je l'invite à entrer pour s'affaler sur le canapé.

— Un p'tit Fifa ? a-t-il demandé avant de voir l'application Uber ouverte sur mon téléphone.

Il m'a fixé quelques secondes, le temps que ses méninges se mettent en route.

— On sort ?

— On ?

Il m'a ignoré et est allé chercher une bière dans le frigo avant de se réinstaller confortablement comme si de rien n'était. Comme s'il n'était pas en train de s'incruster.

— Je tombe bien, on dirait ! Alors, c'est quoi, le programme ? On va où ? Je suis partant pour tout, sauf bien sûr s'il s'agit d'aller voir Serena…

Il a attrapé mon portable pour lire l'adresse.

— Brooklyn ?

La destination a tout de suite éveillé sa curiosité. Il faut dire qu'en temps normal, nous avons plutôt l'habitude de traîner dans les pubs branchés de Tribeca ou Chelsea.

— Donc pas Serena, a-t-il déduit. Jamais elle foutrait les pieds là-bas. Le Brooke's bar ? Tu m'intrigues… Un nouveau lieu de débauche ?

— Pas exactement.

Lorsque j'ai avoué à Ryan qu'Aubrey et moi travaillions ensemble sur la soirée clients, il a hurlé au scandale parce que je ne lui avait rien dit. Je ne savais pas que mon pote tenait à être au courant des moindres détails de ma vie professionnelle – et sentimentale –, surtout qu'il n'y avait rien à raconter. Aubrey et moi étions plutôt au point mort que lancés à pleine vitesse sur l'autoroute du sexe.

— Putain, ça fait dix jours ! a-t-il dit en sifflant longuement.

— Neuf jours, pas dix.

— Ouais, c'est pareil. Et en dix jours, il ne s'est rien passé ? Tu n'as rien tenté pendant vos petites réunions ?

— Ryan… Nous travaillons vraiment. Écoute, ça te paraît sûrement insensé, mais cette fille a du potentiel, j'ai envie de lui donner sa chance.

— Mais, mec, qu'est-ce qui t'arrive ? Même Laureen ne te mettait pas dans un état pareil.

La référence à la baby-sitter de sa petite sœur qui

chauffait nos hormones en ébullition était bien trouvée et a même réussi à me tirer un sourire.

— Neuf jours que ça traîne, je n'en reviens pas. Moi qui pensais que tu étais déjà passé à autre chose.

Ryan m'a longuement dévisagé, visiblement étonné par mon comportement inhabituel.

— Arrête de me mater comme ça… Je te l'ai dit, cette nana est différente. J'ai envie de prendre mon temps, d'apprendre à la connaître.

— Ah bah, c'est sûr qu'à ce rythme-là dans dix mois tu lui auras peut-être pris la main, a-t-il dit en ricanant comme un débile.

— J'ai envie de faire les choses différemment pour une fois.

— Tu m'en diras tant !

Je lui ai fait un doigt d'honneur alors qu'il buvait le reste de sa bière cul sec.

— Merde, on se croirait dans une putain de comédie romantique. Tu ne vas pas bientôt me demander de te faire un câlin quand même ?

Ryan pouvait dire ce qu'il voulait, aucune de ses moqueries ne me ferait oublier le sourire d'Aubrey quand je lui avais proposé d'organiser cette soirée avec moi. Elle n'avait caché ni son étonnement ni son enthousiasme. Elle était aux anges et avait affiché un sourire radieux, ce qui avait suffi à illuminer le reste de ma journée.

Conformément à son souhait, elle a gardé son poste afin de limiter les risques au cas où je ne serais pas satisfait de ses compétences, ce qui, j'en suis désormais certain, n'est pas près d'arriver. Professionnelle, méthodique et organisée, elle a dès le premier jour démontré qu'elle possédait toutes les qualités requises pour mener à bien ce projet, me posant tout un tas de questions judicieuses sur les prestataires, le lieu et les supports de communication que nous avions l'habitude d'utiliser. À cette allure-là, je me suis rendu compte qu'elle allait achever l'organisation de l'événement en trois jours – ce qui n'était clairement pas mon objectif – alors, pour calmer le jeu et aussi apprendre à la connaître, j'ai proposé que nous commencions nos points quotidiens par un café. Ce moment ne dure jamais très longtemps, Aubrey est toujours pressée de se mettre au travail, mais depuis peu j'ai trouvé un sujet de conversation qui la passionne et me permet de faire durer ce moment : les stratégies de communication des grandes marques. Chaque jour, nous débattons des points forts et des faiblesses d'une campagne. Nous avons déjà passé en revue les publicités d'Évian et leur utilisation du concept de rajeunissement, la façon astucieuse dont Dove a mis en avant les femmes ou encore les valeurs de liberté et d'aventure prônées par Heineken. Parfois, je fais semblant de ne pas être du même avis qu'elle, juste pour le plaisir de la voir essayer de me convaincre.

— Quoi ? Mais c'est impossible, tu dois être la seule personne au monde à penser une chose pareille ! « Partagez votre bonheur ! » a-t-elle repris en récitant le slogan de Coca-Cola. Avec ça, ils ont carrément réussi à nous faire oublier le produit. Leur bouteille est devenue un véritable support de communication dont ils se servent pour faire passer un message, une émotion. Je trouve l'idée géniale. Tu ne peux pas ne pas adhérer, Jace, c'est impossible ! D'autres marques ont d'ailleurs essayé de faire la même chose, ce qui est un bon indicateur. Très bon même.

Aubrey est comme ça, naturelle et spontanée, elle aime faire entendre ses idées et, par-dessus tout, elle adore avoir raison. Cette femme a un sacré tempérament. Malheureusement, nous ne parlons jamais de nos vies personnelles. J'ai bien essayé de lui poser quelques questions mais elle se débrouille toujours pour changer de sujet. J'imagine que ma réaction quand elle m'a avoué venir de Delsin l'a échaudée.

Ryan me balance un grand coup dans les côtes pour attirer mon attention. Je crois qu'il ne regrette pas de m'avoir accompagné.

— La vache, y a un paquet de nanas ici ! Dis donc, t'as vu la barmaid ? Elle est carrément canon ! Rappelle-moi pourquoi on n'est jamais venus ici ? demande-t-il en suivant des yeux une serveuse qui n'a rien à envier à sa collègue.

Je balaie rapidement le bar du regard à la recherche d'Aubrey, mais elle semble être aux abonnés absents. Par contre, Ryan a raison sur un point, la barmaid est sublime. Cheveux légèrement ondulés, grands yeux verts et bouche pulpeuse. Inconsciente de notre examen, elle se retourne et se hisse sur la pointe des pieds pour attraper une bouteille, nous révélant un court débardeur en dentelle sexy et un fessier musclé à faire pâlir mon pote.

— Ferme la bouche, Ryan ! Ça doit être Harper, la copine d'Aubrey, j'ai vu sa photo sur Instagram.

— Parfait, parfait… On a bien fait de venir. Je propose qu'on aille s'asseoir au bar pour discuter avec cette fameuse Harper. Elle doit bien savoir si Aubrey bosse ce soir.

Déjà quarante minutes que Harper nous a fait signe qu'elle arrivait. Je regarde ma montre puis passe une nouvelle fois la salle au crible. Toujours aucune trace d'Aubrey. Pourtant, les serveuses sont nombreuses. Ryan, assis sur un haut tabouret identique au mien, drague une jolie blonde aux rondeurs avantageuses à sa droite. Si ça continue, je vais rentrer seul. Il a bien essayé de me brancher avec la copine de son futur plan cul, mais devant mon air agacé, il a fini par abandonner et la nana a jeté son dévolu sur une autre proie.

Je me penche et avise le tabouret vide à côté de lui avec un sourcil interrogateur.

— Elle est partie aux toilettes. Bon, mec, on va devoir passer à la vitesse supérieure car là je suis sur un coup. Harper, c'est bien ça ? dit-il en désignant la barmaid.

Je n'ai pas le temps de hocher la tête qu'il est déjà en train de l'interpeller. La principale intéressée se retourne et nous gratifie d'un clin d'œil.

— Ah oui, désolée, les gars, c'est la folie ce soir, je vous ai zappés.

— Pas de problème. On prendra deux bières, s'il te plaît. Ah, et on cherche Aubrey, elle n'est pas là ce soir ?

Elle plisse les yeux, se demandant certainement qui nous sommes, puis s'accoude au comptoir en nous observant à tour de rôle.

— Et vous lui voulez quoi, à Aubrey ?

— Rien de spécial, mon pote l'a rencontrée par hasard l'autre jour et elle lui a dit qu'elle travaillait ici.

Harper se tourne vers moi en grimaçant, l'air désolée.

— Pas de chance, tu arrives trop tard… Aubrey est partie rencontrer l'homme de sa vie.

# 9

*Aubrey*

#RDV
#2MAI18
#SUNSETDINER #CROISONSLESDOIGTS
#ETSICETAITLEBON ?

Je fais défiler rapidement mes notifications tout en surveillant l'entrée de la salle de réunion. Il est à peine 14 heures, je suis légèrement en avance. Je réponds aux quelques commentaires inscrits sous ma dernière photo en souriant. Mes amis sont dingues ! Il a suffi que j'accepte la proposition de Harper et que je sorte avec Dan pour déclencher une euphorie totalement démesurée. Même si je reconnais qu'après de longs mois de célibat, cette soirée au Sunset Diner était un véritable événement dans ma vie sentimentale. Dommage que ça n'ait pas fonctionné !

Sur le papier, Dan avait tout pour me plaire. Mec mignon, sympa, doté d'un humour pas trop lourd avec une conversation intéressante, tout ça dans un cadre splendide avec un succulent dîner aux chandelles. J'aurais aimé que ça marche, malheureusement il n'y a pas eu d'alchimie et nous sommes rentrés chacun de notre côté. Je n'ai pas pu m'empêcher d'être déçue. À mon retour, Jess était déjà couchée et j'ai ainsi évité le traditionnel rapport détaillé. J'en ai profité pour filer dans ma chambre et m'en remettre à Hugh Grant… et à un énorme paquet de cookies. Le sucre est le meilleur remède pour noyer son chagrin même si, à la fin du film, je me sentais surtout nauséeuse. Déprimée, je me suis endormie en rêvant du mec parfait. J'ai beau être une femme indépendante, j'ai aussi envie de vivre une relation qui dépasserait les six semaines. Quand je pense à cette horrible Terry Stephen, une ancienne serveuse du Brooke's bar qui est partie en Europe et a rencontré son fiancé là-bas, je me dis que la vie est vraiment injuste. Pas plus tard que la semaine dernière, elle me montrait fièrement sa bague en vantant les qualités toutes plus génialissimes de son futur mari. Beurk ! Je l'ai écoutée, un sourire hypocrite aux lèvres, et à la minute où j'ai pu m'éclipser j'ai appelé Harper pour lui reprocher sa foutue théorie du karma.

14 h 15.

Ce n'est pas dans les habitudes de Jace d'être en retard. D'habitude, il est très ponctuel et arrive toujours pile à l'heure avec deux mugs de café. Mon appréhension grandit, en même temps que ce mauvais pressentiment qui ne m'a pas quittée depuis ce matin. Vers 9 heures, nous nous sommes croisés en salle de pause, mais il m'a à peine saluée. Pire, j'ai eu l'impression qu'il m'ignorait. Tout ça sous le sourire moqueur de Serena. J'ai baissé les yeux, terminé mon travail en vitesse et j'ai déguerpi, avec la désagréable sensation d'être revenue à l'époque du lycée.

Toute la matinée, j'ai réfléchi à son étrange comportement. Peut-être avait-il repensé à l'épisode de la soirée de fin d'année et changé d'avis à mon sujet.

14 h 20.

Pour la première fois en dix jours, je suis stressée à l'idée de le voir. Debout, je regarde par la fenêtre en repensant à nos dernières entrevues. Hier encore, notre réunion s'est très bien passée. Comme tous les jours, il a proposé de discuter d'une nouvelle campagne et nous avons débattu de son efficacité et son intérêt. À la fin de l'après-midi, il a proposé que ce soit moi qui choisisse le prochain sujet de débat. « Épate-moi », a-t-il dit. L'idée m'a emballée, mais ce n'était rien comparé à l'envie de le surprendre. Je crois bien que Jace me plaît et depuis lundi, j'ai comme l'impression que la réciproque est vraie. Enfin, pas au point d'être amoureux, mais j'ai le sentiment qu'il s'amuse parfois à flirter avec moi. Est-ce qu'il fait ça avec toutes les femmes ? Il y a deux jours, il a même replacé derrière mon oreille une mèche qui s'était échappée de mon chignon. Mes joues se sont échauffées et ont dû prendre une teinte rosée car Jace a souri. Intimidée, j'ai détourné les yeux à cause des images beaucoup trop torrides qui s'invitaient dans mon esprit. Loin d'être gêné, il a relevé mon menton de son index, m'enveloppant d'un regard hypnotique et intense. J'ai dégluti, troublée par son attitude et, ne sachant pas comment réagir, j'ai bredouillé d'une petite voix que nous ferions mieux de nous mettre au travail. Il a murmuré que j'étais adorable – un pur produit de Deslin – puis s'est mis à parler des traiteurs comme s'il ne venait pas de se passer un truc complètement dingue. « Un pur produit de Delsin » ? Qu'est-ce qu'il voulait dire ?

Alors que je me perds dans la contemplation de la ville, un raclement de gorge me fait sursauter. Jace se tient dans l'encadrement de la porte. Il entre et s'installe sans m'adresser un mot ni un regard. Je n'ai donc pas rêvé ce matin.

— Tu ne comptes pas t'asseoir ? me demande-t-il tout en consultant notre liste de tâches.

— Si, si, bien sûr. Café ? J'ai app…

— Non, merci.

Je grimace. Au bout de la table, le thermos que j'ai

apporté me nargue. Ce matin, j'ai décidé de nous offrir une double ration de caféine. Les deux mugs qu'il prend soin d'apporter d'habitude sont bien trop vite absorbés. Malheureusement le café ne semble pas être au programme aujourd'hui, ni notre débat sur la campagne ratée de H&M. Dommage. Il a l'air impatient de commencer, ce qui est étonnant car nous avons déjà passé en revue un certain nombre de sujets importants. Il ne nous reste que le thème de la soirée à trouver.

— Tu peux me passer la liste des invités ? demande-t-il sans me regarder. Elle est dans l'autre dossier.

— Tout va bien ?

— Oui, pourquoi ?

Je ne comprends rien à ce qu'il est en train de se passer. Son ton sec me crispe, mais j'essaie de passer outre. Je m'exécute, ne voulant pas aggraver son agacement.

— Très bien, merci. On peut commencer ? Je suis pressé.

Son attitude glaciale me déstabilise et je regrette d'avoir dit à Stan que si aujourd'hui, l'occasion se présentait, je lui parlerais de notre projet. Nos réunions de travail se déroulaient si bien que j'ai naïvement imaginé que ça avait une chance de l'intéresser. Malheureusement, il semblerait que je me sois fourvoyée et que mes chances d'intégrer le service communication aient fondu comme neige au soleil.

Tant pis, je resterai professionnelle jusqu'au bout. Je prends donc le dossier contenant les thèmes que nous avons recensés et classés et le lui tends. Hier, après son départ, je suis restée un peu plus longtemps pour étudier les différentes options. Une idée avait commencé à germer dans mon esprit et je voulais m'assurer qu'elle était réalisable. Sur le moment, j'étais persuadée qu'elle plairait à Jace, mais maintenant je le suis nettement moins. J'inspire et mets de côté mes inquiétudes pour prendre la parole d'un ton assuré :

— J'ai bien réfléchi, je pense que nous devrions frapper fort en choisissant un thème qui sorte de l'ordinaire et change des choix habituels ou trop conventionnels. Je sais que tu aimes beaucoup la salle Tate du Secret alors j'ai pensé…

Mais Jace ne m'écoute pas. Il ne fait même pas l'effort de relever la tête. Je vois rouge, agacée par son comportement irrespectueux.

— Je te dérange ?

Mon ton sec a le mérite d'attirer son attention. Il se redresse et me lance un regard noir. Surprise par sa réaction, je n'ose plus bouger. Ce n'est pas tant sa colère qui me paralyse que la lueur de déception qui brille dans ses yeux. Est-ce que j'ai fait quelque chose de mal ? Est-ce qu'il a appris que j'avais contacté Storm US ? J'ai eu vent qu'il existait un contentieux entre les deux sociétés et, même si j'ai insisté auprès de Linda pour que notre entretien avec Patty Asher reste confidentiel, je sais d'expérience que ce genre de nouvelle peut se répandre comme une traînée de poudre. Ce milieu est parfois pire qu'un village plein de commères.

— À propos de Sto…

La sonnerie de son téléphone nous interrompt et, sans même s'excuser, il décroche alors que je le fixe, vexée. Je croise son regard et baisse aussitôt les yeux, gênée d'avoir été prise en flagrant délit d'indiscrétion.

— Tu sais quoi ? dit-il à son interlocuteur. J'ai une meilleure idée. Tu n'as qu'à passer, je suis dans la salle de réunion à côté de mon bureau. De toute façon, je n'en ai pas pour longtemps, quinze minutes tout au plus.

Dans sa voix, aucune trace d'animosité ni d'agacement. Mon seul et dernier espoir que sa mauvaise humeur soit due au manque de sommeil s'évapore. A priori, je suis la seule cible de son attitude hostile. Le rejet. Voilà bien un sentiment que j'ai beaucoup de mal à supporter, car il me renvoie instantanément à mes années de lycée et à cette stupide histoire avec Serena.

Je déglutis, les joues brûlantes. Je retiens mes larmes, refusant de céder à l'émotion, et me détourne pour regarder par la fenêtre. Hors de question que je me mette à pleurer. J'inspire calmement et lorsqu'il raccroche, je me tourne vers lui avec un sourire de façade.

— Je vais essayer d'être concise pour ne pas te retarder.

Malheureusement, ma voix tremblante et mes yeux humides sont des signaux évidents de ma contrariété. Satanée sensibilité. Je me tais, honteuse d'exposer ainsi ma vulnérabilité.

— Aubrey, commence-t-il d'un ton plus doux.

Le dos bien droit, le regard fixé sur un point derrière lui, je me répète mentalement aussi vite que possible : pro-fes-sion-nelle. Pro-fes-sion-nelle. *Pro-fes-sion-nelle.*

Lorsque je suis certaine de réussir à maîtriser ma voix, je reprends :

— Je disais donc… Concernant le thème, j'ai pensé que nous pourrions organiser cette soirée sous forme d'une vente aux enchères.

Devant l'éclair de surprise qui traverse son regard, je poursuis, satisfaite. Après tout, je n'ai peut-être pas les qualités requises pour intégrer son service de communication, mais je peux au moins lui prouver que je suis capable de gérer l'organisation d'une soirée de cette envergure. Je ne suis plus la gamine de quatorze ans qu'il a connue, je suis une adulte qui mérite à ce titre d'être respectée.

— Nous pourrions nous associer à la Design Art and Fun Compagny de Greenwich Village. Je ne sais pas si tu connais, c'est une immense galerie qui rassemble un nombre impressionnant d'œuvres d'art dont la plupart trouveraient parfaitement leur place au Secret. Je les ai contactés hier, le gérant m'a confirmé qu'elles étaient toutes en vente, et c'est là que je trouve l'idée intéressante. Il nous suffirait de conclure un partenariat avec la galerie, qui accueillerait notre soirée. Nous passerions en revue leurs œuvres et choisirions celles qui te plaisent le plus. Il faudrait les acheter pour que nous puissions les mettre aux enchères. Le client qui remporterait l'enchère se verrait également attribuer une table sur une période donnée au Secret. Dans ton restaurant, il y a trois étages et trois ambiances différentes, trois œuvres seraient donc suffisantes. Reste à voir à quel montant commenceraient les enchères, c'est un point dont nous pourrions discuter. Je pense que cette idée plairait aux investisseurs…

— Aubrey ? me coupe une voix en provenance du couloir.

Le Ryan de la soirée se tient dans l'encadrement de la porte et me fixe, un grand sourire aux lèvres. Ses yeux passent de Jace à moi avec un amusement visible.

— Alors ? Tu t'es bien remise de la soi…

— Ryan, je te rejoins, le coupe Jace. En fait, on n'a pas tout à fait terminé, mais tu peux m'attendre dans mon bureau. Et je te préviens, laisse Ana tranquille, elle est mariée.

Si le ton autoritaire de Jace m'étonne, Ryan, lui ne semble pas s'en offusquer, bien au contraire. Son sourire s'élargit, devenant presque moqueur. Il acquiesce sans se départir de sa bonne humeur.

— D'acc, je vous laisse. Aubrey ce fut un plaisir de te revoir, malheureusement bien trop court mais il semblerait que Jace veuille te garder pour lui tout seul. Peut-être à une prochaine !

Il m'adresse un clin d'œil et récolte un grognement agacé de la part de son ami.

— Casse-toi, Ryan.

Ce dernier lui fait un doigt d'honneur et sort, me laissant muette de stupeur.

— Ton idée est vraiment originale, comment t'est-elle venue ?

Je reporte mon attention sur Jace, en me demandant s'il est sérieux. C'est tout ? On va vraiment faire comme si de rien n'était ? Son ton poli, à l'extrême opposé de son attitude déplacée de tout à l'heure, est grotesque. Je ne sais pas ce qui lui a pris, mais une chose est certaine : s'il veut jouer à ce jeu-là, ce sera sans moi. J'ai horreur des gens lunatiques. Excédée par son comportement, je me lève, rassemble mes documents et les range avec humeur dans le dossier. Il est temps de lui dire le fond de ma pensée.

— J'avais cru comprendre à tort que tu me pensais capable d'intégrer le service communication. Je pensais avoir réussi la mise à l'épreuve, mais étant donné ton attitude froide, j'ai dû me tromper. Si tu as décidé que je ne répondais pas à tes attentes, tu peux simplement me le dire. La sincérité semble être une valeur importante à tes yeux. En ce qui concerne la soirée, je vais finir de noter mes recommandations pour le thème parce que, malgré tout, mon idée de vente aux enchères a paru t'intéresser. Pour demain, est-ce que tu pourras me prévenir avant 14 heures si je ne suis plus sur le projet ? Ça m'épargnera de poireauter en t'attendant et de perdre mon temps comme aujourd'hui. Bon après-midi, Jace.

Je n'attends pas sa réponse, trop pressée de m'enfuir et choquée par mon excès d'impertinence.

Le plateau s'écrase au sol dans un fracas assourdissant de verre brisé. Cette journée est interminable. Harper se précipite vers moi, un balai et une serpillière à la main, alors que je suis déjà en train de nettoyer.

— Va te rincer, ma belle, tu as de la bière partout sur toi. Je m'en occupe. Oh ! mais tu saignes, Aubrey ! Va vite te passer la main sous l'eau !

Je grimace en voyant une longue traînée rouge sur mon index. J'ai dû me couper en ramassant les morceaux de verre. Je sens les larmes poindre au coin de mes yeux, mais je les retiens et respire profondément pour me calmer. Je suis à cran. Je préfère penser que c'est à cause de la fatigue due à mes deux boulots, plutôt que de reconnaître le rôle de Jace dans toute cette histoire.

Je file aux toilettes avec la trousse de premiers secours et un torchon propre. Je laisse mon doigt sous l'eau de longues secondes en regardant le sang s'écouler. De l'autre main, je fouille dans la trousse et attrape du désinfectant et un pansement spécial. Des « capotes à doigt », comme Harper et moi les appelons. Je ris en imaginant déjà la réflexion de mon amie. Puis, je rince soigneusement mes jambes en fustigeant ma maladresse. Depuis combien de temps n'ai-je pas passé une soirée tranquille à la maison ?

Ce soir, le bar est calme. Paige, ma collègue, a déjà dû prendre le relais pour le service de mes tables. Je profite donc de ces cinq minutes de répit pour me rafraîchir le visage. La fraîcheur de l'eau m'apaise.

— Ça va, Aubrey ? demande la voix inquiète de Harper derrière la porte. Ta coupure n'est pas trop profonde ?

J'ouvre la porte et agite fièrement ma main avec la capote bleue, ce qui comme prévu la fait éclater de rire.

— T'es bonne, chérie !

Nous gloussons comme deux collégiennes attardées avant de repartir vers la salle, bras dessus bras dessous. Tom, le gérant, siffle dès qu'il m'aperçoit et me désigne le tableau noir du pouce, l'air moqueur. Je grogne en voyant qu'il s'est empressé d'ajouter une tête de mort devant mon nom. Dès qu'un employé casse un verre, ou pire, renverse son plateau – et malheureusement les soirs d'affluence, c'est beaucoup plus fréquent qu'on ne le croit –, il écope d'une tête de mort. Toutes les deux semaines, Tom fait les comptes et le plus maladroit gagne le droit de se ridiculiser en faisant le service déguisé pendant toute une soirée. On dirait que j'ai une bonne longueur d'avance alors que nous ne sommes que le 3 mai !

Bonne joueuse, je prends le tableau en photo et le poste sur Instagram :

#JOURNÉEDEMERDE

Quel euphémisme !

— Tu peux prendre ta pause ! me crie Tom.

Je ne me fais pas prier et m'installe sur un tabouret en face de Harper. Elle s'accoude au comptoir et me fixe avec attention.

— Ça va, Aubrey ? J'aimerais que ce soit ce fameux Dan qui t'ait retourné le cerveau au point de te déconcentrer pendant ton service, mais vu que tu ne m'as absolument rien dit sur votre soirée, j'en déduis que ce n'était pas le coup de foudre. Alors qu'est-ce qui se passe ?

Je soupire, démasquée. Mon amie me connaît trop bien. Malgré son regard encourageant, j'opte pour une version allégée.

— Journée pourrie au boulot aujourd'hui…

— Ah bon, pourquoi ?

— Disons que mon boss et moi ne sommes plus vraiment sur la même longueur d'onde.

Elle joue des sourcils d'un air entendu, alors je me dépêche de clarifier.

— Ne commence pas à te faire des idées ! C'est juste qu'au début notre collaboration était très prometteuse, mais pas au sens où tu l'entends ! Et il a dû se passer quelque chose ou bien il a tout simplement changé d'avis sur moi.

— Mais pour quelle raison ?

— J'en sais rien du tout, dis-je en m'affalant sur le bar. Tout allait bien et, du jour au lendemain, on dirait qu'il ne supporte plus de me voir. Je me demande s'il n'a pas appris que j'avais contacté une entreprise concurrente, ou alors c'est à cause de sa directrice adjointe, elle ne peut pas me saquer.

— Et il est comment, ce fameux patron ? Physiquement, je veux dire.

— Harper, c'est Jace Adam. Je t'en ai déjà parlé mille fois !

— Ce nom ne me dit rien du tout !

— Tu dois être la seule personne sur cette terre à ne pas savoir qui c'est.

Elle hausse les épaules, attrape un shaker et commence à mélanger plusieurs alcools avec du jus d'orange. Après l'avoir secoué énergiquement, elle verse sa préparation dans deux verres et en place un devant moi avant de porter le sien à ses jolies lèvres.

— Harper ! Tu es en service, je te rappelle, la réprimande Tom en passant derrière elle.

— Oh, Tom, arrête, c'est juste une petite gorgée… Tu crois que je vais trouver la nouvelle recette gagnante comme par miracle ? Il faut bien que je goûte. Et Aubrey aussi d'ailleurs, ajoute-t-elle en poussant le verre vers moi.

Il soupire puis abandonne, non sans nous avoir fait promettre de ne pas boire plus de deux gorgées. Harper bat des cils pour l'amadouer tout en avalant quelques gouttes de son cocktail.

— Non, ça ne va pas. Il manque quelque chose, mais je n'arrive pas à trouver quoi. Aide-moi, Aubrey, au lieu de rester bloquée sur ton patron censément ultra-connu.

— Mais il l'est !

Je ris et lui tends mon téléphone pour lui prouver qu'elle l'a forcément déjà vu mais elle est trop concentrée sur sa recherche de l'ingrédient manquant alors je le repose sur le comptoir.

— Bon, ton truc, c'est toujours pour le concours du meilleur barman des États-Unis ?

— Ce n'est pas un truc, c'est un cocktail original de

ma propre invention ! corrige-t-elle en levant les yeux au ciel. Et oui, c'est pour le concours. La première phase de sélection a lieu dans moins d'un mois et je n'ai toujours pas trouvé le bébé qui coiffera les autres concurrents au poteau !

— Tu vas y arriver, ma belle, c'est évident !

— Oui, mais tu sais bien que la recette n'est pas le plus difficile… Je vais aussi être évaluée sur le visuel et la technique.

— Les doigts dans le nez ! T'es la meilleure, tu vas les épater.

— Beau gosse à deux heures !

J'essaie de regarder discrètement par-dessus mon épaule tout en buvant une gorgée de son cocktail et repère un type canon qui avance vers nous. C'est un grand brun, aux épaules larges et au regard intense. Il respire la virilité. Tout à fait le style de Harper.

— Un peu amer, dis-je.

Harper pouffe.

— Tu parles de quoi ?

— De quoi veux-tu que je parle ?

— Qu'est-ce que je vous sers ? enchaîne-t-elle d'un ton professionnel au moment où il s'installe au comptoir, à deux sièges du mien.

Il commande une bière pression et contemple la salle sans nous prêter attention. On dirait qu'il cherche quelque chose sans trop savoir quoi. Harper plisse les yeux et l'observe tout en préparant sa commande. Je crois qu'elle est vexée qu'il l'ignore. Elle n'a pas l'habitude.

— Tu devrais peut-être ajouter un peu de jus d'orange ?

Elle reporte son attention sur moi.

— Tsss… Le secret d'un cocktail réussi, c'est l'équilibre. Une dose de chaque, jamais plus ! Une dose de vodka, une d'amaretto, une de liqueur de pêche, une de jus d'orange et…

— Et ?

— Et justement, j'en sais rien ! C'est ton rôle, ça, Aubrey ! Tu as dit quoi déjà ? Trop amer ?

Elle tapote un crayon sur son petit bloc, signe qu'elle réfléchit. Ce carnet est sa bible, sa vie. Elle y inscrit toutes ses idées de cocktails, les alliances à faire et celles à éviter, les commentaires des gens à qui elle fait tester ses nouveautés, ce genre de choses. Elle y dessine même ses créations et note tous les noms qui lui passent par la tête.

— Putain, je sais ! Mais bien sûr ! Aubrey, t'es géniale…

— Ah ! Si tu le dis, et donc tu penses à quoi ?

— Une dose de Cranberry, répond-elle comme si c'était une évidence.

Le type d'à côté se lève et nous fait un signe de tête avant de se diriger vers les tables de billard. Harper le suit des yeux, matant allègrement ses fesses. Je claque des doigts pour la faire revenir à la réalité, ce qui la fait glousser.

— Qu'est-ce que je disais déjà ? Ah oui, Cranberry ! Pourquoi je n'y ai pas pensé plus tôt ?

Ni une ni deux, elle attrape la bouteille dans un frigo, jette le reste de nos verres dans l'évier, rince le shaker et fait un nouvel essai. Elle secoue le mélange puis le verse dans deux nouvelles coupes avec des gestes précis et maîtrisés.

— Et maintenant ?

Je porte le verre à mes lèvres, me préparant à sentir à nouveau l'amertume de la boisson, mais ce n'est pas le cas. Je fais rouler le liquide dans ma bouche pour que mon palais goûte toutes les saveurs. Depuis que je connais Harper, je suis devenue une véritable experte ! J'avale la gorgée avec gourmandise, et décide d'embêter un peu mon amie. Je renouvelle le même geste en prenant tout mon temps pendant qu'elle m'observe, impatiente. Je suis à deux doigts d'éclater de rire, mais je me retiens.

Elle déverrouille mon écran de téléphone et ses yeux s'arrondissent de surprise. Évidemment qu'elle sait qui est Jace ! Tout le monde le connaît, le contraire aurait été franchement étonnant.

— Eh, mais c'est le gars qui te cherchait hier !

Sa révélation me prend par surprise et j'avale ma gorgée de travers. Je me mets à tousser et me lève d'un bond, les yeux pleins de larmes.

— Quoi ? dis-je après avoir repris mon souffle.

— Ce type était là hier avec un de ses potes et ils te cherchaient, me répond-elle en vérifiant une nouvelle fois l'écran de mon téléphone. Bon, vu ta tête, j'en déduis que mon cocktail n'est pas terrible !

J'attrape le bord du comptoir pour ne pas tomber. Jace est venu ici ? Pour me voir ?

— Harper, concentre-toi. Le cocktail est divin, ton idée, enfin la mienne comme tu dis, d'ajouter du jus de Cranberry est excellente, en plus de ça, ça lui donne une jolie couleur rose clair, très girly. Mais bordel, dis-moi ce que voulait Jace ! Tu lui as parlé ?

— Oui et non. Pour le cocktail, est-ce que tu crois que…

— Harper ! On parlera du cocktail après. Avant, je veux savoir ce que Jace foutait ici.

— Très bien, dit-elle en levant les deux mains en signe de reddition. Mais je ne peux rien te dire de plus. Il y avait un monde fou, et j'ai à peine eu le temps de les servir. Son ami a demandé si tu étais là, et je leur ai répondu qu'ils t'avaient ratée, c'est tout.

— C'est tout ? Harper ! Tu te moques de moi ? Est-ce que tu as dit quelque chose à Jace qui pourrait expliquer son changement d'attitude ?

— Je ne crois pas, à moins que…

— Quoi ?

— J'ai peut-être sous-entendu que tu avais rendez-vous avec un mec.

Mes épaules s'affaissent et je me pince l'arête du nez. Évidemment.

— Comment aurais-je pu savoir que ce type était ton patron ? D'ailleurs, ce que tu fais en dehors de tes heures de boulot ne le regarde absolument pas, sauf si…

— Sauf si je lui plais, dis-je en terminant sa phrase à voix basse.

—Tout va bien ? Tu es toute pâle.

Je me lève, dans un état second, abasourdie par la révélation de Harper. Je plais à Jace ? Je ne m'étais donc pas trompée.

— Tu es sûre, Harp ? C'était bien Jace et pas un type qui lui ressemblait ?

— Certaine.

Cette fois, je m'autorise à sourire, excitée comme une puce par la nouvelle. Bon sang, je lui plais !

— Je crois que je vais rentrer, j'ai besoin de souffler un peu. La journée a été longue.

— Oui, bien sûr. Je m'occupe de prévenir Tom.

— Merci. Promis, je t'appelle demain.

Le lendemain, Ana m'informe que Jace a un contretemps et qu'il ne pourra pas être là cet après-midi mais que j'ai carte blanche pour le choix du thème de la soirée. Si je suis surprise d'être toujours chargée du projet, je ne cherche pas à comprendre, toujours troublée par la révélation de Harper. Pourquoi Jace est-il venu au bar ? Et pourquoi ne pas m'en avoir parlé hier ? Harper leur a dit que j'avais un rendez-vous… Serait-il possible qu'il soit jaloux ?

L'après-midi est productif. Je contacte la galerie et leur explique en détail notre projet de vente aux enchères. Bien sûr, l'idée les emballe et ils sont ravis d'établir un partenariat avec le Secret. Normal ! Qui ne le serait pas ?

Pour eux, c'est l'assurance d'une excellente publicité et de bénéfices conséquents. Je promets de les rappeler dans quelques jours pour convenir d'un rendez-vous en présence de Jace afin de choisir les œuvres d'art que nous mettrons aux enchères.

Absorbée par mon travail, je ne vois pas les heures défiler et lorsque je m'aperçois de l'heure qu'il est, il fait déjà presque nuit. Je vais être en retard pour mon service au bar ! J'appelle immédiatement Tom pour le prévenir.

— Harp, crie-t-il à l'autre bout du fil, ajoute une tête de mort à Aubrey, elle est à la bourre.

— Tu n'es pas sérieux ? dis-je dépitée.

— Tu connais la règle…

— Ça ne m'arrive jamais ! J'ai été retenue au boulot.

— Tu peux commencer à réfléchir à ton déguisement, tu as une bonne longueur d'avance sur les autres.

— Gna gna gna.

Tom ignore ma réaction puérile et raccroche. Je remets la salle de réunion en ordre, éteins et cours vers l'ascenseur qui s'ouvre au même moment sur… Jace. Et Serena. Génial !

— Aubrey ?

Le sourire aimable affiché par mon patron est en totale contradiction avec son attitude de la veille. N'est-il pas censé être fâché par mon petit discours moralisateur ?

— Qu'est-ce que tu fais encore là ? demande-t-il en sortant de l'ascenseur.

— Bonsoir, dis-je en baissant les yeux et en me faufilant dans la cabine. Je n'ai pas vu le temps passer, je travaillais.

La porte commence déjà à se refermer mais il l'arrête en plaçant son bras devant le détecteur.

— Sur la soirée clients ? Désolé de ne pas avoir pu te rejoindre, j'avais un rendez-vous à l'extérieur. Tu as pu avancer comme tu voulais ?

— Tu verras ça demain, l'interrompt Serena sans aucune politesse. Je suis fatiguée, j'espère que tu n'as pas oublié ce fabuleux dessert que tu m'as promis… Le deal, c'était juste de repasser au bureau déposer ce fichu dossier, pas d'improviser une réunion de travail dans le couloir avec le personnel.

Un « dessert » ? Je ne sais pas très bien si elle parle vraiment de nourriture ou si c'est une allusion sexuelle. Soudain, je sens mes joues prendre feu. Dire que j'ai imaginé que Jace pouvait être jaloux de mon rendez-vous avec Dan. Quelle idiote ! Au comble de la gêne, j'appuie frénétiquement sur le bouton du rez-de-chaussée sans oser lever les yeux.

— Je dois y aller, je suis en retard.

— Tu veux que je te dépose quelque part ? Mais, qu'est-ce que tu t'es fait au doigt ? Tu t'es blessée ?

Toutes ses questions me donnent le tournis.

— Jace ! l'appelle Serena alors qu'elle se dirige vers son bureau.

— On t'attend, je crois. Merci, je vais me débrouiller.

Mon ego me murmure que je devrais toujours être fâchée contre lui, mais la version sympa et attentionnée de Jace fait fondre mon cœur.

— Qu'est-ce qu'il t'est arrivé ? insiste-t-il en levant la main vers moi.

Sa main reste suspendue entre nous comme s'il hésitait à me toucher. Mon regard doit traduire la confusion que je ressens.

— Ce n'est rien, je me suis coupée. Disons qu'hier n'a pas été la meilleure journée de l'année.

— À propos d'hier, commence-t-il, je voulais…

Mais son téléphone sonne et l'empêche de finir sa phrase. Il laisse échapper un long soupir puis décroche sans me quitter des yeux.

— Oui, Serena, lâche-t-il, crispé.

Je ne peux pas faire autrement que d'entendre les paroles de son associée.

— Tu as le choix entre moi et une simple employée de bas étage. Pour info, je suis à poil sur ton bureau. Tu ferais mieux de te décider rapidement…

Un hoquet de surprise m'échappe et soudain, rester une seconde de plus face à Jace me semble insurmontable.

— Je dois vraiment y aller, dis-je sèchement, humiliée par les mots de Serena. Bonne soirée.

Il n'essaie pas de me retenir, ni d'excuser l'attitude de Serena et libère l'ascenseur. Le temps que les portes se referment, nous ne nous quittons pas des yeux et lorsque son visage disparaît enfin, je m'autorise à expirer. Au moins, je suis fixée : ils couchent bien ensemble.

Ce soir-là, après mon service, j'ai encore la tête pleine d'images de Jace et Serena s'envoyant en l'air. Finalement, ce n'est pas une grande surprise, mais je ne peux m'empêcher d'être déçue et un peu jalouse. Jace me plaît, surtout depuis que j'ai appris à le connaître, et il est plus que ce sex-symbol qu'on voit partout. C'est quelqu'un de brillant et d'attentionné. Malheureusement, j'avais raison de penser que nous n'appartenons pas au même monde. Encore aujourd'hui. J'ai été bête de croire qu'il y avait peut-être une attirance réciproque entre nous.

Avant de sombrer dans les limbes du sommeil, je navigue sur Instagram et découvre une nouvelle publication de Jace. Surprise par la photo qui s'affiche, je me redresse pour être certaine de ne pas rêver, mais la bouteille de Coca-Cola avec écrit « SORRY » sur l'étiquette est bien là. Je souris, touchée, car il ne fait aucun doute que ce post m'est adressé.

# 10

*Jace*

Attendre le lendemain pour m'excuser auprès d'Aubrey était sûrement la meilleure option, la plus sage, la plus mature, mais je n'ai pas pu m'empêcher. J'ai posté la photo de cette bouteille de Coca depuis une demi-heure et je surveille mes notifications toutes les cinq minutes, malheureusement, la principale intéressée ne s'est toujours pas manifestée.

Croiser Aubrey tout à l'heure m'a fait encore plus culpabiliser. Le hashtag « journée de merde » inscrit sous sa dernière photo (un étrange tableau avec des têtes de mort dessinées à la craie) était pourtant assez clair, mais ce n'est qu'en voyant son doigt blessé que j'ai compris à quel point sa journée avait été difficile. Je n'ai pas eu le temps de m'excuser et d'expliquer mon attitude, alors je me suis promis d'aller la retrouver au bar plus tard dans la soirée. Sauf que ma discussion avec Serena s'est éternisée. J'ai fini par me convaincre que j'avais été un parfait connard et la lâcheté a pris le pas sur ma motivation.

J'allume la télé et choisis la retransmission d'un match des Cubs. J'ai besoin de m'abrutir et d'arrêter de réfléchir. La fin de journée a été éprouvante. Productive mais éreintante. Mon problème avec Serena est enfin réglé, même si je ne mesure pas encore bien les conséquences.

J'espère avoir su choisir les mots justes pour lui faire entendre mon point de vue. Je veux que nous soyons amis et associés, rien de plus. Seulement, dissimuler ses émotions est un art dans lequel elle excelle depuis toujours.

Ses parents ne lui ont jamais accordé la moindre attention. À seize ans, en passant à l'improviste chez elle pour lui rendre un bouquin de maths, j'ai été le témoin malencontreux d'une dispute entre elle et son père. Ma présence n'a pas eu l'air de le gêner, bien au contraire. Le mec, un alcoolique notoire, était complètement soûl et hurlait des horreurs à sa fille. Les cinq premières minutes, j'ai assisté à la scène, silencieux, choqué de découvrir l'envers du décor. Ici, loin de l'école, Serena n'était plus la fille pleine d'assurance qui marchait fièrement dans les couloirs, mais une gamine terrorisée. Elle ne disait rien, attendant visiblement que l'orage passe. J'ai fini par m'interposer, demandant à son père de se calmer. Il avait beau me dépasser de deux bonnes têtes, je me suis placé entre eux, prêt à en découdre. Il nous a mis dehors tous les deux, m'interdisant au passage de remettre les pieds chez lui. Une fois la porte claquée, nous nous sommes regardés, elle et moi, abasourdis. Puis Serena a haussé les épaules et m'a souhaité la bienvenue dans sa vie pourrie. Notre amitié est née ce jour-là. Par la suite, nous sommes devenus inséparables et nous avons fini par coucher ensemble. Je ne pense pas que nous étions amoureux, le sexe lui servait simplement d'exutoire et, pour les deux ados bourrés d'hormones que nous étions, c'était parfait.

Je m'avachis sur le canapé et fixe le plafond. Quelle journée ! Après le départ d'Aubrey, je me suis rué dans mon bureau, furieux, où j'ai découvert une Serena confortablement installée dans un fauteuil, tout habillée. Son attitude a été la goutte d'eau qui a fait déborder le vase et alors que j'avais toujours essayé de l'épargner, cette fois-ci j'ai vidé mon sac. La conversation a été stérile : j'ai beaucoup crié, elle s'est contentée de m'ignorer. Le manège a duré une vingtaine de minutes, jusqu'au moment où j'ai compris que nous étions dans une impasse. Ça faisait déjà un moment, mais nous refusions de l'admettre. La tournure que prenait notre relation nous échappait, et nous étions incapables de gérer ce changement. Quel tableau pitoyable nous devions présenter ! Soudain, j'ai eu l'impression de devenir spectateur de la scène et j'ai pris conscience du mal que nous nous faisions, alors je me suis calmé. J'ai arrêté de hurler, j'ai pris une profonde inspiration, préférant opter pour l'apaisement et, pour la première fois en quinze ans, j'ai été honnête avec elle.

— Écoute, Serena, tu es l'une des personnes les plus importantes de ma vie et je ne veux pas te perdre. Je serai toujours ton ami, mais je ne suis pas amoureux de toi. C'est mieux qu'on arrête de coucher ensemble.

Elle a commencé par éclater de rire, affichant un air méprisant, mais je suis resté calme. J'ai ravalé la colère provoquée par sa réaction et j'ai insisté sur l'importance de son amitié à mes yeux. Lorsqu'elle a compris que j'étais sérieux, elle m'a soumis à un long examen silencieux.

— C'est à cause de cette femme ? Cette Aubrey Simpson ?

La conversation ne prenait pas la tournure escomptée, mais je n'avais aucun moyen de l'arrêter.

— Tu savais qu'elle venait de Delsin ? a-t-elle demandé.

Elle a haussé un sourcil inquisiteur face à mon silence, alors j'ai acquiescé. Mentir était inutile.

— Tu te souviens d'elle ? a-t-elle insisté.

Je me suis passé la main dans la nuque en entendant sa voix monter dans les aigus. La réponse n'allait pas lui plaire.

— Ouais.

Je ne voulais pas m'aventurer sur ce terrain, mais je

savais que cette discussion finirait par arriver. Tôt ou tard, je comptais bien tenter ma chance avec Aubrey et lui avouer qu'elle me plaisait. Autant être honnête avec Serena dès maintenant.

— Tu comptais m'en parler quand ? a-t-elle demandé tristement.

J'ai haussé les épaules, toujours muré dans le silence. J'avais peur de la blesser. Elle s'est levée et s'est dirigée vers la fenêtre où elle a observé les buildings éclairés.

— J'ai embauché un détective, a-t-elle lâché.

J'ai fermé les yeux avant d'expirer longuement.

— C'est quoi, cette histoire ?

— Ne t'énerve pas !

J'ai compté jusqu'à trois pour tenter de me calmer, mais ma patience était à bout.

— Mais enfin, pourquoi tu as fait ça ?

— Parce que je ne lui fais pas confiance.

Elle a relevé le menton, me mettant au défi de la contredire. Je la soupçonnais de chercher à provoquer une dispute comme lorsque nous étions plus jeunes. Nos engueulades se finissaient toujours au lit. Est-ce que c'était son but ? C'était tordu, mais venant d'elle, plus rien ne m'étonnait.

— Je me méfie, rien de plus, s'est-elle justifiée. Et je ne regrette pas, surtout depuis que le détective m'a appris qu'elle venait de Delsin. Avoue que son attitude est suspecte. Pourquoi ne pas l'avoir mentionné le jour de son entretien ? Je n'ose même pas imaginer ce qu'elle nous cache encore.

J'ai posé les doigts sur mes paupières, incapable d'émettre la moindre parole calme et sensée.

— On dirait que tu ne me fais plus confiance, a-t-elle fini par murmurer.

Un long silence embarrassant et pesant s'est installé.

— Merde, Serena. Un détective ! Qui a des problèmes de confiance, ici ?

— Je l'ai fait pour toi. Pourquoi tu ne m'as pas dit que tu te souvenais d'elle ?

Nous y étions. C'était le moment, celui ou Serena allait enfin comprendre que nous ne pouvions plus être une équipe dans tous les domaines.

— Parce que je n'en avais pas envie.

Comme je l'avais présumé, ma bombe n'a pas apaisé les tensions. Ses yeux se sont arrondis comme des soucoupes et sa main est venue se poser sur sa gorge.

— Pardon ? Pas envie ? C'est ça, ton explication ?

J'ai commencé à perdre mon sang-froid. Bêtement, j'avais pensé que nous étions capables de nous comporter en adultes et que je n'avais pas besoin de me justifier, mais Serena persistait, blessée dans son amour-propre.

— Je n'ai pas à te donner d'explication, ni à te faire part de tous mes faits et gestes. Je suis assez grand pour savoir à qui je peux faire confiance ou non.

— Ça, c'est ce qu'on verra.

— Serena, ai-je grondé. Tu ne la connais pas, je t'ass…

— Tu comptes beaucoup pour moi, Jace. Je ne veux pas que les gens abusent de ta gentillesse. J'essaye simplement de… de te protéger.

Sa voix s'est mise à trembler et une larme a roulé sur sa joue. Je détestais la voir si triste à cause de moi, car au fond j'étais convaincu qu'elle n'avait pas de mauvaise intention, elle ne savait juste pas comment s'y prendre.

— Viens là, ai-je dit en m'approchant pour la prendre dans mes bras. Tu es ma meilleure amie, toi aussi, tu comptes pour moi.

La sonnerie de mon téléphone m'arrache à mes pensées. La tête de Ryan s'affiche sur mon écran. J'hésite à répondre, pas franchement d'humeur pour un Facetime. J'accepte néanmoins l'appel et mon pote apparaît torse nu, les cheveux en bataille.

— C'est quoi, cette bouteille de Coca ? attaque-t-il d'emblée.

Je lui fais un doigt d'honneur et me cale confortablement sur le canapé. J'aurais dû me douter qu'il n'allait pas rater ma photo.

— Original comme façon de s'excuser ! Qu'est-ce que t'as à te faire pardonner ?

Ryan n'est probablement pas la meilleure personne pour me conseiller à ce sujet, mais à cette heure tardive, il est ma seule option.

— J'ai merdé, j'avoue.

— On dirait bien, vu ta photo de gonzesse…

Il va dans sa cuisine, décapsule une bière, et avale une longue gorgée avant de se fendre d'un large sourire.

— Vas-y, je t'écoute !

Je lui résume la situation et, alors que je finis par le meilleur, c'est-à-dire Serena me sommant par téléphone de venir la sauter dans mon bureau, il éclate de rire.

— Quand est-ce que ta vie est devenue un soap opéra ?

Je me frotte les yeux, abattu.

— Je n'en sais rien. Pourquoi tout est si compliqué ?

— Tu me poses vraiment la question ? demande-t-il d'un ton moqueur que j'ai envie de lui faire bouffer.

Je grogne, vexé.

— Tu te fais un monde de rien, Jace. Si cette nana te plaît, pourquoi ne pas le lui dire une bonne fois pour toutes ? Ça te ressemble pas d'hésiter comme ça. Je sais que tu as eu affaire à quelques tarées dans le passé, mais fais-toi un peu confiance. Si tu ne prends pas de risques, tu vas finir tout seul.

— Il n'y a pas que ça, Ryan. Des fois, je rêve de retrouver mon anonymat.

— C'est impossible, mec, alors arrête de te prendre la tête !

Dans sa bouche, tout semble si simple. Sauf qu'en réalité ma vie est un véritable foutoir. Mes moindres faits et gestes sont épiés par les journalistes. C'est la douloureuse contrepartie de la célébrité. Ne rien pouvoir faire sans que la moitié de New York soit au courant. Je m'y suis fait, Ryan aussi, il s'en amuse même. Mais est-ce qu'Aubrey accepterait de voir sa vie décortiquée et affichée dans les médias ?

— Rassure-moi, Serena n'est pas encore en train de t'attendre à poil dans ton bureau ?

— Pourquoi ça t'intéresse ?

J'aime bien charrier Ryan à ce propos.

— Est-ce qu'elle est au courant ?

— De quoi ?

— Que t'es intéressé par une autre meuf qu'elle ?

— Oui, même si je ne l'ai pas dit aussi explicitement.

— Je ne vais pas te demander de me raconter ce que vous vous êtes dit ce soir, mais je vais te filer un conseil.

— Ryan…

— Non, Jace, écoute-moi jusqu'au bout. Je sais que Serena et toi êtes proches, mais cette nana est une manipulatrice. Une ma-ni-pu-la-trice, tu m'entends ? Alors fais attention, s'il te plaît. On ne sait pas de quoi elle est capable.

— Tu te trompes sur ses intentions.

— Si tu le dis. En attendant, même s'il est tard, tu devrais appeler Aubrey.

— Elle travaille.

— Si tu n'agis pas maintenant, mec, il sera trop tard.

— Je vais y réfléchir. Bonne soirée, Ryan, et merci pour la conversation de meufs !

Je raccroche et retourne sur mon compte Instagram. Aubrey n'a plus d'excuse, son service est fini depuis au moins une heure. Je grimace, car maintenant que je connais son emploi du temps, j'ai l'impression d'être un psychopathe !

La photo a été likée près de neuf cent mille fois. Impressionnant. Heureusement, le nombre de commentaires est plus raisonnable : six cents. Je les fais défiler, pour la plupart ils sont sans intérêt. Certains font dans l'originalité dans l'espoir de se faire remarquer, tandis que d'autres utilisent les smileys en abondance. Enfin, son prénom apparaît. Je me redresse.

Aubreysimpson : @jaceadam Marcos de Quinto est un génie ☺

Comment expliquer que cette simple phrase suffit à replacer mon monde dans son axe ? Marcos de Quinto est le responsable de la communication de Coca-Cola et Aubrey est dingue de ses campagnes, elle le qualifie même de génie créatif. J'étais certain qu'elle comprendrait que cette photo était pour elle. Je like son commentaire et y réponds, en sachant pertinemment que ça va déclencher une tempête médiatique.

@aubreysimpson Taste the feeling[1].

C'est un simple commentaire en apparence, mais au fond de moi, je sais que je viens de la jeter dans la fosse aux lions. Trop tard pour faire machine arrière, je n'ai plus qu'à assumer. Encouragé par ma conversation avec Ryan, je décide de prendre des risques et je m'abonne à son compte.

1. « Savoure l'instant » : slogan publicitaire de Coca-Cola.

# 11

Aubreysimpson : @jaceadam Marcos de Quinto est un génie.

Cynthiadreamandlove : @aubreysimpson t'es qui toi ?

Jaceadam : @audreysimpson Taste the feeling.

Jaceforever : @audreysimpson d'où tu connais Jace ?

Milliearkansas : @aubreysimpson est-ce que tu connais Jace ? Si oui dis-lui de consulter mon profil, je fais des dessins de lui. Kiss ❤

Amandaglobtroter : @aubreysimpson encore un cageot qui se prend pour un canon !

Franckbower : @aubreysimpon tu te tapes @jaceadam ?

Starinthesky : @aubreysimpson tu suces ?

Fashiongirl : C'est moi ou elle est moche @aubrey-simpson ?

Vous avez été notifiée sur la page de Jaceadamfan.

Iloveyoujaceadam vous a notifié en story.

Tiagoricardo : @aubreysimpson tu habites à NY ? On peut se rencontrer ?

Prettyalex : @aubreysimpson tu peux me dire d'où vient ton haut ? Il est canon et te fait des seins de folie.

Lion879 : @aubreysimpson on dirait que tu louches. T'as un problème de vue ou c'est ta pupille qui est vachement dilatée par rapport à l'autre ? Vous en pensez quoi ?

Frenchmum : @aubreysimpson tu es jolie comme un cœur !

Pam3256 : @aubreysimpson tes seins sont vrais ? Sinon file le nom de ton chirurgien, ils font méga naturels. XOXO

Sidneyandtom : Lâchez tous l'affaire, elle est moche. Je ne lui donne même pas une semaine. @aubreysimpson, sorry mais il lui faut une femme comme moi.

Peaceandlove : Vous êtes jaloux. @aubreysimpson tu as trop de chance de l'avoir dans ton lit.

Fireinthecity : @Lion879 elle louche grave. Elle a un œil qui dit merde à l'autre.

# 12

*Aubrey*

La nuit a été bien trop courte. Je n'ai pas la force de courir et les portes du métro se referment juste devant moi. Merveilleux. Je baisse la tête, dépitée. Je vais être en retard. La première fois depuis mon arrivée, il y a dix mois. Je réprime un bâillement et allume mon téléphone pour prévenir Stan, tout en repérant un banc sur lequel j'espère pouvoir m'asseoir sans me salir les fesses. Je sursaute alors et manque de faire tomber mon portable lorsqu'il se met à vibrer en continu. Abasourdie, je fixe les notifications Instagram qui augmentent à une vitesse vertigineuse.

Cinquante-quatre messages.

Huit cent trente-trois likes.

Soixante-sept commentaires.

Deux cent soixante-cinq nouveaux abonnés.

C'est quoi, ce délire ? À moins que je sois devenue somnambule, je n'ai rien posté qui mérite cet intérêt soudain. Curieuse, je consulte la liste de mes nouveaux amis pour découvrir parmi eux un abonné de taille : Jace. Tout s'explique ! Les fans s'abonnent toujours aux amis de leur idole dans le but d'obtenir de nouvelles informations.

Alors que mon train arrive dans un vacarme assourdissant avec cet horrible courant d'air chaud et puant, je le regarde, immobile, évacuer son flot de voyageurs pressés, puis repartir chargé à bloc. La station est de nouveau calme et silencieuse, tout le contraire de mon cœur qui bat à toute allure. En baissant les yeux sur l'écran, je devine mon reflet et surtout le large sourire qui gagne mon visage. À n'en pas douter, l'initiative de Jace me réjouit. Beaucoup. Peut-être même un peu trop, car elle ressuscite à nouveau l'espoir fou que je lui plais.

Au bureau, mon retard passe inaperçu car Stan me couvre. Je ne croise pas Jace de la matinée, ce qui me laisse tout le loisir de cogiter comme une folle. Pendant ma pause, je consulte toutes mes notifications et je suis atterrée de découvrir l'étendue de la bêtise humaine. Les gens peuvent parfois être d'une stupidité sans nom.

Lion879 : @aubreysimpson on dirait que tu louches. T'as un problème de vue ou c'est ta pupille qui est vachement dilatée par rapport à l'autre ? Vous en pensez quoi ?

Fireinthecity : @Lion879 elle louche grave. Elle a un œil qui dit merde à l'autre.

Comment ça, je louche ?

Sans donner d'explication à Stan avec qui je suis en train de déjeuner, je me lève, tremblante, et file vers les toilettes. Je ferme la porte et me plante devant le miroir. Stan, comme à son habitude très attentionné, ne met pas longtemps avant de frapper à la porte.

— Aubrey ? Tout va bien ?

— Oui oui ! Une envie pressante, c'est tout, dis-je pour me débarrasser de lui.

Je fixe mon reflet pendant de longues secondes pour chercher ce strabisme dont parle Lion879. Je me recule puis colle le nez sur la glace avant de me rendre à l'évidence. Ce mec a raison : je louche. Comment est-il possible que je ne l'aie jamais remarqué ? Dépitée, je sors de ma cachette et ignore le regard interrogateur de mon ami. Je retourne m'asseoir comme si de rien n'était, réfléchissant déjà à faire des recherches sur Internet. Avec un peu de chance, j'y trouverai la solution miracle. Stan plisse les yeux, croise les bras sur son torse et m'étudie en silence.

— Un problème ?

— Non, aucun.

— Hum, si tu le dis. Bon, je reprends alors. Tu penses quoi de cette histoire de défilé ? Tu crois que le Brooke's bar serait d'accord pour accueillir ce genre d'événements ?

Je laisse Stan babiller et essaie de diriger mon regard sur lui en forçant mes pupilles à fixer un point unique. Sa voix devient plus lointaine à mesure que je me concentre sur son nez, encore ébranlée par le commentaire de cet inconnu. Je. Louche. Est-ce que je devrais prendre rendez-vous chez un ophtalmo de toute urgence ou faire des séances d'orthoptie ? Je sursaute quand je me rends compte que Stan est en train de me secouer le bras.

— Qu'est-ce qui t'arrive Aubrey ? Pourquoi tu me fixes comme ça ? Tu deviens flippante. J'ai un truc sur le nez, c'est ça ?

Je secoue la tête pour le rassurer mais il se lève, les yeux pleins d'effroi.

— Oh mon Dieu, j'ai un mickey qui dépasse et tu n'oses pas me le dire !

— Est-ce que je louche ?

— Quoi ?

Stan me dévisage comme si j'étais une extraterrestre.

— C'est simple, est-ce que j'ai un œil qui dit merde à l'autre ? Sois franc, s'il te plaît.

Pour toute réponse, il éclate de rire et lorsque, enfin, il se calme, il ne trouve rien d'autre à faire que de ranger son déjeuner pour se remettre au travail. Visiblement, ma question était hilarante.

— Il est 14 heures, le grand patron t'attend ! De mon côté, je dois faire un saut aux ressources humaines. À plus, Aubrey !

— Stan ! Tu n'as pas répondu.

Mais il disparaît avant que j'aie obtenu une réponse. Contrariée, je me dépêche de ramasser mes affaires et file prendre l'ascenseur. Quand j'arrive devant la salle, j'aperçois Jace en pleine conversation téléphonique, déjà installé. Pour lui annoncer ma présence et ne pas le déranger, je frappe doucement.

— Je peux attendre dans le couloir, si tu préfères.

Il me fait signe d'entrer avec un clin d'œil. Une fois qu'il a raccroché, il me sert un café et lance aussitôt un débat sur une nouvelle campagne de pub, comme nous en avions l'habitude. Perturbée qu'il fasse comme si rien ne s'était passé, je ne trouve pas les mots pour lui demander des explications. Un, sur son comportement odieux de l'autre jour. Deux, sur son abonnement à mon compte Instagram. C'est vrai qu'il n'a pas vraiment à se justifier sur ce dernier point, mais j'ai besoin de comprendre à quoi il joue.

Après deux heures de travail, n'y tenant plus, je tente une petite ruse dans l'espoir d'en savoir plus.

— Au fait, je crois bien que nos comptes Instagram ont été piratés !

Je sens le poids de son regard, mais je m'évertue à rester concentrée sur le dossier que j'ai sous les yeux. *Ne pas se laisser déstabiliser.*

— Comment ça ?

— Un hacker a visiblement trouvé malin de t'abonner à mon compte. Je préfère te prévenir.

Inutile de lever les yeux pour savoir qu'il sourit.

— Et qu'est-ce qui te fait penser que c'est l'œuvre d'un hacker ?

Là, il me reste deux options : la première, partir en courant et ne jamais revenir. La seconde, assumer mon petit manège. Et comme je suis une adulte, c'est cette dernière que je choisis. Je mets donc de côté ma timidité et lève la tête pour plonger mon regard dans le sien. Évidemment, n'est pas entreprenante qui veut ! Mes joues me brûlent, mais je résiste à l'envie de me cacher comme une petite souris. C'est maintenant ou jamais.

— Aubrey, si tu as quelque chose à me demander, vas-y, dit-il d'une voix douce.

Peut-on rougir de la tête aux pieds ? Je crois que oui ! Du moins c'est la sensation que j'ai à cet instant précis. Mon corps tout entier vient de s'embraser. Et Jace n'arrange rien lorsqu'il pose sa main sur la mienne pour m'empêcher de glisser machinalement un document dans une de nos nombreuses pochettes pour faire diversion. J'observe ses longs doigts sur ma peau nue. Est-ce qu'il sait qu'il est en train de libérer une armée de papillons dans mon ventre ?

Troublée par cette douce tension sexuelle entre nous, j'inspire et murmure :

— Est-ce que c'est toi qui t'es abonné à mon compte ?

— Oui.

— Pourquoi ?

Il rit.

— À ton avis ?

Jace me fixe et je ne peux pas ignorer la lueur qui illumine son regard. Est-il en train de flirter avec moi ?

— Tu es une femme surprenante, Aubrey.

Oh mon Dieu ! Oui ! Jace est vraiment en train de me draguer. Encouragée par ses mots, je me sens pousser des ailes.

— Est-ce que je te plais ?

Mon cœur s'emballe. Ses yeux glissent sur mes lèvres,

ce que j'imagine être une réponse suffisante, puis il se penche vers moi, mais au moment où j'espère – non, où je prie tous les saints – qu'il va m'embrasser, Ana nous interrompt en faisant irruption dans la salle. Consciente de sa maladresse, elle s'excuse aussitôt alors que je me lève d'un bond, mortifiée qu'elle puisse s'imaginer que je pratique la promotion canapé. Je ne demande pas mon reste et quitte la pièce pendant qu'elle informe Jace qu'une situation d'urgence vient d'éclater en Californie.

Les jours suivants, je ne le revois pas. Les problèmes financiers dont sa filiale est victime le contraignent à quitter New York. Cependant la distance ne calme pas ses ardeurs et nous échangeons beaucoup de messages.

10 h 08
J'espère que tu ne m'en voudras pas d'avoir usé de ma position pour récupérer ton numéro. Au fait, c'est Jace !

10 h 47
Aubrey ? Tu es en colère ?

11h 15
Non ! Je travaille, c'est tout ☺ Je suis contente d'avoir de tes nouvelles. Tout va bien à LA ?

11 h 17
Beaucoup de réunions et de paperasse. Et toi ?

11 h 18
Beaucoup de café et de viennoiseries ☺

21 h 23
Tu as pu avancer sur l'organisation de la soirée ? Le directeur de la galerie t'a rappelée pour te donner les noms des artistes ?

21 h 37
Oui, j'ai mis à jour le rétroplanning et l'arbre des

tâches sur le cloud. Tu dois pouvoir consulter les nouvelles versions.

21 h 51
Je peux t'appeler pour faire un point ?

21 h 53
À New York, il est 21 h 53... Je ne suis plus au bureau ! ☺

21 h 54
Oups ! Je peux t'appeler quand même ?

22 h 00
Je te fais signe à la fin de mon service.

22 h 01
Je vais entendre ta voix : voilà enfin une bonne nouvelle !

22 h 02
☺

Le doute n'est plus permis : je lui plais ! En parallèle, j'apprends parmi les critiques de mes nouveaux abonnés qu'en plus du strabisme, mes fesses sont énormes, et apparemment disproportionnées. Je décide de passer mon profil en privé, malheureusement, cette soudaine notoriété est difficile à gérer et le mal est fait : je me sens jugée et dévalorisée. J'interroge même Stan pour savoir si je dois faire un régime. Il glousse avant de m'engueuler pour ne pas lui avoir parlé plus tôt de mon célèbre abonné. Il le savait depuis le début.

— Je me demandais quand tu allais enfin passer aux aveux ! Bordel, Aubrey, plus de quarante-huit heures pour que tu me balances cette putain d'info, tu y crois ?

Je tente de marmonner une excuse pitoyable que mon ami balaye sans attendre.

— Depuis quand on en a quelque chose à faire de

l'avis des autres ? Tu les connais, ces gens ? Non ! Alors permets-moi de te dire, ma beauté, que tu ne dois pas laisser une bande de rageux t'atteindre. Au passage, ton cul est parfait comme il est, et je peux te citer là maintenant au moins une dizaine de mecs chez Good-up qui fantasment dessus ! Jim de la compta, Preston de la sécurité et…

— Merci, Stan, ça va aller. Si tu continues, je ne pourrai plus mettre les pieds au bureau sans me demander si on mate mes fesses. Mais attends, Jim tu dis ? Le type à lunettes qui passe son temps à rougir ?

Stan me regarde d'un air entendu.

— Celui-là même ! Qui l'eût cru, n'est-ce pas ? Alors si tu veux mon avis, il n'y a rien de surprenant à ce que le patron ait craqué sur ton postérieur ! Mais si tu y tiens, tourne-toi que je te donne un avis objectif.

Je m'exécute en riant.

— Non vraiment, parfait, chérie ! Ni trop gros ni trop petit. Bien proportionné, musclé et rond… Je suis sûr qu'une tonne de nanas paieraient pour avoir ton corps. Si j'étais à ta place, je ne ferais pas attention à ces cons et je les ferais plutôt crever de jalousie ! Poste une photo de toi en maillot de bain pour les faire baver !

— Ça va pas ! je m'exclame. Le but, c'est de ne pas attirer encore plus l'attention et d'attendre gentiment qu'ils passent à autre chose, pas d'en rajouter une couche !

— Tu rêves, ma chérie, si tu crois qu'ils vont t'oublier comme ça ! Ce mec est célèbre… Merde, Aubrey, tu es entrain de pécho Jace Adam !

# 13

*2137 visites de profil sur les 7 derniers jours.*

17 h 36
Si seulement Ana ne nous avait pas interrompus… Je devrais déjà connaître le goût de tes lèvres. Quel goût ont-elles, d'ailleurs ?

17 h 54
Sûrement celui de mon gloss à la noix de coco… Tout va bien à LA ? Au fait, je ne te remercie pas, mon compte Instagram est devenu dingue ! Les gens sont fous, je crois.

18 h 02
Noix de coco ? Ma nouvelle saveur préférée ! Un conseil : ne lis pas les commentaires. C'est inutile…

18 h 04
Trop tard !

18 h 04
Attends un peu, ça va se calmer.

18 h 05
Rien qu'aujourd'hui : 3146 likes, 78 nouveaux abonnés et une cinquantaine de commentaires sur mes photos de gens que je ne connais pas, dont 80 % sont des insultes…

Je n'y connais pas grand-chose, mais je n'ai pas le sentiment que ça se calme !

18 h 28
Passe ton profil en privé !

18 h 30
Oui, c'est fait.

00 h 30
Aubrey ?

00 h 41
Oui ?

00 h 42
Ton gloss… Il est juste à la noix de coco ? J'ai vu que certains avaient une pointe de menthe.

00 h 43
Tu devras répondre à cette question tout seul…

00 h 44
Avec plaisir.

*Le lendemain*

Seasexandsun : @aubreysimspon t'as un gros cul.

Landonbrown : @aubreysimpson il est où ce parc à NY ? Il a l'air cool.

Pinklady : @aubreysimpson tu sors avec Jace ?

Onceuponatime : @aubreysimpson arrête de t'afficher

Enjoythelittlethings : @aubreysimspon tu es trop jolie ! XOXO

Bettychou : @aubreysimpson dégage c'est mon homme

@aubreysimpon fais quelque chose, tu fous la honte à Jace.

Flow23 : @aubreysimpson ne les écoute pas, tu es canon. @Lion879 t'as vu ta gueule, sérieux ? D'où tu la ramènes ?

21 h 12
Pas une minute à moi. Tout va bien ?

00 h 48
Désolée, je viens seulement de rentrer de mon service au bar. Je suis allée lire les commentaires sous ta photo. Je n'aurais pas dû.

00 h 48
Effectivement, ça ne sert à rien…

00 h 50
Certains sont vraiment charmants ! Il paraît que je suis grosse et moche.

00 h 53
Toi, moi et ton corps allons devoir avoir une longue (très longue) conversation.

P.S. : tu travailles trop. D'ailleurs, pourquoi tu as 2 jobs ?

00 h 54
Je t'expliquerai quand tu rentreras.

00 h 54
Est-ce une façon de m'inviter à sortir un soir ?

00 h 56
Je pensais plutôt à notre prochaine réunion pour la soirée clients ! Mais si tu insistes… Tu rentres quand ?

1 h 03
Rien de sûr, mais dès que je suis à NY tu le sauras. Et maintenant, au lit ! Si ma mémoire est bonne, demain tu bosses.

1 h 03
Bien, patron ! Bonne nuit ☺

1 h 04
Bonne nuit, Aubrey ☺

# 14

*Aubrey*

*19 mai 2018*

Nous sommes samedi, je suis crevée et même si Jace avait laissé sous-entendre qu'il rentrait ce week-end, je ne pensais pas qu'il passerait me voir au bar. J'avise rapidement ma tenue, enfin plutôt ma robe flamant rose : une création de Stan. Ridicule. Il n'y a pas d'autre mot. Comme prévu, je suis arrivée largement en tête du concours de Tom et je n'ai pas eu d'autre choix que de venir déguisée. Dans l'urgence, j'ai ressorti l'horrible robe à plumes de la soirée d'anniversaire de Jace. Par chance, j'ai échappé au masque assorti malgré la petite tentative de coup d'État de Harper. Tom a vite mis fin à sa carrière de révolutionnaire en lui rappelant que le samedi était notre plus grosse soirée et qu'il avait besoin de serveuses efficaces et rapides. Avec du recul, et maintenant que je sais que Jace est dans la salle, je regrette presque que Harper ne se soit pas montrée plus persuasive ! Je savais que ce moment – celui de nos retrouvailles – devait arriver, mais l'idée était moins effrayante derrière un écran.

Je me concentre sur les commandes de mes tables, mais au fil de la soirée, mes pensées s'envolent malgré moi vers la liste de fantasmes que Stan m'a forcée à lui avouer la veille. Il arrive toujours à ses fins ! J'espère vraiment qu'il tiendra sa langue sinon le hashtag chaudasse deviendra bientôt le nouveau surnom d'Aubrey Simpson sur les réseaux. En me faufilant entre les clients qui se dirigent vers le bar, j'ose un regard discret vers la table de Jace. Je n'ai aucune d'idée de la façon dont je dois me comporter avec lui, surtout au milieu de cette salle pleine à craquer. J'arrive péniblement au comptoir où je pose mon plateau en énumérant les dernières commandes à Harper.

— C'est moi ou c'est de la folie ce soir ? On dirait que les clients se sont multipliés en quelques minutes, hurle-t-elle.

Je balaie la salle des yeux.

— Carrément.

— Pourquoi tu ne portes pas ton serre-tête ? Tu as déjà joué la mauviette avec le masque, alors un petit effort !

Je glousse, bien contente d'avoir abandonné le stupide accessoire que Stan m'a confectionné à la dernière minute. Les deux petits flamants roses se balançaient de façon ridicule et n'auraient pas manqué de me faire repérer par Jace. Marco, un autre serveur, nous rejoint, surexcité.

— Vous avez vu qui est là ?

Harper se penche par-dessus le comptoir, offrant une vue plongeante sur sa poitrine. Détail qui n'échappe pas à Marco si je me fie à son sourire appréciateur.

— Qui ?

— Regarde sur ta droite ! Et, Harp, il me faut un rhum Orangina. Pour le mai tai, la cliente veut que tu lui rajoutes du sirop de cassis et elle a demandé des glaçons dans un bol.

— Pour quoi faire ?

— Si tu crois que je lui ai posé la question ! Ça va, Aubrey ? Franchement, cette tenue rose à plumes est très sexy.

Pour appuyer ses dires, il se lance dans une imitation de loup qui siffle à la mort. Génial !

— Avec ça, tu as de quoi trouver un mec ce soir.

— Tu parles de tous ces pervers bourrés ? Merci mais non merci, je passe mon tour, dis-je en riant.

Harper tape du poing sur le comptoir pour attirer notre attention.

— Oh ! Marco ! Au lieu de chauffer Aubrey, écoute-moi, tu veux ! Tu es sûr que je dois ajouter du rhum dans l'Orangina ? Tu ne t'es pas gouré en prenant la commande ?

— Non, m'dame ! Je cite « ajoutez un peu de rhum, il me faut au moins ça pour trouver le courage d'aborder le putain de canon là-bas. Ce n'est pas tous les jours qu'on passe la soirée dans le même bar qu'une star ! »

— Et on peut savoir qui c'est, cette star ?

Marco a des étoiles plein les yeux. Ce n'est pas étonnant, Jace a cet effet sur la moitié de l'Amérique, tous sexes confondus. Si les femmes l'ont désigné plus beau mâle des dix dernières années, les mecs l'admirent pour sa réussite et sa virilité. Il ne ressemble en rien aux top models qui font fantasmer les midinettes, il a un truc en plus.

— Jace Adam ! C'est quand même dingue qu'il soit là. Tu me diras, ça explique la horde de nanas qui a envahi les lieux. Elles sont carrément chaudes, je crois que je ne vais pas me gêner pour en ramener une ce soir.

Les yeux de Harper s'arrondissent de stupeur en entendant la remarque sexiste de notre collègue. Elle secoue vivement la tête, outrée, avant de lui administrer une claque derrière la tête.

— Aïe, se plaint-il.

— Tu ne l'as pas volée. Depuis quand tu parles des femmes comme ça devant moi ?

Il éclate de rire, pas le moins du monde vexé par le

geste autoritaire de mon amie. Bien au contraire, ces deux-là adorent se chamailler.

— À votre avis, qu'est-ce qu'un type comme lui vient faire à Brooklyn ? Je veux dire, le bar est cool mais c'est quand même pas le coin le plus branché de New York. Il a dû se perdre ou alors il avait envie de se mêler au peuple !

— Si jamais Tom t'entend critiquer son bar, il ne se gênera pas pour te mettre dehors ! Tu sais à quel point il est susceptible. En plus, ce n'est pas la première fois que Jace Adam nous fait l'honneur de sa présence…

— Tu déconnes ?

Je lance un regard suppliant à Harper pour qu'elle se taise. Je n'ai aucune envie de devenir le principal sujet de conversations de mes collègues. La folie déclenchée sur les réseaux sociaux est bien suffisante. Heureusement, Harper est interrompue par une autre serveuse qui lui chuchote quelque chose à l'oreille, un petit sourire aux lèvres. Je n'aime pas ça.

— Tiens, tiens… Regarde ce que Monica a trouvé dans les toilettes : ton serre-tête ! Bizarre, non ? Tu as dû l'oublier. Mets-le vite, je suis sûre que tu seras jolie comme un cœur !

Je place le serre-tête avec les deux petits flamants roses à lunettes de soleil sur ma tête en maugréant, ce qui accentue l'hilarité de mon amie.

— Satisfaite ?

— Parfait !

Elle charge le plateau de Marco avec ses commandes, tout en se renseignant discrètement.

— Il est dans quelle section ?

— Qui ça ?

— Putain, Marco ! Jace, voyons.

— Celle de Sidney.

— Il est accompagné ?

— Oui, de deux mecs, je crois. T'as oublié les glaçons.

Elle lui tend le bol.

— Merci. Tom est allé le voir et il a placé un des deux vigiles pas très loin de sa table pour éviter qu'il soit emmerdé toute la soirée. C'est le rhum-Orangina, ça ?

Harper hoche la tête et balance un torchon sur son épaule.

— Vous croyez que je peux lui demander un autographe ? nous interroge Marco.

— Si tu veux que Tom te vire, n'hésite pas.

Je ris, récupère à mon tour le plateau rempli de verres et me dépêche d'aller servir ma table, située à l'opposé de celle de Jace. Sur le chemin, je croise monsieur belles fesses, le mec que Harper a reluqué il y a quelques jours, et me retourne, surprise. Ce n'est pas un habitué, je ne m'attendais pas à le revoir si tôt.

L'heure suivante est très rythmée et je fais un nombre incalculable d'allers-retours entre le bar et mes tables. La salle ne désemplit pas et je sais que la rumeur de la présence de Jace a fait son effet. Il est le sujet de conversation numéro un du Brooke's bar, et tout le monde se demande ce qu'il fait là. Lorsque j'ai enfin une minute de répit, je file vers les toilettes du personnel.

En sortant, je me fige. Jace est au bout du couloir et avance d'un pas déterminé avant de s'arrêter à quelques mètres de moi.

— Salut.

Je déglutis, le cœur battant. Sa voix ne m'a jamais paru aussi grave que ce soir.

— Euh, salut. Tu sais que tu n'as pas le droit d'être là, dis-je en souriant. C'est réservé au personnel.

Il ignore l'information.

— Personne ne m'a empêché de venir jusque-là… Au contraire, ta copine Harper m'a même fait un grand sourire. Jolie tenue !

Il fait un pas supplémentaire vers moi. Instinctivement, je me recule et me colle contre le mur. Ma réaction semble l'amuser. Être à la merci d'un homme aussi sexy que lui arrive tout en haut de la liste de mes fantasmes. Enfin presque. Avec les vêtements en moins !

— C'est mon gage, je lui explique.

— Ton gage ?

— Oui, c'est un petit jeu entre nous. Le perdant doit venir déguiser.

— Et tu es déguisée en quoi au juste ?

Je secoue la tête pour faire bouger les oiseaux de malheur.

— En flamant rose. Je portais cette robe à ta soirée d'anniversaire, mais on ne s'est pas croisés.

Jace m'observe et je me sens rougir. J'aimerais avoir le courage de faire le premier pas mais lui laisser mener la danse est beaucoup plus excitant. Alors je continue à le dévorer des yeux, espérant secrètement qu'il lise en moi. Ça a l'air de fonctionner car il affiche un air déterminé. Être celui qui lance les hostilités lui convient parfaitement. À n'en pas douter, Jace est un homme d'action.

— C'est exact, et c'est bien dommage…

Il balaie mes jambes d'un œil appréciateur puis remonte doucement en prenant le temps d'évaluer ma poitrine. Soudain, il réduit la distance entre nous et seule une dizaine de centimètres nous sépare. Je soutiens son regard, à la fois excitée et pétrifiée, car au fond de moi, je sais que ce baiser va bousculer mon monde d'une façon inédite. J'imagine que c'est un sentiment légitime lorsque son fantasme devient réalité !

*Jace*

Enfin.

Voilà le seul mot qui me vient à l'esprit à mesure que les centimètres entre nous s'effacent. Je n'aurais jamais imaginé que Ryan soit d'aussi bon conseil. « Putain, mais fonce, Jace ! Tu attends quoi, sérieux ? Qu'un autre mec se pointe et tente sa chance avant toi ? » Sa remarque a eu le mérite de me faire réagir. Il avait raison. On n'était plus au lycée. À ce rythme-là, je risquais de me faire doubler ! Cette histoire me rendait dingue. Si j'étais sûr d'une chose, c'est que jamais aucune fille n'avait exercé une telle emprise sur moi.

Je ne la lâche pas des yeux. Les antennes de son serre-tête bougent et la rendent adorable. Je pose des mains fermes sur ses hanches. Elle semble dépassée, à deux doigts de fuir et de m'échapper. Option inenvisageable. Sa poitrine se soulève à un rythme effréné et je vois qu'elle meurt d'envie de fermer les yeux. Je suis bien d'accord avec elle : faire abstraction de ce qui nous entoure est très tentant et décuplerait nos sensations, néanmoins, je ne veux pas perdre une miette du spectacle. Je suis presque certain que la situation ne lui déplaît pas mais je préfère m'en assurer. Je me penche vers elle, respire son parfum frais et frôle son oreille délicate. Elle inspire alors profondément, puis laisse échapper un petit gémissement sensuel. Je n'ai plus aucun doute. Pourtant, l'attente est délicieuse et je sais qu'elle conférera à notre premier baiser une saveur particulière.

— Est-ce que ça te dérange que je sois venu ?

Elle soupire et secoue la tête. Je n'ai jamais ressenti une telle tension sexuelle. Il m'arrive encore de penser qu'avoir une relation avec une de mes employées est une mauvaise idée, mais il nous suffira d'instaurer quelques règles à respecter au bureau. Rien d'insurmontable.

— Et si nous reprenions là où nous nous sommes arrêtés la dernière fois ? Tu te souviens de ce que je te disais ?

Je caresse sa joue avec mon nez et souffle dans son cou. Je m'immobilise pour reprendre le dessus sur mon désir. Je ne veux pas l'effrayer en me comportant comme un homme des cavernes.

— Tu me plais, Aubrey. Beaucoup.

Je fais glisser mes lèvres le long de son cou gracile et je la sens fondre sous la chaleur de cette caresse. Je préférerais être dans un endroit plus tranquille. Je ne dois pas oublier que nous sommes dans un lieu public, pire, sur son lieu de travail. Le patron du bar, un mec très sympa, a mis à ma disposition un de ses vigiles. Quand je me suis levé pour rejoindre Aubrey, Mike m'a suivi sans aucune hésitation. Une fois devant le couloir, je lui ai demandé d'attendre là en précisant que je ne voulais pas être dérangé.

— Je vais devoir y retourner, murmure Aubrey.

— Tu es sûre ? On est plutôt bien ici, non ?

Elle tourne son visage vers moi. L'occasion est trop belle. Qu'est-ce que j'en ai envie ! C'est un véritable supplice. Nos nez se touchent, et il me suffit d'un infime mouvement pour frôler ses lèvres. Seulement, j'ai peur de m'emporter et de devenir incontrôlable. Aubrey, inconsciente de mon tumulte intérieur, pose ses lèvres sur les miennes, et je suis surpris par leur chaleur et leur douceur agréable. Les premières secondes, tout est sous contrôle et je savoure cette parcelle de bonheur insoupçonnée. Elle caresse ma bouche avec une extrême langueur, traçant avec application le contour. Mais soudain, la pointe de sa langue vient chercher la mienne et je perds pied. Le baiser dérape. J'attrape alors son visage et lui impose un rythme plus intense. Je la prive de son souffle et je me presse contre elle au moment où un son guttural s'échappe de mon propre corps. Mes mains, avides de contact, se perdent dans ses cheveux, puis cavalent le long de son corps avec frénésie. Elle s'adosse contre le mur et je la soulève légèrement pour qu'elle enroule ses jambes autour de mes hanches. Ses doigts s'agrippent à ma nuque et alors que je ne rêve que du contact de sa peau nue, un raclement de gorge, sorti de nulle part, nous arrache à ce moment magique.

— Ok, on va faire comme si je n'avais rien vu, et comme s'il n'y avait pas la moitié de New York de l'autre côté de ce mur, prête à sauter sur ce beau spécimen !

Je m'immobilise pendant qu'Aubrey pouffe et se cache dans mon cou. J'en déduis qu'il s'agit de son amie. Puis elle se redresse et je pivote pour la libérer, soulagée de la voir sourire. Elle aurait pu être gênée que sa collègue nous trouve dans cette posture compromettante. J'en profite pour lui attraper la main et entrelacer nos doigts. J'ai encore besoin de la toucher. Harper nous tourne le dos, une main sur la hanche, et l'autre qui s'agite en l'air pour me faire signe de nous dépêcher.

— Désolée, Aubrey, mais Tom te cherche... Et comme j'étais à peu près sûre qu'il allait tomber sur ça, je me suis proposé de venir te chercher.

— Harp, tu peux te retourner, tu sais !

— Il va falloir que je touche deux mots à votre patron à propos de son vigile ! dis-je sur le ton de la plaisanterie. Il devait s'assurer qu'on ne soit pas dérangés.

La fameuse Harper fait volte-face, les yeux brillants d'espièglerie et, chose rare, j'ai le sentiment de pouvoir lui faire confiance. Son regard ne ment pas, son expression est franche et naturelle. La situation semble l'amuser.

— Qu'est-ce que tu crois ? dit-elle en haussant un sourcil. Je suis Harper Stanford, il n'est pas né, le mec qui me dira ce que je dois faire !

— Rassure-moi, Mike est toujours vivant ? Je m'en voudrais de l'avoir condamné à une mort certaine en voulant protéger mes arrières.

— Évidemment qu'il est vivant... Autant que toi et moi, du moins peut-être pas autant que toi, ajoute-t-elle en désignant du menton mon érection, ce qui déclenche un gloussement d'Aubrey. Ma force de persuasion réside dans mon charme inné ! Il m'a suffi de lui faire mon plus beau sourire. Simple et efficace !

Aubrey fait un pas vers son amie et croise les bras.

— Et tu ne pourrais pas plutôt réserver ton charme au beau gosse de l'autre jour qui est revenu et semble scotché à ton bar ? Je l'ai croisé tout à l'heure. Tu sais ce qu'il te veut ?

Je tourne la tête vers Aubrey, curieux de savoir de qui elle parle.

— Pas aussi beau que toi, je te rassure, dit-elle à mon attention.

— J'y bosse, ne t'inquiète pas ! Enfin, c'est sûr que je suis nettement moins avancée que toi, mais ça suit son cours. Bon, je vous laisse cinq minutes, les enfants, pas une de plus ! Alors profitez-en, je vais tenir compagnie à ce cher Mike.

Elle tourne les talons et repart d'une démarche assurée. Harper est vraiment un sacré numéro.

— C'est qui, ce type ?

— Personne, monsieur Adam. Vous avez entendu le sergent Stanford ? À votre place, je me concentrerais plutôt sur les cinq prochaines minutes.

— Cinq minutes ne seront jamais suffisantes. Je te ramène à la fin de ton service ?

Aubrey acquiesce et me fixe d'un air adorable, toute trace de timidité envolée. Ses yeux brillants, ses lèvres entrouvertes, ses joues rosées et son sourire aguicheur sont une invitation à la débauche. Je l'attrape par la taille et m'exécute. Après tout, je ne vais pas me faire prier ! Cette fois-ci, je n'essaye pas de calmer le jeu car je sais déjà que ce moment va filer à toute vitesse et que Harper ne se gênera pas pour venir m'enlever Aubrey une fois le temps écoulé.

La seconde fois, Harper est en effet nettement moins compréhensive et n'hésite pas à me taper sur l'épaule. Aubrey grogne alors qu'elle l'arrache pratiquement de mes bras, mais la barmaid ne cède pas. Vaincue, Aubrey la suit, contrainte et forcée, mais se retourne en riant et m'envoie un baiser. Je rêve où je viens d'attraper son baiser imaginaire ? Amusé par ma réaction, je souris bêtement avant de tenter de cacher mon érection car il est évident qu'une partie de mon anatomie est très frustrée par cette interruption.

Une heure plus tard, je joue avec mon dessous de verre, encore envahi par les sensations de notre second baiser. Je n'arrive pas à l'expliquer, mais c'est comme si Aubrey et moi étions connectés. Et depuis qu'on s'est embrassés, j'ai commencé à développer une nouvelle obsession : la voir nue. Bien sûr, je garde ces pensées lubriques pour moi et essaie de suivre la conversation de mes amis, mais je ne peux m'empêcher de la chercher des yeux et je finis par ne plus leur prêter attention. Heureusement, son serre-tête fantaisie m'aide à la repérer.

— Dis-moi si je te dérange, mec ! me lance alors Ryan.

Je tourne la tête vers mon ami, qui me fixe d'un air moqueur.

— Qu'est-ce que tu racontes ? Pas du tout !

— Prends-moi pour un con ! Et on peut savoir où tu étais tout à l'heure ? Tu as disparu sans prévenir.

J'ignore sa question.

— Où est passé Ben ?

— Tu vois ! Tu ne t'es même pas aperçu que ça faisait au moins un quart d'heure qu'il n'était plus là…

Ryan désigne du menton une table sur notre gauche.

— Il branche ! T'es sur un coup avec Aubrey, c'est ça ?

— Je la ramène à la fin de son service.

— Chez elle ou chez toi ?

— Je ne sais pas encore.

Le ton de sa question ne me plaît pas, je ne veux pas qu'il pense qu'Aubrey est juste un plan cul, un numéro parmi tant d'autres, même si je n'ai pas pour habitude de collectionner les femmes. Elle a accepté que je la ramène, ce qui ne laisse planer aucun doute sur la suite de la soirée. Enfin, je l'espère.

Devant mon silence, Ryan siffle longuement, mais je décide de changer de sujet, ne voulant pas faire de tort à Aubrey.

— Quand je pense que tu nous as forcés à venir, avec Ben !

— Il a l'air de passer une excellente soirée en tout cas, lui fais-je remarquer. Et tu pourrais draguer n'importe quelle nana dans ce bar si tu en avais envie. Entre nous, Ryan, que tu sois en boîte ou ici, c'est pareil, non ?

— Ce n'est pas faux. D'ailleurs, j'en ai déjà repéré une. La nana hyper sexy dans sa petite robe à plumes ! Tu sais, celle avec des antennes bizarroïdes sur la tête et qui court partout avec un plateau.

Je lui lance un regard noir qui le fait éclater de rire. Très fier de lui, il me tape dans le dos.

— C'est bon, mon pote… Chasse gardée, j'ai saisi le message.

— Aubrey est différente, et…

— J'avais bien compris, Jace.

Il affiche un air sérieux qui me met mal à l'aise. Ryan est un de mes plus anciens potes et je sais qu'il ne jugera jamais mes sentiments.

— Je n'ai pas eu le temps de te dire merci pour ce soir. Je sais que je t'ai fait changer tes plans à la dernière minute, mais disons que notre dernière conversation tournait en boucle dans ma tête et il fallait que je sois sûr qu'Aubrey et moi étions sur la même longueur d'onde.

— Que veux-tu ! Un expert en relations amoureuses comme moi sait trouver les mots justes.

— Toi, un expert ? Je sais pas. Disons que ça a eu le mérite de m'ouvrir les yeux.

Il boit une longue gorgée de sa bière.

— Prends les choses comme elles viennent, mon pote. Tu réfléchiras plus tard. Parfois, il faut simplement lâcher prise et se laisser porter.

Après avoir râlé un peu pour la forme, Ryan n'a pas hésité longtemps lorsque je l'ai appelé pour lui demander de venir me chercher à l'aéroport et de m'accompagner au Brooke's bar. Il avait prévu de sortir en boîte avec Ben. Nous sommes passés déposer mon sac, j'ai pris une douche rapide et cinquante minutes plus tard, nous sommes arrivés ici. Il est rare que je réussisse à rester incognito quand je sors, et cette soirée n'a pas échappé à la règle. Je soupçonne Ben d'avoir posté une indication sur notre destination. Mon entourage ne comprend pas toujours que je puisse avoir besoin de rester anonyme le temps d'une soirée. Pour eux, ma célébrité est gage de conquêtes assurées et de nuits torrides. J'espère seulement qu'Aubrey ne prendra pas la fuite quand elle découvrira les trésors d'ingéniosité que certains journalistes déploient pour avoir des scoops sur ma vie privée.

— Et alors, c'est bon ? Vous êtes sur la même longueur d'onde ? demande-t-il, amusé.

— Et si on se faisait un billard plutôt que d'avoir des conversations de nanas ?

Ryan a l'intelligence de ne pas insister et nous nous dirigeons vers les tables de jeu, escortés par Mike. Nous traversons la salle et lorsque nous croisons Aubrey, je dois me retenir de ne pas l'attraper pour l'embrasser. Soudain, je prends conscience que cacher notre relation aux yeux du monde risque d'être beaucoup plus difficile que prévu.

Mon plan initial pour la soirée était juste de parler à Aubrey, mais apercevoir ses jolies jambes nues, son sourire, et l'entendre rire me met au supplice. Plusieurs fois, je dois me faire violence pour ne pas aller éclater la tête des mecs qui la reluquent sans la moindre classe.

Ryan m'empêche même de quitter le bar lorsqu'elle passe devant notre table sans m'adresser un regard. Elle est en plein rush, mais je la soupçonne de chercher à se protéger de tout ça, surtout qu'elle a déjà eu via les réseaux sociaux un petit avant-goût de ce qui l'attend si elle entre dans ma vie. Son attitude me rend dingue. Dingue et imprudent. Suivant mon impulsion, et malgré les recommandations de Ryan, je la rejoins au comptoir, Mike sur les talons, et me plante derrière elle alors qu'elle attend sa commande. Tout en prenant soin de ne pas la toucher, je chuchote contre son oreille :

— Tu pourras garder ta robe cette nuit ?

Son parfum délicat me fait presque flancher. Je résiste à mon désir et enfonce les mains dans mes poches.

— Sans rien en dessous, évidemment.

La précision a son importance et a le mérite de la faire frissonner. Elle ne bouge pas, mais je remarque que ses doigts se cramponnent à son plateau avec force. Parfait, elle est visiblement dans le même état que moi, ce qui présage une fin de soirée des plus agréable.

— Autre chose ? demande-t-elle d'une voix rauque et étouffée.

Je recule sans répondre, conscient et ravi de mon effet, puis retourne à ma table.

Quelques heures plus tard, je m'effondre sur le matelas, essoufflé, Aubrey dans mes bras. Nous ne sommes plus qu'un amas de corps moites, de draps entortillés et de désir repu. Je dégage une mèche humide de son front et lui embrasse le bout du nez. Aubrey lève vers moi un regard lumineux et contenté. Elle m'embrasse délicatement en prenant tout son temps et je la laisse me dicter son rythme. J'aime quand sa timidité s'efface. Je n'ai jamais particulièrement apprécié les câlins, mais cette façon qu'elle a de ne pas se précipiter, de toucher, de caresser, de mordiller est très agréable. Elle est allongée sur moi et je lui caresse le dos. Seules les lumières de la ville éclairent ma chambre, et nous baignons dans un silence confortable. Je ne me lasse pas de la douceur de sa peau ni de cet état post-orgasmique apaisant. Je fais courir mes doigts le long de sa colonne vertébrale puis m'arrête dans le creux de ses reins pour dessiner de petits cercles avant de remonter.

— Parle-moi un peu de toi.

Je la sens sourire dans mon cou.

— Qu'est-ce que tu veux savoir ?

Elle se redresse en posant les mains sur mon torse et vient y poser son menton. L'espace d'un instant, je me perds dans la profondeur de son regard noisette, avide de l'embrasser. Comment lui avouer que je n'ai jamais ressenti un tel bien-être ? Pressé d'échapper à l'intensité de mes émotions, je lui vole un baiser chaste.

— Tout !

Ça peut paraître cliché, mais c'est la vérité. Je veux tout connaître d'elle : son enfance, les meilleurs souvenirs de ses années lycée, comment était son premier baiser, qui était son cavalier au bal de promo, où elle a fait ses études, ses projets professionnels, combien de relations sérieuses elle a eues. Je me lance avec les premières questions qui viennent dans le désordre :

— Tu as des frères et sœurs ? Un animal de compagnie ? Où tu as fait tes études ? Est-ce que tu as des projets pros ?

C'est presque imperceptible, mais j'ai l'impression qu'elle se raidit. Mes questions ne sont pourtant ni intimes ni déplacées. Est-ce que je l'ai effrayée ?

Elle m'observe en silence et finit par murmurer.

— Scoob.

Je la regarde sans comprendre.

— J'ai eu un chien qui s'appelait Scoob, je l'adorais ! Nous avions un grand jardin, ma mère était une fan de jardinage, je passais donc beaucoup de temps avec elle dehors. Un jour, je me suis mis en tête de lui construire une niche et mon amie…

Elle semble hésiter un instant, comme si elle ne se rappelait plus son prénom.

— Ton amie ?

— Amber, dit-elle en m'embrassant dans le cou.

*Amber ?* Je réfléchis quelques secondes avant d'éclater de rire. Cette fille était une folle.

— Pourquoi tu ris ?

— Je me souviens très bien d'elle. Elle était limite flippante. Chaque fois que je la croisais dans les couloirs, elle passait un index sur son cou comme si elle voulait m'égorger !

— Oui, elle était très protectrice. Et tu l'avais vraiment énervée…

— Pourquoi ?

— Pour cette histoire de soirée de fin d'année. Tu te souviens que mon thème avait été choisi ?

— Oui, très bien. Mais tu n'es jamais venue te présenter au comité.

Je sens Aubrey se tendre dans mes bras. Je continue mes caresses, intrigué. La joue posée sur mon torse, elle semble perdue dans ses pensées.

— Je suis venue.

Sa voix est si basse que je ne suis pas certain d'avoir bien entendu. Après quelques secondes, elle se redresse et murmure :

— Vous étiez en train de vous moquer de moi.

Je ferme les yeux, cherchant dans mes souvenirs.

— Aubrey, les adolescents ne sont pas connus pour leur maturité. Quoi que nous ayons pu dire comme conneries, je…

— Mes seins.

— Hein ? dis-je sans comprendre.

— Vous étiez en train de dire que je n'avais pas assez de poitrine. Enfin, Serena.

Je suis tenté de rire, mais je lis dans les yeux d'Aubrey qu'elle a été profondément blessée alors je réfléchis à une réponse qui soit à la hauteur.

— Je suis désolé, nous n'aurions pas dû nous moquer de ton physique. C'était vraiment stupide de notre part et je comprends mieux pourquoi tu as décidé de ne pas te présenter.

— J'avais des seins, je ne les montrais pas à tout le monde, c'est tout !

Sa riposte est amusante et j'en profite pour essayer de détendre l'atmosphère.

— J'espère que c'est toujours le cas !

— De ?

— Que tu ne montres pas tes seins à tout le monde !

Elle rit et se laisse glisser sur le côté, me donnant une très jolie vue sur sa poitrine parfaite. Sans attendre, je la surplombe et plonge vers l'objet de mon désir pour m'excuser auprès d'eux. Puis je remonte vers son cou et sème un chemin de baisers mouillés.

— Pas de frère et sœur, donc ?

Elle se dégage et inverse nos positions pour me chevaucher.

— Non, fille unique. Et toi ?

Je secoue la tête, incapable de répondre à voix haute, maintenant que sa langue s'attaque à mon lobe. La conversation risque d'être écourtée ! Mon corps, lui, ravi de cette attention, se réveille. Il faut dire que les dernières semaines ont été placées sous le signe de l'abstinence et que j'ai largement eu le temps d'élaborer la liste complète des fantasmes et des positions que je veux essayer avec elle.

Je la fais basculer sur le dos. Elle sursaute, surprise, et rit, avant de s'arrêter lorsqu'elle découvre mon regard déterminé. En appui sur mon bras, je laisse mes doigts glisser sur sa joue et me penche pour l'embrasser. Je prends possession de sa bouche, me délectant de ses réactions et éprouvant un grand plaisir à l'amener au bord de la rupture. Puis je trace un chemin avec mes lèvres de son cou jusqu'à sa poitrine généreuse. Ses seins sont magnifiques. Comment avons-nous pu nous moquer d'eux ? Je souffle sur son téton gauche déjà durci et elle frissonne. Encouragé, je recommence, mais cette fois je le suce avec avidité. Le long gémissement qu'elle laisse échapper me fait redoubler d'efforts. Je passe au second sein et rencontre le même succès. Sans la moindre timidité, Aubrey me maintient fermement la tête pour me faire comprendre que ça lui plaît. Je ne risque pas de m'arrêter car un, j'adore ses seins et deux, je suis bien trop satisfait d'avoir découvert son point sensible. Au moment où ma main effleure son intimité et qu'elle murmure mon prénom comme une supplique en se cambrant, je sais qu'une nuit entière ne suffira pas à lui faire l'amour.

# 15

Il est presque 7 heures. La nuit a tenu ses promesses et les lueurs du jour commencent tout juste à éclairer la pièce lorsque Aubrey s'endort. Je contemple son visage paisible avec l'étrange sensation que sa présence dans mon lit est normale. Je me dégage délicatement de son corps chaud et file dans la salle de bains prendre une douche. Je dois mettre mes idées au clair.

Dans ma vie, j'ai besoin de tout compartimenter. C'est pour cette raison que je me suis toujours interdit de coucher avec une de mes employées. J'ai entretenu des rapports plus ou moins réguliers avec Serena, mais ça n'a jamais empiété sur mon travail, c'était purement sexuel. Ryan trouve mon obsession stupide, seulement je tiens à ce que rien ne vienne entacher la réputation de mon entreprise, et sûrement pas une histoire de sexe. Avec Aubrey, c'est différent… et c'est pour ça que ça me fait peur. Mettre des règles en place au bureau va être une nécessité. Je détesterais que les autres employés s'imaginent qu'elle a obtenu une promotion contre des avantages en nature.

Je lève la tête vers le jet d'eau tiède, m'enjoignant à penser à autre chose car je ne veux pas gâcher cette nuit que nous venons de passer ensemble. Je lui en parlerai quand elle se réveillera, elle comprendra sûrement mon point de vue.

— Tu aurais dû me réveiller.

Je sursaute en entendant sa voix. Aubrey est là, nue devant moi, les cheveux emmêlés et les yeux ensommeillés. Sans un mot, je tends la main vers elle, l'invitant à me rejoindre.

Je l'attire sous le jet sans attendre et elle pousse un petit cri en sentant la tiédeur de l'eau. Je la maintiens dessous et l'embrasse pour détourner son attention. Elle ne cherche pas à s'enfuir et se hisse sur la pointe des pieds pour se cramponner à mes épaules.

Alors que ses mains glissent sur mes fesses, j'ai un éclair de lucidité :

— Les préservatifs sont dans la chambre…

Elle lève les yeux avec un petit air angélique.

— Oh ! je suis certaine qu'on peut trouver une activité ne nécessitant pas de préservatif, et qui soit tout aussi agréable…

Je souris, convaincu.

— Effectivement. J'ai quelques idées en tête.

Je la pousse contre le carrelage, ravi que nous soyons sur la même longueur d'onde, et l'embrasse à nouveau.

Quelques heures plus tard, lorsque je tourne la tête vers le réveil, le soleil inonde la pièce. Il est 11 heures. Je me sens en pleine forme, et je sais exactement pourquoi. Pour la première fois depuis des semaines, j'ai droit à la version réelle et non numérique d'Aubrey. Cela fait toute la différence ! Je caresse avec précaution le visage de la femme qui dort à mes côtés, enroulée dans mes draps, admirant sa perfection et mesurant ma chance.

*Aubrey*

— Le roi des œufs ? Sérieusement ?

J'éclate de rire alors que Jace vide le contenu de la

poêle dans mon assiette, avec un petit sourire satisfait. Je me pince discrètement, mais non, je ne rêve pas : je suis bien à moitié nue, vêtue d'un simple T-shirt d'homme, perchée sur un tabouret dans la cuisine de Jace Adam, attablée devant une assiette copieuse. Je souris béatement en repensant à notre nuit.

— Verdict ? demande Jace, interrompant le cours de mes pensées.

Il est debout, de l'autre côté du bar, torse nu, à attendre mon avis. Il a raison : ses œufs sont excellents. Je suis d'humeur joueuse, alors pour le taquiner, je décide de ne rien dire et, à chaque bouchée, je laisse échapper des soupirs de contentement. Il m'observe, amusé.

— On dirait que tu prends ton pied, commente-t-il d'une voix rauque qui trahit son excitation.

— Orgasme gustatif !

Le mot « orgasme » agit comme un catalyseur. Soudain il se tient à mes côtés et fait pivoter le tabouret d'un geste précis. Il pose ses mains sur le comptoir pour m'emprisonner entre ses bras. Je frissonne, grisée à l'idée de sentir le contact de ses doigts sur ma peau. La tension sexuelle est délicieuse.

— Je rêve ou vous êtes en train de me chauffer, mademoiselle Simpson ?

Il ne me laisse pas le temps de répondre et couvre mes lèvres des siennes. Son baiser est passionné, fiévreux, avec un soupçon d'urgence, mais surtout empli de promesses et de désir. Après de longues minutes, il pose son front contre le mien, à bout de souffle.

— Tu me rends dingue, Aubrey.

Je suis surprise de déceler dans ses paroles une telle intensité, après si peu de temps passé ensemble. Il est sincère. Je le dévisage en silence. La sonnerie de son portable nous ramène à la réalité et il me libère pour répondre.

Serena.

Je l'avais presque oubliée ! Je lève les yeux au ciel en entendant son prénom puis détourne le regard pour apaiser ma jalousie. Je ferais mieux de garder les pieds sur terre. Malgré l'aveu que Jace vient de me faire, cette nuit a sûrement plus d'importance pour moi que pour lui. Je viens quand même de coucher avec mon fantasme, ce n'est pas donné à tout le monde !

Son rire attire mon attention. Un rire suave et sexy, typiquement masculin. Est-ce qu'il l'utilise comme arme de séduction ? Je bois mon jus d'orange tout en essayant de rationaliser la situation. Inutile de se voiler la face, il doit avoir beaucoup d'occasions et être soumis à une tentation constante. Un second éclat de rire me ramène à la réalité. Curieuse, j'observe Jace, tranquillement installé sur le canapé. Je n'ai pas le souvenir que Serena avait un sens de l'humour si efficace. Pour faire taire mon agacement, je consulte mon téléphone et découvre des messages de mes amis. Harper a eu la langue bien pendue et n'a pas perdu de temps pour faire circuler l'information ! Je rassure Jess qui s'étonne de ne pas avoir de mes nouvelles, demande à Harper de se mêler de ses affaires et envoie une émoticône doigt d'honneur à Stan. Ces banals échanges me font réaliser que Jace et Serena sont peut-être simplement amis et qu'il n'y a rien d'étonnant à ce qu'elle prenne de ses nouvelles après trois jours d'absence. Je ravale donc ma jalousie infondée et décide de partir à la découverte des lieux.

Cet appartement est immense !

La décoration épurée et le mobilier contemporain en bois brun correspondent bien au style de Jace. Un énorme sofa en cuir occupe la moitié du salon et fait face à l'écran plat le plus grand que j'aie jamais vu. Des photos en noir et blanc habillent les murs avec beaucoup d'élégance. Je m'approche pour les détailler, mes pieds rencontrant alors un tapis épais et moelleux. Le salon, très lumineux, compte de larges baies vitrées offrant un panorama somptueux sur New York. Dans l'angle de la pièce se trouve un magnifique caoutchouc dans un pot en mosaïques grises. Je continue ma visite et me dirige vers la terrasse, luxe inexistant chez moi. J'ai envie de sentir la sensation des dalles fraîches sous mes pieds. Lorsque je passe devant lui, Jace essaye d'attraper ma main, mais je réussis à l'esquiver en riant.

— Personne, dit-il soudain d'une voix ferme.

Je me retourne et surprends son regard impassible. Malgré ma surprise, je masque ma gêne et lui indique la terrasse.

— Je te rejoins, articule-t-il silencieusement.

J'acquiesce et sors. Les rayons du soleil sont timides et je frissonne malgré la douceur du mois de mai. Ce dimanche s'annonce magnifique et je me réjouis à l'idée d'aller me promener dans un parc de la ville. Peut-être pourrons-nous aller manger une glace ? Alors que je spécule sur les parfums et le nombre de boules, l'évidence se rappelle doucement à moi. Se promener incognito dans les rues de New York n'est sans doute pas très réaliste.

Je jette un œil par-dessus mon épaule, Jace est allongé dans son luxueux canapé, absorbé par sa conversation. Tout est si naturel quand je suis avec lui, pourtant le voir dans son environnement me rappelle que même si nous sommes originaires de la même ville, nous n'appartenons pas au même monde. Comment les gens de son milieu occupent-ils leurs week-ends ? J'imagine que pique-niquer à Prospect Park ou flâner le long de l'Hudson n'arrivent pas tout en haut leur liste d'activités. Tant pis pour la promenade ! Je pourrai toujours lui proposer d'aller acheter de la glace et nous la mangerons ici, sur cette terrasse, ou mieux encore, sur nos corps nus. Voilà un programme intéressant ! Cette idée coquine suffit à me redonner le sourire.

Je m'appuie sur la balustrade, appréciant la caresse

timide du soleil sur mon visage. À cette hauteur, je ne perçois aucun bruit provenant de la ville : pas de klaxons, ni de protestations de piétons en colère, ou de remarques machistes lancées par des pauvres types ou des clochards alcoolisés, ce qui à Brooklyn est monnaie courante. Je sursaute quand je sens Jace derrière moi. Il m'attire contre lui, plonge son nez dans mon cou et inspire profondément. Il resserre son étreinte et je me laisse aller, appréciant sa tendresse. J'aime cette intimité qu'il a vite instaurée entre nous et la curiosité dont il fait preuve à mon égard, comme s'il avait besoin de tout savoir sur moi. Dommage que je n'en aie pas profité pour être totalement honnête lorsqu'il m'a interrogée sur mes projets professionnels. Prise de court, j'ai choisi de ne pas rebondir et de répondre à une question concernant mon enfance. Mon entretien avec Patty Asher, qui a déjà été décalé à deux reprises à cause de son emploi du temps très chargé, doit avoir lieu dans moins d'un mois et si l'idée de la rencontrer me réjouissait il y a encore trois semaines, aujourd'hui elle me met mal à l'aise. J'ai l'impression de trahir Jace alors que je ne lui dois rien. Ces derniers jours, j'ai même hésité à annuler mon entretien, mais Harper m'a convaincue de ne pas le faire. Renoncer si près du but serait dommage.

— À quoi tu penses ?

Je relègue mes inquiétudes au second plan, espérant trouver l'occasion et surtout le courage de lui parler plus tard.

— Tu as fini ton coup de fil ? Je peux te laisser si tu as des choses à faire.

Après réflexion, je ne veux pas m'imposer. Il n'a peut-être pas prévu que nous passions la journée ensemble.

— Hors de question ! Je t'ai, je te garde… pour moi tout seul. Enfin, sauf si tu as un truc de prévu, je ne voudrais pas interférer dans ta vie.

Je me tourne vers lui en entendant son ton gêné. Il

me regarde avec des yeux pleins d'envie, alors pour le rassurer je l'embrasse langoureusement. Mon cœur bat beaucoup trop vite pour quelqu'un qui est censé rationaliser la situation.

— Je me demandais justement ce que nous allions faire de notre journée, dis-je alors qu'il se presse contre moi.

J'étouffe un gémissement alors que je sens les affres du désir m'envahir.

— Ah non, pas de ça maintenant !

— Ah bon ? lâche-t-il, déçu.

Je ris de bon cœur en voyant sa mine dépitée et surtout en sentant ses mains baladeuses parcourir mon corps. Les bras pendus à son cou, je minaude :

— Pas maintenant du moins ! On pourrait sortir ?

Je grimace et m'empresse de préciser en voyant son petit sourire apparaître :

— Enfin, si tu peux…

— Et pourquoi je ne pourrais pas ?

— Je voulais dire sortir sans ameuter la moitié de la ville. En toute discrétion. Tu sais, la foule qu'il y avait hier soir au bar, ne va pas prendre la grosse tête, hein, mais ce n'était pas vraiment habituel !

Il rit de bon cœur en me serrant contre lui, mais je me dégage pour ne pas rompre le contact visuel.

— Je travaille là-bas tous les soirs et je t'assure que je n'ai jamais vu autant de monde.

— Ton programme sera le mien, Aubrey ! Tu sais, j'ai une vie relativement simple, malgré ce que tu as l'air de penser… Je vais te confier un secret : le truc, c'est juste de se fondre dans la masse et de faire comme si de rien n'était. Si les gens ne t'attendent pas à un endroit, ils ne te cherchent pas. C'est aussi simple que ça.

— C'est vrai ? Tu veux dire qu'on pourrait aller pique-niquer dans un parc comme n'importe quels new-yorkais ?

Ravie, je suis déjà en train de lister mentalement tout ce dont nous avons besoin pour un après-midi réussi.

— L'idée a l'air de particulièrement te faire plaisir ! C'est l'image de nous en train de nous rouler dans l'herbe qui te fait cet effet ?

Je hausse un sourcil d'un air aguicheur et il rit en m'attrapant par les hanches pour me rapprocher de lui.

— Je ne sais plus si je t'ai dit à quel point tu me rends fou…, susurre-t-il.

— Au moins cinq fois depuis ce matin ! Mais tu peux continuer, c'est très agréable. Et puis, autant que j'en profite avant que tu te lasses.

Son expression change en une fraction de seconde.

— Pardon ?

Mes joues s'échauffent. Je n'avais pas l'intention de faire cette remarque à voix haute mais ma spontanéité me fait parfois oublier les convenances.

— Jace, je ne suis pas idiote. Je… Comment dire ça sans passer pour quelqu'un de bizarre ? Toi et moi, on ne vient pas vraiment du même monde et je sais, enfin je me doute, que tu plais à beaucoup de femmes.

Il me fixe, la bouche pincée, alors j'essaie de me rattraper.

— Moi la première !

La légèreté de notre matinée a disparu et je regrette d'avoir laissé échapper cette remarque. J'inspire et décide de jouer cartes sur table.

— Pour être franche, je sais que tu couches avec Serena et il y a…

— Aubrey !

— Ce n'est pas un reproche. Je veux juste que tu saches que je suis consciente que…

La fin de ma phrase meurt sur mes lèvres emprisonnées par celles de Jace. Dans un baiser exigeant et intense, avec une touche d'urgence. La fin arrive bien trop vite et lorsqu'il recule, j'émets un petit gémissement de mécontentement.

— Je suis désolé, dit-il, l'air ennuyé.

— Pourquoi ? C'est plutôt à moi de m'excuser, je ne voulais pas être désagréable avec ma remarque.

— Que tu aies cette image de moi.

Il me dévisage avec sérieux.

— C'est terminé avec Serena. Je ne vais pas te mentir en te disant qu'il n'y a jamais rien eu entre nous, mais c'était physique, rien de plus.

J'encaisse en silence. Même si je m'en doutais, en avoir la confirmation de la bouche de Jace me donne envie d'arracher les yeux de cette peste.

— Pour ce qui est de notre relation, si tu n'y vois pas d'inconvénient, je préférerais qu'on la garde pour nous. Je reste ton patron et, quoi que tu penses, je n'ai pas pour habitude de coucher avec mes employées. Ah, et aussi : je n'ai pas prévu de me lasser de toi.

— Je…

— Non, laisse-moi finir, s'il te plaît. Ça va peut-être te paraître dingue, mais il faut que je t'avoue un truc.

— Tu m'intrigues.

Il me dévisage, semblant chercher ses mots avec soin.

— On dirait que tu t'apprêtes à m'annoncer quelque chose de grave… Ce n'est pas le cas, rassure-moi ?

— Mais non… pas du tout. C'est juste que j'ai peur que tu me prennes pour un psychopathe.

— Toi, un psychopathe ? dis-je d'un ton moqueur.

— Aubrey, tu ne m'aides pas, là.

Je lui fais signe de continuer.

— Tu te souviens du jour où on s'est rencontrés en salle de pause ?

— Quand tu étais avec Nathan et M. Braxton ?

— Oui. En fait, je ne suis pas venu par hasard.

— Comment ça ? dis-je étonnée.

— Disons que je savais que tu serais là.

— Ah bon ?

— J'avais besoin de te voir en vrai, cette connerie d'Instagram me rendait fou.

— Instagram ? Quel rapport avec cette histoire ?

Il se tait et je lui caresse gentiment le bras pour l'encourager à poursuivre.

— Un soir, enfin une nuit plus exactement, je suis tombé sur ton profil Instagram par hasard, et ce, bien avant de savoir que tu travaillais pour moi.

— Ah bon ? Mais comment c'est possible ?

— Je ne sais plus, je crois que Serena m'avait pris la tête pour que je poste une photo à ma soirée d'anniversaire. Ryan était même d'accord avec elle, ce qui est plutôt rare. En rentrant chez moi, j'ai publié cette photo et tu l'as likée dans les dix secondes.

Je sens mon visage s'enflammer, gênée de passer pour une groupie.

Il me tend son téléphone pour me montrer la fameuse photo de Ryan et lui.

— J'ai commencé à regarder qui avait liké mon post et ton profil m'a tapé dans l'œil. Il faut dire que ta photo n'est pas comme les autres… Lisa Simpson, sérieusement, Aubrey ?

Je hausse les épaules, soufflée par sa révélation.

— Et puis j'ai vu que tu venais de Delsin. Je mentirais si je te disais que je t'ai reconnue tout de suite, mais pour ma défense les souvenirs sont revenus à peine quelques heures après ! Tu as éveillé ma curiosité et j'ai parcouru tes photos. Toutes tes photos. Je les ai regardées tous les soirs jusqu'à ce jour où je t'ai enfin rencontrée.

J'ouvre la bouche mais je suis incapable de formuler la moindre phrase.

— Dis quelque chose, s'il te plaît. J'ai l'impression d'être un dingue.

— Tu es… Tu es en train de me dire que tu as regardé

toutes mes photos, plusieurs fois, alors même qu'on ne se connaissait pas ?

— Oui… Est-ce que ça fait de moi un pervers ?

Cette fois, je ne résiste pas et je laisse échapper le rire que je retenais.

— Aubrey, est-ce que tu es en train de te moquer de moi ? demande-t-il en me plaquant contre la balustrade, le regard sévère.

Je l'embrasse doucement pour le rassurer.

— Alors, tu n'as pas envie de t'enfuir en courant ? me sonde-t-il, inquiet.

Je joue avec ses cheveux en le dévisageant, hésitant à lui avouer ce que j'ai sur le cœur moi aussi. Seulement, encore une fois, la peur de gâcher le moment réduit mon courage à néant.

— Bien au contraire, monsieur Adam, je suis plutôt flattée d'avoir retenu votre attention parmi douze millions d'abonnés…

Ce dimanche est le meilleur dimanche de toute ma vie. Prospect Park est un des lieux les plus enchanteurs de New York, bien moins touristique que Central Park et où il fait bon lézarder au soleil. Je me concentre sur les doigts de Jace qui caressent ma peau, seul indice qui me permet de savoir qu'il ne dort pas. Nous sommes allongés sur une couverture comme n'importe quel couple normal, et ma tête repose sur sa hanche. Un silence agréable s'est installé. Malgré le discours de Jace tout à l'heure, je sais qu'il n'a pas l'habitude de flâner dans les rues de New York et je suis d'autant plus touchée qu'il ait accepté de venir à Brooklyn. Jusqu'à présent, nous avons réussi à ne pas nous faire remarquer, même si certains regards intrigués ne m'ont pas échappé.

Depuis que nous avons quitté son immeuble par une porte dérobée, il ne m'a pas lâché la main, comme s'il ne pouvait pas s'empêcher de me toucher. J'essaie de ne pas interpréter ses gestes tendres, mais mon cœur ne résiste pas à tant d'attention. J'aime les câlins, je suis une femme très tactile surtout quand je suis amoureuse. *Amoureuse*. Je rejette aussitôt cette pensée, refusant d'analyser la profondeur de mes sentiments pour Jace et le risque de craquer pour lui aussi vite.

Pour rester incognito, il porte des lunettes de soleil et une casquette de base-ball des Cubs, détail non négligeable car j'adore ce club. Cette équipe représente toutes mes racines. Quand j'étais petite, mon père m'a emmenée voir quelques matchs. L'euphorie, l'odeur des hot-dogs et du pop-corn, la liesse collective… J'en garde d'excellents souvenirs. En voyant Jace arborer fièrement sa casquette, je n'ai pas pu m'empêcher de m'extasier. J'étais tout excitée qu'il soutienne lui aussi l'équipe de Chicago. Logique pour un ancien habitant de Delsin ! Ma réaction l'a amusé, surtout quand je lui ai parlé de la malédiction de Billy Goat, ce type qui était venu à un match avec sa chèvre et qui avait été expulsé à cause de l'odeur. Furieux, le fameux Billy avait quitté les gradins en maudissant l'équipe. Jace a sifflé, impressionné, avant de se moquer de moi.

— Ah oui, j'ai affaire à une véritable fan !

— Tout le monde connaît ça ! Les journaux du pays ont tous ressorti cette vieille histoire quand les Cubs ont gagné le septième match de la Série mondiale de 2016 après soixante et onze ans de malédiction ! Mon père a été fou de joie et a invité tous les voisins à un barbecue géant. Ma mère ne lui a d'ailleurs toujours pas pardonné d'avoir convié la moitié de la ville.

Alors que je commence à somnoler, un éclat de rire attire mon attention. Je me redresse et observe la pelouse devant moi à la recherche de ce son familier. Jess, Stan et Arthur sont à une vingtaine de mètres de nous, assis sur une grande nappe.

— Qu'est-ce qu'il y a ? demande Jace en m'attrapant par les hanches pour me rapprocher de lui. On dirait que tu as vu un fantôme.

Je me penche pour l'embrasser et lui murmure entre deux baisers que mes amis ne sont pas très loin de nous. Il détourne la tête, essayant de les repérer.

— Où ça ? Tu veux aller les voir ?

— Ça ne te dérangerait pas ? Ce matin, tu as dit que tu préférais garder notre histoire secrète. Je te rappelle que Stan travaille chez Good-up.

— Ton ami flamant rose ?

J'opine, attentive à sa réaction.

— Et tu lui as déjà parlé de moi ?

Il me fait basculer sur le dos et me surplombe, les yeux pétillant de malice.

— Arrête, on risque d'attirer l'attention.

Mais Jace ne tient pas compte de mon avertissement et m'embrasse avec passion, sans que je puisse empêcher mon cœur de s'emballer une nouvelle fois.

— Alors ? Tu lui as déjà parlé de moi, oui ou non ?

Il caresse mon nez avec le sien et je ferme les yeux, touchée par sa douceur. Je ne dois pas oublier de garder les pieds sur terre.

— Aubrey ?

— Tu es notre patron. Évidemment que nous avons déjà parlé de toi !

— Mademoiselle Simpson, ne seriez-vous pas en train de vous foutre de moi, par hasard ?

En guise de représailles, il me chatouille et je me tortille dans tous les sens en riant. J'essaie de m'échapper mais il est bien plus fort que moi.

— Pitié, arrête !

Heureusement, Jace ne peut pas résister à l'envie de m'embrasser, et les chatouillis se muent rapidement en caresses, me donnant l'occasion de reprendre mon souffle avant de lui rendre son baiser. J'hésite à lui dire que nous risquons d'attirer l'attention à nous donner en spectacle comme ça, mais je renonce en priant pour que les promeneurs du dimanche ne reconnaissent pas l'homme que je suis en train d'embrasser.

Lorsque notre baiser se termine, je me blottis contre Jace, un grand sourire aux lèvres.

— Qu'est-ce qu'on fait alors ? Tu sais, je comprendrais très bien si tu préfères ne pas y aller, mais sache que Stan est un très bon ami et que je lui fais entièrement confiance.

Il trace un chemin de petits baisers dans mon cou.

— Tu serais étonnée de savoir que les gens qui nous trahissent sont souvent ceux dont on est le plus proche.

Je l'observe, surprise par son ton dur. Stan avait donc raison : la confiance semble être un problème pour lui.

— Ça t'est déjà arrivé ?

— Malheureusement, oui, et c'est pour ça que maintenant je préfère rester prudent. Tu sais, Aubrey, c'est peut-être dommage d'être si méfiant, mais la nature humaine est ce qu'elle est, c'est-à-dire envieuse et intéressée, je l'ai appris à mes dépens. Certaines personnes sont malhonnêtes, elles s'imaginent que, sous prétexte que j'ai réussi, elles peuvent se servir de moi, me manipuler pour leur profit personnel ou pire, m'arnaquer. La jalousie, l'envie et la cupidité sont dangereuses.

Je déglutis et chasse la culpabilité qui naît dans mon esprit. Je ne suis pas comme ces gens.

— Tu es bien cynique.

— Peut-être, mais aujourd'hui, je sais que je peux faire confiance uniquement à deux personnes et depuis que je m'astreins à cette règle, je n'ai plus jamais été dupé, ni déçu.

— Deux ?

— Serena et Ryan.

Sa vision aussi pessimiste des gens qui l'entourent me blesse. Est-ce qu'il m'inclut dans cette catégorie ?

Il semblerait que oui puisque le monde se partage visiblement en deux groupes. Lui, Serena et Ryan d'un côté, le reste du monde de l'autre. Malgré ses lunettes de soleil, je sens le poids de son regard qui m'examine attentivement. A-t-il conscience que je lui cache quelque chose ? Alors que mon cœur bat à tout rompre, je me dis que ce serait le moment idéal pour lui parler, mais Jace se penche et m'embrasse sur le front.

— Je n'exclus pas d'intégrer une troisième personne à ce club très select. Pour l'heure, je préfère que nous restions tous les deux, je rencontrerai tes amis un autre jour.

Sa promesse à peine voilée fait battre mon cœur plus fort et me détourne encore une fois de ma résolution.

Alors que le soleil décline, nous sommes allongés l'un en face de l'autre et discutons de tout et de rien. Jace est curieux de nature et continue son interrogatoire de ce matin. Au début, son intérêt m'étonne, puis je me laisse aller à penser que je l'intéresse réellement, surtout après sa surprenante révélation à propos de mon compte Instagram. En tant que grande romantique, je crois beaucoup au destin.

— Parle-moi un peu de la start-up pour laquelle tu as bossé, j'ai envie d'en savoir plus.

— Elle s'appelait Get-it ink. Nous avions une double casquette. D'une part, nous mettions en relation les sites Internet et les annonceurs pour vendre des espaces publicitaires et d'autre part, nous rédigions du contenu web pour le compte de petites entreprises qui souhaitaient renforcer leur visibilité en ligne.

Je souris en me remémorant ces mois intensifs de boulot. À l'époque, je ne comptais pas mes heures. Travailler avec une équipe aussi novatrice et talentueuse était très stimulant. Je lui raconte dans les moindres détails les campagnes de communication que nous avons mises en place, l'excitation quand nous avons vu nos projets aboutir, puis la déception quand tout s'est effondré. Le marché est impitoyable, et nous avons rapidement été dévorés par de plus grandes enseignes. Notre manque de trésorerie nous a obligés à mettre la clé sous la porte. Néanmoins, je garde un excellent souvenir de cette expérience.

— Je ne regrette pas ma proposition, dit-il, tout sourire. Je pense que tu peux vraiment apporter un regard novateur à nos projets. Les nombreux stages que tu as mentionnés dans ton CV et cette expérience font de toi une personne extrêmement compétente dans le domaine.

Flattée, je me sens rougir.

— Si je n'avais pas eu besoin d'aider financièrement mon amie pour l'opération de son fils, j'aurais persévéré dans mes recherches. Tout s'est bousculé et il m'a fallu faire des choix. Mais je ne regrette rien !

J'ose un coup d'œil en direction de mes amis. Arthur joue avec un ballon, ses petites lunettes de soleil sur le nez. Il a encore les yeux fragiles, mais le chirurgien a bon espoir que la tumeur ne réapparaîtra pas. Il le faut. Ce petit garçon a encore plein de belles choses à vivre.

Jace agite la main devant mes yeux.

— Tu es encore avec moi ?

Il soulève un peu ses lunettes de soleil et j'aperçois dans son regard une étincelle nouvelle d'admiration. Prise au dépourvu par l'émotion qu'elle suscite en moi, je replace ses Ray Ban devant ses yeux, espérant ainsi échapper à l'intensité du moment. C'est encore trop tôt pour lui parler de mes sentiments.

— Ce serait un honneur de rejoindre ton équipe de com. Ta proposition était totalement inattendue, mais qu'est-ce qu'elle m'a rendue fière !

— Même si Serena devient ta responsable ?

Sa question reste en suspens pendant une poignée de secondes.

— Oui. Je n'ai rien contre elle. Par contre, je ne suis pas sûre que la réciproque soit vraie, dis-je en prenant des pincettes.

— Serena est parfois maladroite. Je crois qu'elle cherche à me protéger, rien de plus. J'ai longuement parlé avec elle de la possibilité de t'intégrer au service communication et tout ce qu'elle demande avant de donner sa réponse, c'est que tu fasses tes preuves avec l'organisation de la soirée. Mais, franchement, après nos après-midi de travail, je n'ai aucun doute sur ta capacité à réussir. Serena aussi finira par t'apprécier. Il faut juste lui laisser un peu de temps.

— C'est normal, elle ne me connaît pas.

— Par contre, elle est très attachée au respect de la hiérarchie.

— Ce qui signifie ?

— Qu'elle sera ton unique référente.

— J'avais bien compris, dis-je, agacée. Est-ce que je devrais aussi lui demander une autorisation pour coucher avec toi si je suis embauchée dans son service ?

Les mots m'ont échappé. À ma décharge, leur relation est particulière et le fait qu'il insiste autant sur son rôle de supérieure me vexe. Mon agressivité n'est pas passée inaperçue, alors j'essaye de tempérer.

— Excuse-moi, je n'aurais pas dû dire ça.

— Serena et moi avons couché ensemble, mais ça n'a jamais été plus loin que ça, dit-il d'un ton froid.

Je sens mes joues s'échauffer et baisse les yeux, gênée. Mais alors que je réfléchis à une porte de sortie, il relève mon menton de son index, le visage libéré de ses lunettes. Il s'approche doucement, son regard allant de mes yeux à mes lèvres, sans parvenir à décider. Soulagée, je l'invite à m'embrasser, impatiente de faire disparaître le malaise que mon commentaire a suscité. Lorsque sa langue caresse la chair rosée de ma bouche avec une infinie lenteur, mais surtout une douceur délicieuse, je sursaute, traversée par une légère décharge électrique.

— Serena et moi sommes seulement amis, Aubrey, chuchote-t-il. Des amis qui ont couché ensemble pendant longtemps, je te l'accorde, mais c'est terminé. Nous nous connaissons depuis le lycée et elle a toujours été là pour moi. Je sais qu'elle peut paraître froide, mais au fond, c'est quelqu'un de bien.

« Froide » ? C'est l'euphémisme du siècle.

Il continue à picorer mes lèvres.

— Elle et Ryan ont toujours fait partie de mon monde, ce sont mes deux piliers. Ryan n'interfère pas dans mes affaires, mais Serena est mon associée. Son avis compte beaucoup pour moi, tu comprends ? Alors même si c'est moi qui ai créé Good-up ou le Secret, il est très rare que je prenne une décision sans la consulter et j'essaie au maximum de tenir compte de son avis.

— Et si elle décide que je ne suis pas à la hauteur pour travailler dans son équipe ?

— Serena est une femme intelligente et réfléchie. Jusqu'à présent, les questions qu'elle a posées sur toi étaient justifiées. La dernière chose dont j'ai envie, c'est qu'on pense que je te favorise et que tu ne mérites pas ta place. C'est dans ton intérêt aussi. Dans ce milieu, on a vite fait de se faire une mauvaise réputation.

Je hoche la tête. Et soudain, c'est comme si tous mes doutes s'étaient envolés. Avoir une chance d'intégrer ce service est incroyable et je me rends compte que pour mon projet, c'est Good-up que je veux. Good-up et rien d'autre. Stan a raison. Je souris de plus belle, soufflée par cette prise de conscience inattendue, et regrette que mon rendez-vous avec Patty Asher soit dans un mois. Alors que je pense très sérieusement à annuler cet entretien, une sonnerie de téléphone identique à celle de ce matin résonne dans le sac derrière nous. Jace se penche pour attraper son portable.

— Tiens, quand on parle du loup !

Et si Serena arrivait à convaincre Jace de ne pas me donner ma chance ? Ce n'est peut-être pas une si bonne idée de renoncer tout de suite à l'option Storm US.

— Salut, dit-il avec enthousiasme. Non, t'inquiète, je suis à Prospect Park… Ouais, à Brooklyn.

Il écoute son amie attentivement tout en me regardant.

— Je peux être là d'ici quarante-cinq minutes, une heure max.

*Première nouvelle.*

Malgré mon mouvement de recul loin d'être discret, il reste concentré sur sa conversation.

— Mais non, bien sûr que ça ne me dérange pas. Tu as bien fait de m'appeler.

*De mieux en mieux.* Il met sa main sur le combiné pour s'adresser à moi.

— Je suis désolé mais je vais devoir y aller.

— J'avais compris, dis-je sèchement.

Le son de la voix de ma future responsable – soyons optimiste – s'intensifie, sans que j'arrive néanmoins à distinguer ses paroles. Jace me regarde, hésite une seconde puis finit par avouer à Serena qu'il est avec moi. Sa révélation semble jeter un froid.

— Mais non, je t'ai dit que je venais. Oui, j'étais avec elle ce matin… Écoute, on en parlera plus tard, même si ça ne te regarde pas vraiment.

Je lève les yeux au ciel, irritée. Je suis certaine qu'elle a fait exprès d'appeler pour vérifier si nous étions ensemble.

Lorsque Jace raccroche, je me force à sourire, refusant de m'abaisser au niveau de cette garce.

— Désolé, Serena a une énorme fuite dans sa salle de bains.

— Je ne savais pas que tu étais plombier.

— Aubrey…

Il capture mes lèvres et m'embrasse tendrement. Sans aucun doute, un moyen pour me faire avaler la pilule.

— Je vais juste jeter un œil et voir si je peux limiter les dégâts. Elle n'est absolument pas bricoleuse.

Je renonce à lui faire entendre raison et, dans un accès de maturité, je l'encourage même à filer retrouver son amie. Seulement, avant de le laisser partir, je lui donne un très long baiser sensuel pour qu'il se souvienne bien que c'est moi qui le rends fou.

# 16

*Samedi 15 juin*

Nous y sommes. Le grand jour, celui de la soirée clients de Good-up.

Une dernière fois, j'inspecte avec minutie la salle majestueuse de la galerie qui va nous accueillir ce soir. J'ai l'impression d'avoir passé les dernières vingt-quatre heures à courir dans tous les sens pour régler un nombre hallucinant d'imprévus. Cette fatigue et ce sentiment d'effervescence m'ont rappelé de bons souvenirs. À l'époque de Get-it ink, j'adorais sentir l'excitation m'envahir lorsqu'un de nos projets se concrétisait après des jours et des nuits de travail intensif. Dalia, mon ancienne collègue, disait que c'était comme assister à la naissance de son bébé : la vie prenait enfin tout son sens et la douleur de l'accouchement, dans notre cas des semaines harassantes, devenait un lointain souvenir à la minute où notre client découvrait le résultat final. C'est exactement ce que je ressens aujourd'hui, et même si mes pieds me font atrocement souffrir, je n'échangerais ma place pour rien au monde. Toutefois, maintenant que ce canapé confortable se dresse sur mon chemin, mon cerveau me hurle qu'une pause qui implique mes fesses sur ces coussins moelleux est plus que nécessaire.

Je m'installe, envoie valser mes escarpins et pousse un long soupir de contentement. Je masse la plante de mes pieds en pensant au calvaire qui m'attend : une magnifique paire de talons hauts de sept centimètres. Aiguilles évidemment. Je regretterais presque cette folie, si je n'étais pas convaincue de l'effet qu'elles produiront sur Jace. Enfin, si je survis !

J'ai dû gérer seule la dernière ligne droite des préparatifs car mon patron a été très occupé, et même si la charge de travail a été considérable, j'ai adoré retrouver mes automatismes sous l'effet de l'adrénaline. C'est bien plus épanouissant que de ravitailler les salles de pause !

Malgré son emploi du temps de ministre, il a tout de même réussi à se dégager du temps en déclinant une invitation pour que nous passions une soirée tous les deux. Serena l'a remplacé au pied levé à une convention et vu le regard noir qu'elle m'a lancé le lendemain matin lorsque nous nous sommes croisées dans les couloirs, j'en ai déduit que cet impondérable ne lui avait pas plu. Pas du tout. Elle m'a saluée d'une moue dédaigneuse qui s'est muée en un sourire hypocrite quand Jace nous a rejointes, accompagné de son conseiller juridique. Respectant à la lettre son souhait de discrétion, nous nous sommes rapidement serré la main de façon très professionnelle, comme si nous n'avions pas fait l'amour le matin même sous la douche. Jouer la comédie peut se révéler très amusant ! Mais dès que nous nous sommes retrouvées seules, Serena n'a pas pu s'empêcher de m'attaquer avec une remarque désagréable.

— Je ne sais pas ce qui est le plus excitant : attendre qu'il se lasse de vous ou savoir qu'il sera dans mon lit ce week-end.

J'ai préféré jouer l'innocente, n'ayant aucune idée de ce que Jace avait pu lui révéler de notre relation.

— Pardon ?

— Ne me prenez pas pour une idiote. Je sais qu'il couche avec vous. Si vous croyez que je ne suis pas au courant, vous êtes bien naïve. Jace n'a pas de secret pour moi et soyez sûre d'une chose : il finit toujours par revenir.

La jalousie a envahi instantanément chaque parcelle de mon corps, diffusant son poison jusque dans mon esprit.

— Pas cette fois, peut-être.

Un petit sourire condescendant est apparu sur son visage.

— Permettez-moi de vous donner un conseil : ne vous attachez pas trop, surtout. Jace peut se montrer extrêmement gentil mais, pour ma part, je vois clair dans votre jeu.

Était-elle au courant de mon entretien chez la concurrence ?

— Je ne vois pas ce que vous voulez dire.

— Allons, allons, mademoiselle Simpson, vous êtes plus intelligente que ça !

Sans préciser le fond de sa pensée, elle m'a posé une nouvelle question :

— Puis-je vous demander qui vous accompagne à la soirée, samedi ?

J'ai serré les poings, refusant de lui donner ce qu'elle attendait. C'est de la pure provocation, me suis-je répété, malheureusement son petit air victorieux ne pouvait signifier qu'une seule chose : Jace et elle y allaient ensemble. Comment était-ce possible ?

— Je pense qu'il n'y a rien à ajouter.

Ravie de sa révélation, elle a tourné les talons, me laissant muette de stupeur.

Je chasse cette désagréable conversation de mon esprit et essaie de me concentrer sur le positif. Hier, au milieu d'une journée de travail dense et interminable, j'ai enfin rencontré Patty Asher. Je lui ai expliqué avec délicatesse que, étant employée chez Good-up, je préférais finalement leur proposer mon projet en priorité. Elle m'a écoutée attentivement et a conclu notre entretien en m'encourageant à la recontacter si les négociations n'aboutissaient pas. Malgré ses tentatives pour en savoir plus, je n'ai laissé filtrer que quelques informations sur la teneur de mon projet, trop inquiète qu'elle puisse utiliser mon concept à ses fins. J'ai quitté les bureaux de Storm US avec le cœur léger et l'esprit libre après avoir clarifié ma position.

Il me reste encore à aborder le sujet avec Jace, mais je compte le faire, c'est une question de jour. Comme je l'ai confié à Stan, je me sens plus à l'aise et plus sereine avec lui maintenant. Plus légitime. Si je trouve les bons mots, Jace comprendra que ce projet est une occasion digne d'intérêt.

Une jeune femme passe devant moi, une énorme corbeille de fruits dans les mains, et j'en profite pour attraper une grappe de raisin. Au fond de la salle, des voix attirent mon attention. Je tourne la tête et aperçois deux serveurs qui se dirigent vers le buffet avec un gigantesque plateau rempli de coupes en équilibre instable. Je retiens mon souffle, priant pour ne pas entendre le bruit du verre s'écrasant au sol. Lorsqu'ils déposent leur précieux chargement sans heurt, je m'autorise de nouveau à respirer.

Jusqu'à présent, c'est un sans-faute, me dis-je non sans une pointe de fierté. J'ai vraiment fait du bon boulot et il me tarde que Jace, qui a été retenu par un imprévu, découvre la galerie. En plus d'être le lieu idéal pour un événement de cette envergure, elle correspond tout à fait à l'image novatrice, jeune et décalée de Good-up. La salle principale est lumineuse, spacieuse et meublée de façon minimaliste. Seuls les murs sont habillés de tableaux et d'étagères garnies d'œuvres d'art en tout genre, tandis qu'une dizaine de sculptures de tailles différentes ont été disposées au sol. Pour les besoins de la soirée, le traiteur a dressé une trentaine de tables de dix personnes dans un style très art déco. Le rendu est splendide. Tout serait parfait si un problème de plan de table n'était pas venu se glisser dans cette machine bien huilée. Placer les gens en respectant les convenances et affinités est toujours un véritable calvaire. Jace, inconscient du casse-tête que représente cet exercice, a cru amusant d'ajouter six invités de dernière minute et d'en supprimer deux. En un coup de téléphone express, il a réduit à néant tous mes efforts avec en prime le ton innocent du patron qui s'imagine que c'est un détail insignifiant. Je lui ai bien demandé s'il plaisantait, mais il a ignoré ma question pour enchaîner sur de nouvelles recommandations. Qu'est-ce que je peux y faire si Mme Traxford ne mange pas d'aliments verts le samedi ou si M. Liven ne souhaite pas entendre de musique électro pendant le dîner ? Ayant à cœur de satisfaire les invités, j'ai ravalé mes remarques et réfléchi à un moyen de contenter tout ce petit monde. Sauf que, à quelques heures de la soirée, je n'ai toujours pas trouvé la solution miracle.

J'abandonne avec regret mon canapé et me place devant le plan de table aimanté posé sur un chevalet. À nous deux ! J'observe la liste de noms, essayant de me souvenir des relations entre les invités, des bonnes associations mais surtout de celles à éviter. J'intervertis cinq ou six personnes, libère de la place à trois tables et contemple le résultat, satisfaite.

Rassurée, je quitte les lieux en vitesse pour rentrer me changer. J'avais espéré pouvoir le faire chez Jace mais comme il ne me l'a pas proposé, je n'ai pas osé m'imposer. Le fait qu'il ait décidé de venir en compagnie de Serena, et qu'il n'ait pas jugé bon de m'en parler jusqu'à hier après-midi, a quelque peu refroidi mon enthousiasme. Malgré tout, je me suis efforcée de rester neutre, préférant jouer l'étonnement tout en l'interrogeant sur la nécessité qu'ils y aillent ensemble. Malheureusement, ma remarque n'a pas eu l'effet escompté.

— Je ne peux pas me montrer à ce genre d'événement

seul, Aubrey. Serena a toujours été ma partenaire dans ces soirées pompeuses et ennuyeuses. C'est purement professionnel.

Une petite voix me criait de lui proposer une autre option, seulement Jace avait été très clair : notre relation devait rester secrète. Je me suis donc contentée d'acquiescer, regrettant son manque de tact.

Plus tard dans l'après-midi, alors que je consultais le listing des invités, Ryan est venu se renseigner. Un homme charmant et amusant que je soupçonne d'en savoir plus sur moi qu'il ne veut bien le dire.

— Tu y vas seule demain soir ? m'a-t-il demandé.

J'ai haussé les épaules, tout en arrangeant une composition florale sur une table.

— Je suppose que Jace y va avec Serena, comme d'hab.

L'idée ne semblait pas le réjouir.

— On peut y aller ensemble, si tu veux. Je déteste arriver seul à ce genre de truc et quelque chose me dit que c'est pareil pour toi.

J'ai souri et accepté, ravie de sa proposition.

Je jette un œil à la petite montre Spiderman d'Arthur qui traîne sur l'étagère de la salle de bains. J'applique une dernière touche de gloss et me contemple dans le miroir, fière du résultat.

— Aubrey, téléphone ! crie Jess.

Je déverrouille la porte, l'ouvre et attrape le portable qu'elle me tend.

— Retourne avec Stan dans le salon ! J'ai presque fini, dis-je à son attention.

Mon amie râle, mais n'insiste pas. Je sais qu'ils attendent tous les deux avec impatience de découvrir le résultat final. C'est Stan qui a confectionné ma tenue. Ce type est un génie, il lui a suffi de me poser une ou deux questions et cette magnifique robe de cocktail raisin est née. Son décolleté plissé en V met ma poitrine en valeur tout en restant élégante et la taille agrémentée d'une ceinture dessine ma silhouette. Elle me va à merveille et j'espère que Jace sera du même avis.

Je consulte mon téléphone. Ryan sera là dans quelques minutes. Jace, quant à lui, ne m'a toujours pas rappelée. Je retente ma chance, mais cette fois encore, c'est Serena qui décroche.

— Jace est en réunion. C'est important ?

— Pouvez-vous me le passer, s'il vous plaît ? dis-je en adoptant un ton poli.

Elle ricane.

— Je n'ai pas dû être assez claire tout à l'heure. Le monde est-il en train de s'effondrer ?

— …

— Avons-nous subi une attaque terroriste ?

— Non, mais…

— C'est bien ce que je pensais, donc il n'y a aucune urgence. Vous le verrez à la soirée.

Je serre le poing.

— Et s'il s'agissait de la soirée justement ? Si le traiteur nous avait lâchés ou…

— Est-ce le cas ?

— Non, mais…

— Parfait.

*Bip. Bip. Bip.*

Interloquée, je me rends compte qu'elle vient de me raccrocher au nez. Tout simplement. Comme si j'étais un vulgaire démarcheur qui l'importunait. J'inspire longuement pour me calmer et me lance un regard d'encouragement dans le miroir. Zen. Je me force à sourire et sors de la salle de bains.

— Et voilà, dis-je en entrant dans le salon.

Stan et Jess se lèvent aussitôt, le visage radieux.

— Tourne sur toi-même, s'il te plaît, m'intime Stan de sa voix de designer professionnel.

Il m'inspecte sous toutes les coutures afin de s'assurer que la robe est parfaite. Elle l'est.

— Je me demande si ça ne mériterait pas un léger ajustement à ce niveau-là.

— Ryan va arriver d'ici une minute.

— Ça sera rapide, si tu ne bouges pas dans tous les sens.

Par chance, mon chauffeur me prévient qu'il vient de se garer en bas de l'immeuble, coupant court au projet de mon ami. Je les prends rapidement dans mes bras et quitte l'appartement sans oublier de promettre à Stan de mentionner son nom au moindre compliment sur ma tenue.

Lorsque Ryan et moi arrivons devant la galerie, je suis surprise de découvrir à travers la vitre de la voiture qu'une foule de New-Yorkais est massée devant l'entrée et qu'un parterre de journalistes s'active. Ma réaction semble l'amuser.

— Si tu sors avec Jace, tu finiras par t'y habituer.

Je tourne lentement la tête vers lui, essayant de deviner ce qu'il sait. Il me dévisage.

— Quoi ? dit-il d'un ton neutre.

— C'est le moment où tu me fais le sermon du meilleur ami ?

— Qui consiste en quoi ?

— Qui consiste à me prévenir que la vie de Jace est compliquée et que je dois bien réfléchir à ce qui m'attend.

Son rire suave et sexy emplit l'habitacle.

— Jace a raison, tu es vraiment drôle.

Cette fois, je ne résiste pas à l'envie de lui poser la question.

— Il t'a parlé de moi ?

— C'est le moment où je te dis que ce ne sont pas tes affaires ! se contente-t-il de me répondre en me faisant un clin d'œil.

Il frappe à la vitre pour indiquer au chauffeur que nous sommes prêts à nous jeter dans la fosse aux lions. Comme il est d'usage, nous faisons quelques photos à l'entrée et Ryan plaisante pour me détendre. Une fois dans la galerie, je repère Shana, la responsable du Secret, ainsi que l'équipe de communication chargée d'accueillir les invités. J'aurais préféré le faire moi-même, mais je soupçonne Serena d'avoir réussi à convaincre Jace que ce n'est pas mon rôle. Il ne m'a pas menti : elle occupe une place importante dans sa vie et il accorde beaucoup de valeur à son jugement.

Je remercie Ryan de sa compagnie et file vers les cuisines pour m'assurer du timing. Ensuite, je fais un tour rapide de la salle, salue quelques invités dont j'ai appris la fiche par cœur et rejoins Romeo Brown, le responsable de la galerie. Il me présente les jeunes artistes que Jace a sélectionnés et qui ont accepté de mettre leurs œuvres aux enchères ce soir. Nous bavardons poliment, puis je m'excuse pour aller chercher une coupe de champagne. Je l'ai bien méritée.

Je me poste en retrait, dans un coin de la salle, pour apprécier le résultat de mon travail. J'avale une gorgée avec délectation, me félicitant du choix de ce millésime.

— Je me suis permis un changement de dernière minute, il y avait une erreur dans le plan de table.

Serena, vêtue d'une robe fourreau noire outrageusement sexy, me contemple de son air méprisant.

— Une erreur ? À quelle table ? dis-je, inquiète.

Elle ne répond pas et garde un sourire hypocrite plaqué sur son visage pendant que mon cœur bat la chamade.

— Pouvez-vous être plus précise ?

— Je n'étais pas à la table de Jace. J'ai donc échangé nos noms. C'est amusant que vous pensiez pouvoir m'évincer de cette façon. Je vous rappelle que nous sommes venus ensemble, il est donc normal que nous soyons placés à la même table, vous ne pensez pas ?

Contrariée par son interprétation fantasmée, je me défends :

— J'ai imaginé que vous souhaiteriez vous séparer afin de vous rendre accessibles à un plus grand nombre d'invités.

Elle balaie ma réponse d'un geste impatient.

— Autre chose, je viens de recevoir un appel d'un de nos plus gros investisseurs. Il devait venir seul mais Mila, sa fille de dix-huit ans, a décidé qu'il serait amusant de l'accompagner. Vous savez ce que c'est ! À cet âge, on aime l'imprévu ! Vous comprendrez donc aisément que je n'ai pas pu refuser.

J'ai des sueurs froides en pensant à cette invitée supplémentaire.

— Heureusement pour nous, le hasard fait bien les choses ! reprend Serena. Nicolas Alister se trouve à votre table, enfin à votre *nouvelle* table. Donc, j'ai placé sa fille à votre place. Cela ne vous ennuie pas, j'espère ? Vous savez, il faut parfois savoir se sacrifier pour la bonne cause. Je sais que vous avez fait beaucoup d'efforts pour cette soirée, votre tenue l'atteste, mais notre rôle au service communication est de gérer au mieux les imprévus. Vous pourrez dîner dans les cuisines avec le reste du personnel.

Elle me fixe, le regard mauvais, et même si je suis folle de rage, je reste stoïque car je sais qu'elle cherche la confrontation.

— Je voulais tout de même vous féliciter ; bien joué, le coup de venir avec Ryan ! Dommage que Jace ne l'ait pas remarqué. Il ne vous a même pas accordé un regard lorsque vous êtes arrivés. Je vous avais prévenue, il se lasse très vite.

Persuadée qu'elle cherche à me déstabiliser, je refuse de tomber bêtement dans son piège.

— Merci de m'avoir prévenue. Vous avez très bien fait de mettre Mila Alister à ma place. C'est normal qu'elle soit à la table de son père. Si vous voulez bien m'excuser, il me reste à passer en revue le déroulement de la vente aux enchères et m'assurer que tout est en ordre avec le traiteur.

Je lui fais un signe de tête poli et l'abandonne, pressée de rejoindre l'arrière de la galerie. J'ai besoin de hurler une bonne fois, et ce, sans témoin !

*Jace*

— Tout va bien, Jace ? demande Serena en se penchant légèrement vers moi.

Son parfum légèrement épicé me chatouille les narines. Je reporte mon attention sur elle et lui souris pour la rassurer.

— Bien sûr. Pourquoi tu me demandes ça ?

Ses doigts pressent doucement mon avant-bras, me témoignant ainsi sa sollicitude. S'il y a bien une chose pour laquelle je peux compter sur Serena, c'est son soutien indéfectible, même lorsque nous nous disputons.

— Tu as l'air distrait, comme si tu n'étais pas vraiment avec nous. Je ne sais pas ce qui te préoccupe, mais ça ne peut pas être aussi important que cette soirée.

Sans se départir de son sourire, elle met une main devant sa bouche afin d'éviter d'être entendue et chuchote :

— C'est le moment ou jamais de les charmer, Jace. D'après les rumeurs, il paraît que Bob cherche à investir à la suite d'un placement très fructueux en Bourse. Nous savons tous les deux que son appui financier serait une chance sans précédent pour Good-up. Alors, respire et reprends-toi ! Tu auras tout le temps de penser au reste plus tard, quand nous aurons encaissé son gros chèque.

Au même instant, le fameux Bob Granger, accompagné

de son épouse, s'installe à notre table et me salue. Serena me fait un signe de tête entendu.

— Jace, vous avez eu une riche idée en organisant votre soirée dans cette galerie. J'habite à New York depuis des lustres et je n'avais encore jamais mis les pieds ici. D'habitude, Janet déteste m'accompagner à ce genre de dîners mondains, mais chose étonnante, lorsque c'est vous l'hôte, elle se prête volontiers au jeu !

Janet confirme les dires de son mari tout en se recoiffant dans un accès de fausse timidité.

— C'est vrai, Jace, s'exclame-t-elle, on ne s'ennuie jamais lors de vos réceptions ! J'avoue être particulièrement excitée à l'idée de participer à une véritable vente aux enchères.

Je souris.

— Rassurez-moi, il y aura bien une vente aux enchères ce soir ? Ce n'était pas une manœuvre habile de mon mari pour me faire venir ?

Bob éclate de rire face au regard hésitant de sa femme. Afin d'éviter une dispute conjugale, je m'empresse de rassurer Janet.

— Il y aura bien une vente aux enchères. Nous avons sélectionné une dizaine d'œuvres, mais cela ne s'arrête pas là… Chez Good-up, nous aimons voir les choses en grand !

— Vous m'intriguez ! Vous savez que tout le gratin new-yorkais ne parle que de votre soirée ? J'ai même fait des jalouses dans notre cercle d'amis quand ils ont su que j'étais invitée.

— Vous m'en voyez ravi, Janet. Nous sommes très heureux de vous compter parmi nous ce soir. J'espère que vous êtes prête à enchérir ?

— Évidemment. Vous savez, Jace, c'est moi qui gère l'argent à la maison. Si vous nous en disiez plus sur cet événement mystérieux que vous venez d'évoquer ?

Elle tapote sa pochette Louis Vuitton, un sourire

espiègle au coin des lèvres. Le sous-entendu est limpide. Je décide d'entrer dans son jeu, ravi d'exposer la brillante idée d'Aubrey.

— Je suppose que je peux vous révéler le clou du spectacle ! Préparez-vous, Janet, le nombre d'envieux autour de vous risque d'exploser… Si je vous dis que trois de nos plus belles pièces vont être mises en vente pour être à terme exposées au Secret, vous me croyez ?

— Dans votre restaurant ? Mais ces œuvres ne vont-elles pas devenir la propriété de leurs acheteurs ? demande-t-elle, un peu perdue.

— Effectivement, mais nous allons leur proposer de les racheter et c'est là que ça devient intéressant car notre monnaie d'échange sera…

Je marque volontairement une pause. Toute l'attention autour de la table est dirigée vers Serena et moi et j'avoue que c'est plaisant. Surprendre est devenu notre marque de fabrique.

— Une table réservée à l'année au Secret.

Sa réaction est immédiate et elle applaudit sous l'effet de l'émotion.

— Quelle idée merveilleuse ! Une table à l'année… je n'en reviens pas. Et quand allons-nous découvrir ces œuvres ? S'agit-il de tableaux, de sculptures, d'objets ? Aurons-nous la chance de rencontrer les artistes ce soir ?

Je la regarde, amusé par son enthousiasme rafraîchissant.

— Janet, vous m'en demandez beaucoup, là ! Vous conviendrez que j'ai été bon joueur et que j'ai déjà fait un effort en vous dévoilant quelques exclusivités !

— Vous avez entièrement raison ! Bob, chéri, prépare ton carnet de chèques. Ce soir, nous allons gagner une table dans le restaurant le plus en vue de Manhattan !

— Vos désirs sont des ordres, madame ! répond son mari en l'embrassant sur la joue avant de reporter son attention sur moi. Jace, je ne sais pas d'où vous viennent toutes ces idées, mais je dois admettre que chaque fois vous m'étonnez un peu plus. D'ailleurs, j'ai entendu dire que vous étiez à la recherche d'un nouveau concept de restaurant. C'est le cas ? J'avoue que je serais ravi d'investir dans ce nouveau projet car il ne fait aucun doute que vous êtes un précurseur dans votre domaine.

Je décide de rester évasif.

— C'est en cours. Je n'ai pas encore totalement statué sur l'orientation définitive, mais j'y travaille. J'ai encore quelques interrogations et je préfère étudier tous les risques avant de me lancer.

La vérité est tout autre. Je n'ai rien. Pas la moindre piste. Pourtant, ce n'est pas faute d'y penser, mais aucun concept ne semble à la hauteur. Cela me rend dingue : aucune proposition ne me paraît suffisamment originale alors que toute l'équipe de communication planche sur le sujet depuis plusieurs mois.

— Pour en revenir à la soirée, j'aurais aimé vous dire que l'idée vient de moi, mais ce n'est pas le cas !

— Et modeste, en plus de ça ! Votre charmante directrice adjointe ici présente en est à l'origine, peut-être ?

— Non, le mérite revient entièrement à une jeune femme qui vient d'intégrer notre équipe. Comme vous vous en doutez, c'est une personne brillante qui, j'en suis certain, a beaucoup de choses à apporter à Good-up.

Serena se crispe à mes côtés, c'est presque imperceptible, mais je continue, la prenant même à partie.

— D'ailleurs, Serena, sais-tu où se trouve M^lle^ Simpson ? Je suis sûr que nos invités aimeraient la rencontrer.

Si son visage ne laisse rien transparaître de son agacement, je la connais assez pour savoir qu'elle maîtrise ses émotions à la perfection. Je subirai probablement sa colère plus tard.

— Elle n'est pas à la table de Ryan ? Il me semble les avoir vus arriver ensemble en début de soirée. Elle était rayonnante, d'ailleurs.

Elle ponctue sa phrase d'un grand sourire, feignant l'innocence. Le retour de bâton est plus rapide que je l'avais imaginé. Elle essaye de me rendre jaloux pour se venger de mon comportement distant des derniers temps. Cette semaine, nous avons encore eu la même discussion, celle où elle me demande si je couche avec une de mes employées, sans nommer Aubrey explicitement bien sûr. J'ai nié l'évidence, et ce, pour deux raisons. Un : nous étions dans un restaurant de Manhattan et attendions un client, ce n'était donc ni le lieu ni le moment pour aborder le sujet. Deux : cela ne la regarde pas et, malgré notre récente mise au point, je préférais éviter de lui faire de la peine. Sauf qu'elle n'a pas lâché son os.

— Pourquoi étais-tu avec Aubrey dimanche, il y a un mois, dans ce cas-là ?

— Pour le boulot ! Tu crois que la soirée clients va se préparer toute seule ?

— Une réunion en plein air ? Merveilleux !

J'ai persisté dans mon mensonge.

— Il faisait un temps magnifique, ça aurait été dommage de s'enfermer dans une salle de réunion. En plus de ça, comme c'était un dimanche, je trouvais normal de me déplacer pour lui épargner un trajet en métro.

— Ah bon ? Elle n'était pas *déjà* avec toi le matin même, à Manhattan ?

Son regard perçant analysait la moindre de mes réactions et mon mutisme n'a pas joué en ma faveur.

— Tu me prends pour une conne, Jace ? Je suis sur les réseaux sociaux, je te signale, et la moitié des internautes ont parlé de ton apparition dans un bar miteux de Brooklyn un samedi soir. Étonnant, non ? Surtout quand on sait qu'Aubrey Simpson y travaille...

— J'imagine que ton détective t'a déjà fait un rapport détaillé sur le sujet ?

— En effet. Si elle doit rejoindre mon équipe, je veux savoir à qui j'ai affaire. Je refuse que tu lui accordes la moindre faveur sous prétexte que vous couchez ensemble.

— Ma vie sexuelle ne regarde que moi.

— Est-ce une façon détournée d'avouer que j'ai raison ? Tu couches bien avec une employée ? Car si c'est le cas, laisse-moi te dire une chose : quand le reste de la boîte l'apprendra, ils ne feront qu'une bouchée de ta très chère M^lle^ Simpson.

Nous nous sommes affrontés du regard en silence, mais je n'ai rien admis. J'étais furieux, non pas contre elle, mais parce qu'elle avait mis le doigt sur ce que je redoutais le plus. Notre relation ne devait pas porter préjudice à Aubrey et j'étais prêt à tout pour la protéger même si cela signifiait l'ignorer dans les couloirs de Good-up. Puis le client que nous attendions est arrivé, mettant fin à notre discussion. Les jours suivants, Serena s'est comportée tout à fait normalement et n'a plus mentionné Aubrey.

Je reviens au moment présent alors qu'un serveur s'approche et se penche vers Serena. Il lui dit quelque chose à l'oreille et j'en profite pour balayer la salle des yeux à la recherche de Ryan. Il est en grande conversation avec son voisin de table, Juan Florès, un riche et jeune investisseur mexicain. Aucune trace d'Aubrey. Ce constat me soulage. Je ne peux pas nier que les avoir vus arriver ensemble à la soirée m'a déplu. Venir avec Serena était une erreur. Aubrey travaille sur cette soirée depuis des semaines, il n'y aurait eu rien d'anormal à ce que nous arrivions ensemble ce soir. Sans plus attendre, je me lève sous le regard surpris des autres convives, m'excuse et file rejoindre Ryan. Je dois absolument parler à Aubrey et je suis certain qu'il sait où elle se cache.

*Aubrey*

— Venez donc manger un morceau avec nous avant que le coup de feu commence, me propose gentiment le chef cuisinier.

Les entrées ont été dressées et une équipe de serveurs attend le feu vert pour envoyer les assiettes en salle. Je m'installe rapidement à table pour éviter de gêner les quinze serveurs qui viennent d'entrer, chargés de plateaux remplis de verres et d'assiettes vides. Moins d'une minute plus tard, dans un ballet bien rodé, ils repartent avec des coupes de champagne pleines et des amuse-bouches alléchants. Le responsable des cuisines fait un léger signe de tête à un commis et une assiette copieuse apparaît devant moi. Très vite, nous ne sommes plus que trois à table. Le reste de la brigade est retourné s'activer derrière les fourneaux. Alors que je suis en train de raconter une anecdote amusante, Mike et son second se lèvent précipitamment. Je les regarde sans comprendre, me demandant quelle mouche les a piqués.

— Monsieur Adam, bonsoir. Pouvons-nous faire quelque chose pour vous ?

Surprise de voir Jace débarquer dans les cuisines, je les imite.

— Je voulais m'entretenir avec M^lle^ Simpson.

Le ton employé est celui du patron, celui auquel on obéit sans protester. Ils acquiescent et disparaissent en dix secondes.

— Il y a un problème avec le plan de table ? je demande, alarmée.

Il fait un pas vers moi, sans toutefois franchir la limite autorisée entre un patron et son employée.

— Je ne sais pas, à toi de me le dire. Qu'est-ce que tu fais dans les cuisines ?

Il s'inquiète pour moi ? Quel soulagement !

— Une invitée de dernière minute m'a contrainte à céder ma place. Serena m'a informée du changement il y a une petite heure, c'était la seule solution.

J'hésite à mentionner son attitude désagréable, avant de refuser de m'abaisser à ça. Je dois me montrer professionnelle et à la hauteur de la mission qui m'a été confiée.

— Ça ne me dérange pas. Discuter avec des inconnus dans ce genre de soirées n'est pas vraiment mon point fort. Et puis, je dois veiller au bon déroulement de la vente aux enchères.

Il lance un regard derrière son épaule.

— Est-ce que tu as cinq minutes pour en discuter dans un endroit plus calme ?

L'idée est tentante. J'ai besoin de lui parler moi aussi, de m'assurer que tout va bien entre nous.

— Jace ! Tout le monde se demande où tu es passé, s'écrie Serena qui avance droit sur nous, le regard braqué sur lui. Je ne dérange pas, j'espère ? se sent-elle obligée d'ajouter.

Tout dans son attitude laisse au contraire sous-entendre qu'elle est ravie de s'incruster. Jace reste impassible.

— Absolument pas. Je faisais part à M^lle^ Simpson de notre grande satisfaction. Les invités sont enchantés de la qualité et de l'originalité de cette soirée et, conformément à notre accord, je lui signifiais que nous serions ravis de l'intégrer à notre service communication, sauf bien sûr si tu as une objection.

Prise de court par son ton innocent, elle reste muette.

— Il n'y a plus aucun doute sur le professionnalisme de M^lle^ Simpson, poursuit-il. Surtout lorsqu'on sait qu'elle a spontanément laissé sa place à une invitée de dernière minute.

Serena n'ose pas le contredire, certainement par crainte de se trahir. De mon côté, je ne cherche pas à camoufler mon sourire. Elle finit par acquiescer, un brin crispée, avant d'attraper Jace par le bras et de l'entraîner vers la salle principale, non sans me lancer un regard mauvais.

# 17

*Un mois plus tard*

Lorsque Stan débouche une bouteille de champagne pour fêter mon nouveau poste, je sais déjà qu'il a une idée derrière la tête. Mon ami est trop prévisible et j'imagine parfaitement quelle torture cela a été pour lui de se retenir pendant tout ce temps. Pas un mot, rien. J'ai hâte de récompenser sa patience !

La soirée Good-clients a été un franc succès et j'ai pu intégrer l'équipe de communication dès la semaine suivante. Ma nouvelle responsable m'a présenté le reste de l'équipe et a commencé par me confier quelques tâches rébarbatives pour me tester, mais au bout de deux semaines, je me suis vu attribuer la gestion des relations publiques avec une série de magazines nouvelle génération. Je ne boude pas mon plaisir et me fais une joie, le soir après mon service, de raconter dans les moindres détails mes journées à Jace. Mon enthousiasme l'amuse, et l'excite aussi beaucoup !

— À ta réussite, Aubrey ! Jess et moi sommes hyper fiers de toi.

Jess, Stan et moi trinquons joyeusement.

— Mais il ne faudrait pas…

— Stan ! Nous étions d'accord pour attendre la fin de la bouteille, le réprimande Jess.

— Parle pour toi ! C'est moi qui depuis un mois me

coltine un nouveau binôme insupportable qui n'écoute rien de ce que je lui explique.

Je lève les yeux au ciel.

— Stan, ils auraient pu me remplacer par n'importe qui, on sait tous les deux que ça n'aurait pas fait l'affaire.

— Évidemment, puisque ce n'est pas toi. Je n'ai plus personne avec qui partager mes nouvelles idées génialissimes ou critiquer nos collègues.

Touchée, je l'embrasse sur la joue.

— Arrête, on dirait que j'ai déménagé à l'autre bout du pays. Je suis simplement montée de quelques étages et je m'arrange toujours pour venir prendre mon café au moment où tu passes dans notre salle de pause. On se voit tous les jours !

Il bougonne.

— Oui, mais quand même. Ce n'est plus pareil. Et puis, je n'en peux plus d'attendre ! Tu comptes parler un jour de notre projet à Jace ou tu attends que je sois mort ? Tu veux récupérer les croquis que j'ai faits, c'est ça ? Avoue !

J'ai droit à du grand Stan : comédien jusqu'au bout des ongles ! J'éclate de rire face à son accusation ridicule.

— Tu m'as démasquée !

— Plus sérieusement, Aubrey, pourquoi on n'est pas déjà dans le coup ?

— Tu penses pouvoir patienter encore deux jours ?

— À force, je vais finir par croire que… Minute ! Qu'est-ce que tu viens de dire ?

Je le regarde, un grand sourire aux lèvres.

— Bordel, Aubrey, accouche !

— Jess, tu me ressers un verre ?

— Aubrey, je vais te tuer, bon sang ! Tu lui en as déjà parlé, c'est ça ? Dis-moi que oui !

Face à son regard plein d'espoir, je n'ai pas le cœur de l'embêter plus longtemps.

— Oui ! J'ai rendez-vous après demain avec Serena

et lui. Je suis allée voir Ana hier et… Stan, arrête, tu m'étouffes !

Il me serre très fort dans ses bras et me fait perdre l'équilibre, nous nous effondrons sur le canapé. Lorsque enfin il me libère, Jess vient se joindre à la fête et me félicite.

— Bravo, Aubrey, tu l'as pris de court !

— Il était temps, s'exclame-t-il, je commençais à désespérer. Alors raconte, je veux tout savoir. *Tout.* Qu'en pense Jace ? Le projet l'intéresse ? Bien sûr qu'il l'intéresse, je ne sais même pas pourquoi je demande. Il faudrait que…

— Eh, Stan ! On se calme ! Chaque chose en son temps. Pour le moment, Jace n'est au courant de rien.

— Comment ça ?

— Écoute, il a été clair avec moi. Serena reste ma responsable directe. Il vaut mieux que j'évite de la court-circuiter en m'adressant directement à Jace, surtout que je suis presque sûre que ça ne jouerait pas en notre faveur. J'ai donc préféré respecter la procédure en demandant à Ana d'organiser un entretien avec les deux. Comme Serena était absente ces deux derniers jours, je l'ai prévenue par mail que je souhaitais leur présenter un nouveau concept de restaurant qui me semble prometteur.

La mine réjouie, Stan se lève et frappe dans ses mains.

— Alors, au boulot !

— Maintenant ?

— Bien sûr, on est vendredi soir. Il nous reste tout le week-end pour revoir le projet ensemble. Je veux que tu sois prête à 200 % et que tu leur en mettes plein la vue lundi. C'est parti !

Quarante-huit heures de travail intensif plus tard, et coachée par un Stan autoritaire, je me sens prête.

Le rendez-vous est fixé à 10 heures. Après une ultime recommandation de mon ami, je me rends au dernier étage, le cœur battant. Jace a été très occupé ces derniers temps et nous nous sommes très peu vus. J'imagine sa surprise quand il a découvert mon nom dans son agenda. Je pensais qu'il serait curieux, mais mis à part un message me disant que je lui manquais, il n'a pas cherché à en savoir davantage.

Je me rends directement dans la salle de réunion réservée. Je suis la première. Parfait. Je profite de ces quelques minutes de calme pour sortir mon dossier et relire la présentation.

Serena entre à ce moment-là et me salue brièvement, en refermant la porte derrière elle. Elle s'installe face à moi et commence sans préambule :

— Bonjour, mademoiselle Simpson, je vous écoute. Je ne vous cache pas que je suis assez pressée, j'ai une conférence de presse à l'autre bout de la ville dans une heure.

Je la dévisage, perplexe.

— Nous n'attendons pas Jace ?

— M. Adam, vous voulez dire ?

J'acquiesce, gênée d'avoir laissé échapper cette familiarité.

— Ana répartit les rendez-vous entre nous en fonction de leur teneur, répond-elle avec un petit sourire condescendant. Je gère l'aspect administratif et la communication. Conformément au mail que vous m'avez envoyé où vous stipuliez qu'il s'agissait de présenter un nouveau concept, j'ai demandé à Ana de ne pas convier M. Adam. Son emploi du temps est suffisamment surchargé, il n'a pas de temps à perdre.

— Mais…

— M. Adam et moi faisons des points réguliers et je ne manquerai pas de l'informer de votre idée si elle est intéressante.

C'est peut-être ridicule, mais je ne peux pas m'empêcher de repenser à cette histoire de soirée au lycée. J'ai l'impression de me retrouver exactement dans la même situation.

— Pouvons-nous commencer ?

Je reste silencieuse.

— Jace ou moi, c'est la même chose, ajoute-t-elle d'un ton sympathique que je ne lui connaissais pas. Son temps comme le mien est précieux, nos emplois du temps sont très chargés donc si nous pouvions aller directement au fait, s'il vous plaît, ça m'arrangerait.

J'inspire profondément et fais taire mes doutes.

— Oui, bien sûr.

— Vous m'en voyez ravie. Allez-y, je vous en prie.

C'est le moment de vérité. Je me lance donc, le cœur battant, avec pour objectif de lui montrer à quel point mon concept est original et novateur. Je commence par une analyse rapide des goûts, des mœurs et des pratiques de notre future clientèle en fonction de la tranche d'âge, du sexe ou encore du statut marital. D'expérience, je sais qu'il est primordial de bien définir la cible à atteindre. Classifier les échantillons de personnes en fonction de leurs désirs, de leurs besoins, mais aussi de leur utilisation des réseaux sociaux a donc été ma priorité. Ma présentation est claire et permet tout de suite à Serena de cerner mon raisonnement. Je sors ensuite les croquis des salles et des éléments décoratifs ainsi que ceux de Stan pour avoir un support illustré. Nous avons passé un temps fou à les peaufiner, les améliorer, les compléter, et lorsque je vois le regard surpris de Serena, je ne regrette pas toutes ces nuits blanches.

— Aujourd'hui, les gens ont leurs petites habitudes. Ils ont leur restaurant préféré, leur table préférée, leur plat préféré. Je propose de venir casser cette routine en créant des pop-up restaurants, ou restaurants éphémères, où des chefs mystères s'inviteraient le temps d'une soirée. Les lieux choisis devraient être surprenants et inattendus : par exemple, dans une galerie d'art son jour de fermeture, dans un parc à Brooklyn, à Paris sur les quais de Seine, à Rome sur la place Navona ou encore sur une plage d'Espagne. Les possibilités sont infinies. Une soirée, deux jours, une semaine ou un mois : en fonction de leur succès, la durée de vie des restaurants pourrait varier. Des plats uniques ou un menu à la carte, des recettes modernes ou traditionnelles, du froid ou du chaud : j'ai étudié plusieurs combinaisons, analysé les atouts et les inconvénients de chacune et fait une estimation du budget pour permettre à Good-up d'évaluer la viabilité financière du projet.

Serena attrape une des feuilles devant elle, visiblement impressionnée.

— Et quel serait le plan de communication ?

— J'y viens. Aujourd'hui, les réseaux sociaux sont sans conteste le meilleur canal de communication, mais nous pourrions tout aussi bien utiliser le bouche-à-oreille.

Je poursuis, malgré le regard sceptique de Serena.

— Les gens aiment être dans la confidence, qu'on leur confie un secret. Et par-dessus tout, ils aiment le répéter et montrer qu'ils en savent plus que leurs voisins. Si nous ciblons intelligemment un panel de personnes et postons quelques indices sur les réseaux, la nouvelle se répandra très vite. En un rien de temps, les gens n'auront plus que ça en tête : où a lieu la prochaine soirée ? Quand ? Quel chef sera présent ? Tout le monde spéculera sur le lieu potentiel du prochain restaurant éphémère. Nous pouvons imaginer un repas au MoMA, à Central Park ou dans un lieu encore plus insolite comme, je ne sais pas, le Super Nintendo World par exemple. Avec ce concept, tout devient possible. Un jour à Milan, le lendemain à Londres, et une décoration différente en fonction du lieu, avec des serveurs habillés par un styliste tendance et original.

Je marque une pause.

— Selon moi, il faudrait que le lieu soit annoncé seulement quelques jours, voire quelques heures avant, et à des personnes soigneusement sélectionnées. Des influenceurs triés sur le volet se chargeraient de relayer l'information sur les réseaux sociaux, et le reste se ferait ensuite tout seul. Les gens seront attirés par l'effervescence du lieu, curieux de savoir ce qui provoque autant d'agitation. Cette formule éphémère ira à l'encontre des standards et des codes habituels en accueillant une clientèle hétéroclite, de la blogueuse tendance au type qui promenait son chien dans les parages, en passant par un couple de sexagénaires qui allait juste faire quelques courses. Imaginez le buzz !

Je reprends mon souffle. Je ne me suis même pas aperçue que, emportée par ma démonstration, je m'étais levée. Serena me fixe, captivée, la feuille devant elle noire de notes. C'est plutôt bon signe, non ? J'inspire profondément et me rassois.

— Mon idée repose sur deux concepts simples : choisir le bon endroit, au bon moment, et favoriser l'imprévu et l'inattendu pour donner le sentiment de participer à une soirée unique.

Je me tais et attends, le cœur battant. Serena accorde toute son attention aux feuilles éparpillées devant elle et je ne pense pas me tromper en disant que le projet l'intéresse. Du moins, je l'espère. Quoi qu'il arrive, je suis fière de moi. J'ai défendu mon projet avec brio et si Good-up ne le retient pas, je trouverai preneur ailleurs.

Lorsque nos regards se croisent enfin, je reste suspendue à ses lèvres. Elle consulte sa montre, grimace et range les feuilles dans mon dossier. Tout en ajustant la sangle, elle daigne enfin me faire part de son avis.

— Écoutez, je dois y aller. Je vais étudier ça de plus près et je reviendrai vers vous.

Puis elle se lève. Je l'imite, décontenancée par sa conclusion.

— Si vous avez des remarques ou des suggestions, je peux tout à fait les intégrer et vous présenter une version actualisée du projet lors d'un prochain entretien.

— Non, je dois d'abord l'étudier à tête reposée. Vous y voyez un inconvénient ?

N'ayant pas d'autre option que de la laisser partir avec mon dossier, je me résous à céder.

— Non, pas du tout.

— Très bien. Bonne journée, mademoiselle Simpson.

Serena sort en claquant la porte et disparaît dans un effluve de parfum poudré. Abasourdie par la tournure de notre entrevue, je me laisse glisser sur ma chaise. Mon cœur bat encore à cent à l'heure. Je déglutis et espère ne pas avoir fait une erreur irréparable en lui confiant mon projet.

Le reste de la matinée est interminable. Le moindre mouvement dans le couloir attire mon attention et je ne peux m'empêcher de guetter le retour de ma responsable ou celui de Jace. Quand je n'entends plus que le bruit répétitif de la trotteuse de la pendule, je décide qu'il est temps d'aller faire un tour en salle de pause. Fidèle au poste, Stan me conseille d'organiser une soirée romantique avec Jace pour fêter la future bonne nouvelle. Je profite donc de ma pause déjeuner pour faire une petite escapade à l'épicerie fine de luxe au coin de la rue. Optimiste, j'achète du champagne et des fraises pour fêter le futur succès des pop-up restaurants. Je fais même un détour par cette jolie boutique de lingerie qui lui plaît tant. À mon retour, Serena est enfermée dans son bureau avec un homme d'une cinquantaine d'années. Curieuse, je rejoins mon poste, sans les quitter des yeux. Puis je vérifie mon agenda, persuadée qu'une réunion d'équipe était prévue en début d'après-midi pour évoquer les événements à venir de Good-up. C'est bien le cas. Mes collègues ne semblent pas ennuyés par ce changement de programme, mais pour moi, cette attente est insoutenable. J'ai besoin de savoir si Serena a au moins évoqué mon idée avec Jace et je compte bien lui poser la question à la fin de cette réunion. Mon impatience finit par être remarquée, car le visiteur me désigne du doigt, me faisant piquer un fard.

Une heure plus tard, Serena lui fait visiter les lieux, sans prendre la peine de nous le présenter. Encore une fois, mes collègues ne se formalisent pas de leur manège et lèvent à peine la tête de leur écran à leur passage. Lorsqu'ils arrivent à ma hauteur, je ne peux retenir un frisson : sans que je sache pourquoi, cet homme me met mal à l'aise.

— Mademoiselle Simpson, je suppose ? demande-t-il d'un ton inquisiteur.

Comment connaît-il mon nom ? Serena lui a-t-elle parlé de moi ?

J'acquiesce et tente de masquer ma gêne en relevant le menton.

— Effectivement. Et vous êtes monsieur… ?

À défaut de répondre, il trouve amusant de me dévisager, comme s'il cherchait à me jauger ou à me tester. Heureusement, Serena met fin à son petit jeu, sans m'accorder la moindre attention.

— M. Adam nous attend, si vous voulez bien me suivre.

Le visiteur ne peut retenir un sourire à la mention du nom de notre patron. Je les regarde s'éloigner, décontenancée.

— C'est moi ou ce type est bizarre ? dis-je à Samali, ma collègue, une jolie Indienne d'une trentaine d'années, réputée pour son extrême discrétion.

Je suis sûre d'être la seule qu'il ait examinée de la sorte. Son attitude ne peut pas lui avoir échappé. Ma voisine hausse les épaules et se replonge dans l'étude de son dossier, me laissant seule avec mes réflexions. Je devrais l'imiter, mais je n'arrive pas à détacher mes yeux de la porte du bureau de Jace.

L'après-midi défile et je suis incapable de me concentrer sur la moindre tâche, trop impatiente de connaître l'issue de la journée. Impatience largement aggravée par un Stan tout excité qui m'inonde de messages hystériques depuis ce matin. Tiens, encore un !

Alors que la nuit tombe, je me rappelle au bon souvenir de Jace. Mais je grimace en découvrant son message froid.

Ne m'attends pas, je suis retenu.

J'avoue que je m'attendais à une proposition un peu plus épicée pour ce soir. Je lis une seconde fois les quelques mots, tentant d'y trouver un sous-entendu caché, malheureusement, le sens est limpide. Même si Jace a toujours été franc sur le fait que son entreprise était sa priorité, je ne peux pas nier que je suis contrariée qu'il me préfère une soirée studieuse aux côtés de Serena. Tout le monde sait qu'il est capable d'endosser le costume du parfait patron intraitable et inaccessible quand il le faut. Il semble que ce soit cette version de Jace qui vienne de m'écrire.

Je joue quelques minutes avec mon téléphone, hésitant sur la réponse. La dernière chose dont j'ai envie, c'est de passer pour une femme jalouse et possessive. Est-ce que lui proposer de l'attendre serait mal venu ?

Je peux t'attendre, ça ne me dérange pas.

Une poignée de secondes plus tard, le couperet tombe.

Pas la peine. Je vais finir tard.

Contrariée et rongée par la curiosité, je m'approche de son bureau en silence et colle mon oreille contre la porte, à l'affût du moindre indice sur le sujet de leur réunion. Je me concentre, mais mis à part des bruits de voix étouffées, rien ne me parvient. Consciente du ridicule de la situation, je fais demi-tour et me réinstalle derrière mon bureau. L'étage est désert, je suis la dernière. Je m'adosse contre le cuir moelleux de mon fauteuil en jouant avec mon stylo puis fixe mon attention sur la vitre du bureau de Serena. La pièce est vide. Avant que j'aie eu le temps de réfléchir à mes actes, je me retrouve devant la porte et tourne la poignée en métal entre mes doigts.

A l'intérieur, l'effluve du parfum poudré et entêtant de ma responsable m'enveloppe. N'ayant aucun droit d'être ici, je reste immobile sur le palier, partagée entre la curiosité et la peur d'être prise en flagrant délit. Seulement, l'envie de savoir finit par l'emporter. Après tout, je ne fais rien de mal. Juste un petit coup d'œil pour lire ses notes. Mon dossier est posé en évidence sur son bureau. Je m'approche avec prudence, le cœur battant. Je soulève la première page avec délicatesse et constate non sans une pointe de déception qu'elle est vierge de toute annotation. Je vérifie les autres pages, mais aucune trace de sa feuille noircie d'encre. Dépitée, je sors discrètement, range mes affaires et quitte le bureau.

# 18

*Jace*

Je n'en reviens pas. Aubrey m'a menti.

Je pensais qu'elle était différente des autres, mais je me suis lourdement trompé. Je me suis encore fait avoir.

C'était la dernière fois. Je m'en fais la promesse. Ce lundi 16 juillet sonne le glas de ma naïveté.

# 19

*Aubrey*

La nuit a été courte. Après avoir quitté Manhattan hier soir, je suis passée au Brooke's bar. C'était mon jour de repos, mais j'avais besoin de me changer les idées. Quand j'ai été installée au comptoir avec un succulent cocktail préparé par Harper, ma déception s'est peu à peu atténuée. En éternelle optimiste, mon amie a chassé mes doutes d'un revers de main et a tenté de me consoler, arguant que coucher avec le grand patron avait forcément quelques inconvénients. Suivant ses conseils, j'ai éteint mon téléphone et je me suis accordé un peu de répit, le temps d'une soirée agréable. À la fin de son service, nous avons refait le monde comme nous en avions l'habitude avant mon embauche chez Good-up. Quatre verres plus tard, Tom a eu la sagesse de nous raccompagner après avoir remarqué que nous étions légèrement éméchées.

J'avale une aspirine et consulte mes messages. Quelques notifications, un mail de Stan mais aucune nouvelle de Jace. Peut-être qu'il veut mettre fin à notre histoire mais ne sait pas comment me le dire ? Je déglutis et décide d'ignorer la désagréable sensation qui m'envahit à cette idée. Je me tourne vers Samali.

— Serena n'est pas encore arrivée ?

— Si, elle est avec M. Adam.

Encore ? Je me redresse et jette un œil vers le bureau

de ma responsable. Vide. Plus de dossier. Une vague d'adrénaline déferle en moi. Ils sont sûrement en train de discuter de mon projet. Je vais bientôt être fixée.

À 11 heures, mon téléphone sonne. Serena me convoque dans le bureau de Jace. Ça y est, c'est le moment. Je préviens Stan, lisse ma jupe crayon et replace une mèche de cheveux rebelle derrière mon oreille. Impatiente de connaître leur avis, je me dépêche de les rejoindre. Ana me salue d'un léger signe de tête et m'indique que je peux entrer. La porte est déjà ouverte. J'inspire et entre, un grand sourire aux lèvres. Seulement, l'ambiance dans la pièce n'est pas exactement ce à quoi je m'attendais. Je pensais les trouver en pleine agitation, des documents éparpillés un peu partout, pendus au téléphone avec le service financier pour se renseigner sur la faisabilité du projet. Au lieu de ça, c'est un silence de mort qui accompagne mon arrivée. Serena, toujours tirée à quatre épingles, est assise dans un fauteuil en cuir et pianote sur son téléphone pendant que Jace observe la rue en contrebas, debout près de la fenêtre. Je n'aperçois que son profil. Je me racle la gorge.

— Bonjour.

— Fermez la porte, s'il vous plaît.

La voix hautaine de Serena résonne dans la pièce et m'agresse. Jace, lui, ne prend même pas la peine de se retourner. Je m'exécute, troublée.

— Vous avez demandé à me voir ?

— Quand est-ce que tu comptais m'en parler ? lâche Jace.

Heurtée par son ton dur, je tourne la tête dans sa direction. Il est crispé, les poings serrés. Étonnée par la familiarité dont il fait preuve – nous ne sommes pas censés nous tutoyer au bureau –, je décide de rester prudente.

— Eh bien, Serena est ma responsable directe et je…

— Je parle de Storm US.

Je me fige.

— Storm US ?

— Tu as bien entendu.

Ses yeux lancent des éclairs. Prise de court, je cherche désespérément un moyen de lui expliquer la situation. Serena continue de répondre à un message, ignorant ma présence. Je me pince l'arête du nez et cherche mes mots avec soin.

— Je… j'allais… enfin, le mom… je pensais…

Ce n'est pas vraiment l'entrée en matière que j'avais imaginée. Pétrifiée, je suis incapable de formuler la moindre phrase cohérente. Un lourd silence plane dans la pièce. Comment a-t-il su ?

— Une arriviste.

Je sursaute sous l'insulte lancée par Serena.

— Pardon ?

— Une arriviste, voilà ce que vous êtes. Ne cherchez pas à nier, le détective a été formel.

Je tombe des nues.

— Le dé… détective ? Vous avez enquêté sur moi ?

Elle daigne enfin quitter son écran des yeux.

— Bien sûr. Vous pensiez que j'allais vous laisser intégrer cette entreprise sans bouger le petit doigt ?

Jace me fusille du regard.

— Tu… tu étais au courant ? Tu l'as laissée faire ? l'accusé-je.

Mon timbre fluet m'agace, mais ma stupeur est telle que j'ai l'horrible sensation de perdre pied. Le regard de Jace, vide de toute expression, me coupe le souffle. Je ferme les yeux et tente de reprendre mes esprits.

— Ne vous donnez pas en spectacle de cette façon. Nous vous avons démasquée, fin de l'histoire.

Je me sens acculée.

— Démasquée ? Et peut-on savoir de quoi on m'accuse au juste ?

Serena et moi nous affrontons du regard. Je n'ai qu'une envie : lui faire ravaler son abject sourire victorieux.

— Inutile de monter sur vos grands chevaux, mademoiselle Simpson.

— Est-ce que oui ou non tu as rencontré Patty Asher ? nous interrompt Jace.

Je reporte mon attention sur cet homme qui semble me considérer comme une étrangère depuis que je suis entrée et fais un pas vers lui, en signe d'apaisement.

— Oui, mais…

— C'est tout ce que je voulais savoir.

Son agressivité me fait l'effet d'une gifle et, sonnée, je recule.

— Pourquoi ne pas me l'avoir dit ? renchérit-il.

— Je comptais le faire, mais… ce n'était jamais le bon moment. Puis je me suis convaincue que ça n'avait plus d'importance. Je ne voulais pas que tu me prêtes des intentions qui n'étaient pas les miennes, surtout depuis que nous…

Je lance un regard à la dérobée à Serena.

— Que vous avez mis Jace dans votre lit. Allons, allons, mademoiselle Simpson, vous pouvez être honnête, nous sommes entre nous. Et puis, il n'y a rien à cacher, vous savez. Je suis au courant, Jace m'a tout raconté, y compris la façon dont vous l'avez séduit.

— Séduit ? Mais…

— Ta candidature était spontanée ? intervient Jace. C'est bien toi qui nous as contactés et non l'inverse ?

Je croise les bras, humiliée qu'on me prête des intentions aussi ignobles.

— Oui, et tu le sais très bien.

— C'était ton plan depuis le début alors ? demande Jace.

— Quoi ? Mais de quel plan tu parles ?

— Pourquoi te faire embaucher ici ? Pour te venger ?

— Me venger ? Mais de quoi ?

— De cette stupide histoire de soirée au lycée.

— Tu mélanges tout. Cette histoire n'a absolument rien à voir.

Serena ne peut s'empêcher d'intervenir.

— Et nous sommes censés vous croire, bien sûr.

— Je ne comprends rien à ce que vous racontez. Vous savez très bien pourquoi je suis ici.

Serena et Jace échangent un regard entendu. Quelque chose m'échappe.

— Quoi ?

— Qu'est-ce que tu fous là, Aubrey ? C'est ça que tu venais nous voler ? demande-t-il en désignant le dossier sur son bureau. C'était une idée de Patty Asher ? Elle est vraiment tombée bien bas. Ça ne lui suffit pas d'avoir débauché Langdstrom ?

Interdite, je le regarde brandir le dossier qui ressemble étrangement à celui que j'ai donné à Serena hier. Je nage en plein cauchemar.

— Mais… mais, c'est mon dossier. Jace, je te jure que je ne suis rien venue voler. Le dossier que tu tiens entre tes mains est le mien.

— Tu vois, déclare Serena.

Elle ne le quitte pas des yeux. Je l'ignore et reste focalisée sur Jace. La fureur qui émane de lui m'impressionne.

— Pourquoi t'être introduite dans le bureau de Serena, hier, dans ce cas-là ?

— Pardon ?

Serena se lève et vient se positionner à côté de Jace. Ils font front contre moi.

— Je…

— Il y a une caméra de surveillance dans nos bureaux. Simple mesure de sécurité.

Elle semble très fière de sa révélation.

— Qu… quoi… Mais non, c'est une erreur.

Mes mains se mettent à trembler.

— Les preuves sont pourtant là.

— Je voulais juste voir les notes que vous aviez prises le matin même, pendant notre entretien. Jace, s'il te plaît, regarde la première page, tu y verras m…

Je sens le sol se dérober sous mes pieds. Mon nom. *Mon nom*. Je ne l'ai écrit nulle part sur le dossier. Comment ai-je pu oublier un détail aussi important ? Ce sera la parole de Serena contre la mienne. Je me tais, soufflée par la tournure inédite de cette conversation.

— Comment peux-tu penser ça de moi ? dis-je en m'adressant à Jace.

J'ai les larmes aux yeux, mais je lutte pour ne pas craquer. Je ne leur ferai pas le plaisir de pleurer.

— Tu m'as menti, assène-t-il d'un ton glacial.

— Non, ce n'est pas vrai. J'ai simplement omis de te parler de cet entretien, car il n'avait aucune importance à mes yeux. Je peux tout t'expliquer, je t'assure que ce n'est pas ce que tu crois.

J'inspire calmement, prête à me défendre. Mais il ne m'écoute pas.

— « Omis » signifierait que tu n'as pas fait exprès, alors qu'on sait tous les deux que c'était volontaire de ta part.

— Je te l'ai dit : j'attendais le bon moment. Et puis je voulais d'abord vous présenter mon projet, pour…

— Ça fait dix ans que tu rumines ta petite vengeance ? Elle t'a payée combien ?

Je me masse les tempes, impuissante.

— Est-ce qu'on peut en discuter calmement, seul à seule, s'il te plaît ?

Serena éclate de rire en entendant ma demande.

— Et puis quoi encore ? Vous avez joué, vous avez perdu ! Il est temps d'accepter votre défaite.

— Jace, s'il te plaît. On ne se connaît pas depuis longtemps mais…

— C'est le moins que l'on puisse dire. Tu t'es bien

amusée ? Ça ne te suffisait pas de voler notre projet, tu t'es dit que ce serait plus excitant de te taper le patron ?

— Jace, tu m'as dit toi-même que c'était toi qui m'avais repérée sur Instagram. La première fois qu'on s'est parlé, je travaillais déjà chez Good-up depuis huit mois. Pourquoi aurais-je attendu tout ce temps pour t'approcher si j'avais un plan en tête ?

— Ne cherchez pas à nous embrouiller. J'ai su dès le début que vous n'étiez pas digne de confiance. Tout dans votre attitude sentait le coup fourré. J'ai tout de suite vu clair dans votre jeu.

— Je n'ai rien à me reprocher. Si je suis là, c'est parce que je le mérite, j'ai travaillé dur pour…

— Vous avez travaillé dur pour séduire le patron, ça oui. Je ne suis pas sûre que ce soit une question de mérite.

Sa méchanceté me fait chanceler. Je cherche le regard de Jace, dans l'espoir de trouver un peu de soutien, mais l'air de dégoût peint sur son visage me glace le sang. Une première larme coule sur ma joue, je l'essuie rapidement.

— Jace, je vais tout t'expliquer. Ce n'est qu'un énorme malentendu, je te prom…

— Écoutez, n'aggravez pas votre cas. La dernière chose dont Good-up a besoin, c'est d'un scandale, donc nous renonçons à engager des poursuites contre vous, si vous quittez l'entreprise immédiatement.

— Quoi ? Mais vous ne pouvez pas m'intenter un procès. Je n'ai rien fait.

— Et la vidéo où on vous voit pénétrer en douce dans mon bureau ? Votre entretien secret avec Patty Asher ?

Elle me fixe, l'air mauvais. Je vois à l'étincelle qui brille dans ses prunelles qu'elle s'apprête à me porter l'estocade finale.

— Notre détective nous a aussi parlé de votre amie.

— Mon amie ? dis-je, incertaine.

— Oui, Jessica Lander. C'est triste, ce qui arrive à son petit garçon.

Je ne comprends pas du tout où elle veut en venir.

— Ce serait dommage qu'elle soit accusée de complicité alors qu'elle commence tout juste à s'en sortir.

— Jess n'a rien à voir avec cette histoire.

— Nous ne sommes pas de cet avis, poursuit Serena. C'est peut-être elle qui vous a poussée à accepter l'offre de Patty Asher ? Vous avez mentionné à plusieurs reprises avoir besoin de ce travail pour soutenir financièrement votre amie. Patty vous a offert la possibilité de la mettre à l'abri du besoin.

Je suis sidérée par son raccourci tiré par les cheveux et totalement arbitraire.

— Vous vous êtes crue dans un film d'espionnage ?

— Vous seriez étonnée d'apprendre de quelle façon Jace a été manipulé et escroqué à de nombreuses reprises. Vous ne valez pas mieux que tous ces opportunistes. Tenez.

Elle me tend une lettre avec dédain.

— Qu'est-ce que c'est ?

— Votre lettre de licenciement.

— De licenciement ?

Elle laisse échapper un rire cristallin.

— Je vous conseille de ne pas faire d'histoires ou vous risquez de ne jamais retrouver de travail à New York. C'est dans votre intérêt de faire le moins de vagues possible.

— Mais… et mon projet ?

— Quel projet ?

Son ton innocent me fait perdre le contrôle.

— Jace, c'est mon projet ! crié-je, désespérée. Je te le jure.

Il m'observe en silence. Je le supplie du regard de m'accorder le bénéfice du doute, de nous laisser une chance. Je murmure, à bout de souffle :

— Pas mon projet, s'il te plaît… Pas ça.

Serena se place entre nous, rayonnante.

— Ne te laisse pas amadouer. Je t'avais dit qu'elle réagirait comme ça.

Terrifiée, je sens que la situation m'échappe. Alors je me tourne vers Jace et tente un compromis.

— J'accepte de partir et de te laisser tranquille si c'est ce que tu veux, mais rends-moi mon dossier.

Jace ne bouge pas.

— J'admets avoir fait une erreur, j'aurais dû te parler de mon rendez-vous avec Storm US, mais je te conjure de me croire. Fais-moi confiance, Jace.

Le mot agit comme un électrochoc. Il lâche le dossier qui s'écrase lourdement sur son bureau.

— Confiance ? CONFIANCE ? se met-il à crier. Tu vas me faire croire que tu ne savais pas qu'entre Good-up et Storm US, c'est la guerre ? Tu comptes jouer la carte de la naïveté encore longtemps ?

Son ton sarcastique et dédaigneux m'achève. Il se penche, pose les mains sur son bureau et me regarde droit dans les yeux.

— Tu sais où est la sortie, Aubrey. Ce n'est pas la peine de revenir.

*Jace*

Un silence lourd et assourdissant envahit mon bureau. Je suis sous le choc. Elle n'a même pas claqué la porte. Pas de cris, ni de larmes hystériques. Un simple au revoir à peine chuchoté avant de sortir du bureau, le dos bien droit et le menton relevé dans un dernier signe de fierté.

Au fond de moi, je crois que j'avais un infime espoir que les révélations du détective soient fausses. De rage, j'envoie valser le contenu de mon bureau avec une bordée de jurons et me laisse tomber dans mon fauteuil, vaincu. Les battements de mon cœur résonnent dans mes tympans. Bordel. Comment ai-je pu être aussi con ? Je ferme les yeux, inspire et expire calmement, refusant de péter un plomb. Je dois me maîtriser, reprendre le contrôle.

— Bon débarras.

Je redresse vivement la tête lorsque la voix de Serena brise le silence épais et suffocant qui flotte autour de nous. Je lui lance un regard noir, qui ne la dissuade visiblement pas de continuer.

— Tu seras bien mieux sans elle.

J'enrage, furieux de la tournure des événements, humilié d'avoir une nouvelle fois accordé ma confiance et de m'être fait avoir en beauté.

—Tu n'as pas intérêt à me servir un putain de « je te l'avais bien dit », craché-je avec véhémence.

Elle hausse les épaules, immunisée contre ma colère, et continue de me fixer d'un air impassible. J'ai besoin d'un bouc émissaire, alors je déverse ma colère sur elle.

— Tu as eu ce que tu voulais ? Tu es satisfaite ? Tu en as eu pour ton argent avec ton foutu détective ?

Elle lève les yeux au ciel, agacée par mon attaque.

— Si ça te fait plaisir de le penser…

Elle quitte son fauteuil, lisse sa jupe puis déboutonne les deux premiers boutons de son chemisier et caresse langoureusement la dentelle de son soutien-gorge. Je la suis des yeux avec appréhension. Serena et moi avons toujours eu la même technique : le sexe comme exutoire. Seulement, il me semblait avoir été clair avec elle.

— Qu'est-ce que tu fous ?

— Tu es furieux, dit-elle en faisant un pas.

— Et ?

— Tu dois évacuer toute cette colère, ce n'est pas bon de la garder en toi.

Un pas de plus.

— Et je connais le moyen parfait pour faire redescendre la pression.

Abasourdi, je la regarde se rapprocher sans la moindre gêne, les pupilles dilatées par le désir et l'envie.

— Je n'ai pas envie de baiser, articulé-je sèchement.

Elle ignore mon commentaire, se penche et fait glisser son string le long de ses jambes. D'un geste assuré, elle pose les mains sur mon torse et s'installe à califourchon sur mes cuisses. Elle se colle à moi et commence à onduler pour m'exciter. Je ferme les yeux, aspiré par la tentation de lâcher prise. Une échappatoire simple pour oublier la douleur et la rage qui m'habitent. Mais soudain, alors que mes mains se posent sur ses cuisses, le visage d'Aubrey m'apparaît très distinctement. Écœuré, je me lève d'un bond, repoussant Serena. Je soupire bruyamment. Bon sang, c'était moins une. Conscient que je ne maîtrise plus rien, j'appuie sur le bouton de mon téléphone fixe avec hargne et demande Ana d'annuler tous mes rendez-vous de l'après-midi. Serena arbore maintenant une expression furieuse, mais c'est le dernier de mes soucis.

— Je rentre, j'ai besoin d'être seul.

Puis, sans attendre, je quitte Good-up.

*Sept jours plus tard*

Ryan fait irruption chez moi. Enfin, plutôt dans le hall de mon immeuble, car j'ai bien précisé au service de sécurité ne vouloir aucune visite. Résultat, mon pote est en train de faire un esclandre en bas et le gardien, qui le connaît très bien, m'a appelé car il hésite à prévenir les flics. J'entends la voix chaleureuse de Ryan m'inonder d'insultes.

— Laissez-le monter, finis-je par abdiquer. Mais personne d'autre.

— Bien, monsieur.

Je raccroche et inspire profondément, prêt à recevoir le discours moralisateur de mon meilleur ami. Alors que l'ascenseur se met en branle, j'ouvre la porte d'entrée et retourne m'allonger sur le canapé. Ma place depuis ma rupture avec Aubrey.

Quelques secondes plus tard, Ryan fait son entrée avec sa nonchalance habituelle.

— Ravi de voir que tu ne te laisses pas crever de faim, dit-il en avisant les boîtes en carton vides et les baguettes chinoises sales.

— Qu'est-ce que tu veux, Ryan ? Je ne suis vraiment pas d'humeur.

Il s'installe dans le fauteuil club en cuir camel, les bras sur les accoudoirs et les pieds sur la table, tout sourire.

— Je t'en prie, mets-toi à l'aise.

— C'est exactement ce que je fais. Tu n'es pas censé bosser aujourd'hui ?

— Je bosse.

— En jogging, depuis ton canapé ? s'esclaffe-t-il.

— Pas besoin d'avoir un costard cravate pour répondre aux mails.

— T'as une sale gueule.

Je préfère ne pas réagir à sa provocation et retourne à la consultation de ma page Instagram car, évidemment, je ne suis pas en train de travailler. Je n'en ai ni le courage ni la force. En fait, je n'ai plus envie de rien. Je me sens vidé, lessivé. Voilà une semaine que l'odieuse vérité a éclaté, et Aubrey n'a même pas cherché à me contacter. Pas un mot, pas un signe, rien. Un putain de silence radio qui met mes nerfs à rude épreuve et que je suis incapable de gérer.

— Serena s'inquiète, dit-il d'un ton neutre.

Sa remarque est la dernière chose que je m'attendais à entendre et elle pique ma curiosité.

— Et depuis quand tu en as quelque chose à foutre des états d'âme de Serena ?

Mais au lieu de répondre, il attrape une boîte de nouilles sautées et renifle le contenu en grimaçant.

— Ça pue, mon pote.

Il disparaît dans la cuisine en râlant et revient avec un sac-poubelle dans lequel il entasse les cartons de bouffe chinoise.

— Je n'ai pas besoin d'une femme de ménage. Donc, Serena ?

Il continue son nettoyage en silence puis, lorsque l'état de propreté de la pièce semble lui convenir, il daigne me répondre.

— Est en train de péter un câble car elle se retrouve à devoir tout gérer toute seule pendant que tu te conduis comme une adolescente de seize ans qui s'est fait larguer.

La couche de rage et d'humiliation s'épaissit autour de mon cœur.

— Je ne me suis pas fait larguer.

Son rictus ne m'échappe pas, il ne fait d'ailleurs aucun effort pour le dissimuler.

— Si tu l'dis. Tu avoueras quand même que le résultat est sensiblement identique. Il te manque plus que le plaid rose, le pot de glace et une putain de comédie romantique et on aura le combo parfait.

Je sais que, malgré son sourire et son ton moqueur, il est venu pour me faire passer un message. Il n'a jamais fait dans la délicatesse et le fait qu'il ne m'ait pas encore balancé mes quatre vérités m'étonne.

— Sérieusement, qu'est-ce que tu es venu faire ici, Ryan ?

— M'assurer que tu es toujours vivant, dit-il en envoyant valser ses baskets et en s'avachissant de nouveau dans le fauteuil. C'est ce que font les amis, en général.

— Tu comptes rester longtemps ?

Il siffle longuement, ce qui ne fait qu'accentuer mon agacement.

— Ah ouais, quand même !

— Quoi quand même ?

— C'est à ce point-là ?

Je ferme les yeux trois secondes et expire pour m'enjoindre au calme.

— Je n'ai pas envie d'en parler maintenant.

— Comme tu veux.

Dans une manœuvre habile, il parvient à attraper la télécommande avec ses pieds et allume la télévision.

— Tu ne restes pas, dis-je en éteignant l'écran grâce à une application sur mon téléphone.

— Pourquoi ? Tu attends quelqu'un ? demande-t-il en balayant du regard mon salon désert. Je vais te dire un truc, mon pote, si c'est *toi* qui as merdé, c'est *toi* qui dois recoller les morceaux. Pas elle.

Je serre les poings. La dernière chose dont j'ai envie, c'est de me prendre la tête avec mon meilleur ami, même si j'avoue qu'il commence sérieusement à me taper sur les nerfs.

— Je n'ai pas merdé. Bon sang, c'est *elle* qui s'est foutue de ma gueule. Si Serena n'avait pas été là, je…

— Cette bonne vieille Serena, hein ? me coupe-t-il sur un ton plein de sarcasme en se levant.

— Qu'est-ce que tu insinues ? dis-je en m'énervant.

Seulement Ryan a visiblement décidé que la discussion à cœur ouvert était terminée car il enfile ses chaussures et se dirige vers l'entrée sans rien ajouter, me laissant ruminer ma colère.

# 20

*Aubrey*

*24 juillet 2018*

— Aubrey, tu ne vas pas rester là à te morfondre pendant des semaines ! Tu as une mine affreuse.

— Ça ne fait que huit jours.

— Huit jours que tu ne t'es pas lavée, dit Stan en reniflant mon odeur.

Je bougonne et me roule en boule sous mon plaid pour échapper à son jugement.

— Laisse-moi tranquille !

Il tire sur le plaid mais je reste planquée dessous, les doigts crispés sur la couverture polaire.

— Ce n'était pas la peine de venir, ça va passer.

— Harper et Tom s'inquiètent. Je suis en mission pour te remettre sur les rails.

— Jess aurait très bien pu te confirmer que j'étais toujours vivante.

— Tu n'as pas quitté ta chambre.

— Elle doit bien m'entendre pleurer.

Je sens les larmes couler silencieusement sur mes joues.

— Je te préviens, je vais manger ta glace, lâche Stan sur un ton de défi.

— Quoi ?

Je sors brusquement de ma cachette, le faisant sursauter.

— Oh ! Aubrey… Ne pleure pas, s'il te plaît.

— Je ne pleure pas, dis-je en essuyant rageusement mes joues du dos de la main.

Il penche la tête sur le côté et hausse ses sourcils dans une mimique plutôt comique.

— Tu transpires drôlement des joues alors… En même temps, il doit faire une chaleur à crever sous cette couverture de mamie. Un peu *too much* pour un 24 juillet, si tu veux mon avis !

Il s'allonge à côté de moi, les jambes en dehors du lit, et bat la mesure sur son torse.

— Je suis venu te faire une proposition. J'ai une solution qui te permettrait d'aller de l'avant.

— Rien ne pourra me consoler, Stan. Je veux juste rester dans mon lit et pleurer.

— Crois-moi ma jolie, tu n'as pas envie que Harper se pointe. Tu sais bien qu'elle n'excelle pas vraiment dans le rôle de l'amie compatissante. On a tiré au sort pour savoir qui viendrait te secouer et, par chance – tu remercieras le destin plus tard –, le hasard a voulu que ce soit moi.

— Tu veux dire que tu es de corvée, dis-je en ronchonnant.

— Y a un peu de ça, c'est vrai ! J'avoue que je préfère largement l'autre version d'Aubrey, celle qui sent bon !

Je lui donne une tape la cuisse et récupère mon pot de glace pour en engloutir une grosse cuillère.

— Je me lave, je te signale. C'est juste que je préfère rester en pyjama. Bon allez, explique-moi ton fameux plan pour me faire oublier toute cette histoire.

Il se redresse et, en appui sur ses coudes, balaye ma chambre des yeux.

— Qu'on aille lui casser la gueule me semble déjà être un bon début.

— Pardon ?

Stan hausse les épaules puis se lève et s'approche d'un cadre accroché au mur.

— Ce sont tes parents sur cette photo ? demande-t-il tout naturellement comme s'il ne venait pas de lâcher une bombe.

— Rassure-moi, tu plaisantes ? Tu ne comptes pas vraiment aller te battre avec Jace ? La violence n'a ja…

— Pourtant, il le mériterait bien !

Il bougonne avant de se réinstaller à côté de moi, me piquant au passage mon pot de glace.

— Eh, rends-moi ça !

J'essaie de le récupérer, mais il lui suffit de lever le bras pour le mettre hors de portée. Quelle injustice d'être petite ! Il enfourne à son tour une grosse cuillère dans sa bouche.

— Et si on lui intentait un procès ? Il t'a quand même volé ton projet et accessoirement certains de mes croquis. Ce n'est pas parce qu'il est célèbre que ça lui donne tous les droits. Mes dessins, c'est une chose, mais ton idée… Tu bossais dessus depuis des mois.

Un long silence s'installe entre nous tandis que je laisse la suggestion de Stan faire son chemin.

Nous passons les jours suivants à débattre mais, arrivés à la fin du mois, nous nous rendons à l'évidence : c'est notre parole contre la sienne. Jamais nous ne ferons le poids face à une armada d'avocats. Se lancer dans cette bataille juridique pour prouver que c'était mon projet serait du suicide, alors nous abandonnons – enfin j'abandonne – l'idée. Stan m'en veut de renoncer si vite et boude comme un gamin tout en terminant mon pot de glace (le dernier en stock). Le traître !

— Tu devrais te battre. Merde, Aubrey ! Alors, quoi ? Tu vas les laisser te le piquer comme ça, sans bouger le petit doigt ?

— Rien ne dit qu'ils auraient accepté de le financer.

— Et Storm US ?

— Quoi, Storm US ?

— Pourquoi tu ne les recontacterais pas ? Patty Asher t'avait dit de l'appeler si ton autre piste n'aboutissait pas, non ?

— C'est nouveau, ça ! dis-je, agacée. Je croyais que tu ne voulais rien avoir à faire avec eux.

— C'était le cas, mais vu la situation, j'ai changé d'avis.

Un silence s'installe et ni lui ni moi ne cherchons à le combler.

— Je vais rebondir, Stan, finis-je par murmurer. J'ai juste besoin d'un peu de temps.

Sans un mot, il m'ouvre ses bras et je me réfugie contre lui.

— Tu sais, dans mon dossier, il y a le nom de ta société, alors je veux que tu me promettes que si jamais un jour, par je ne sais quel miracle, Good-up te contacte pour un partenariat, tu accepteras.

— Aubrey, arr…

— Non ! Stan, s'il te plaît. Si cette histoire peut au moins bien se terminer pour l'un de nous deux, ce serait bête de ne pas en profiter.

Il me caresse le dos et je ferme les yeux pour retenir une nouvelle salve de larmes.

— D'accord, je vais y réfléchir.

*Une semaine plus tard*

Je fixe l'écran de mon téléphone, les yeux perdus dans le vague. La tentation est forte, le manque insoutenable. Et si je lui écrivais ? Juste un message pour prendre de ses nouvelles, savoir s'il est toujours en colère. Puis je me souviens de sa fureur et ma vue se brouille.

Déjà quinze jours sont passés depuis le jour où j'ai quitté Good-up et l'humiliation cuisante continue de me colorer les joues et de faire couler mes larmes. Le souvenir de notre dispute dans le bureau de Jace est toujours aussi frais, ses mots toujours aussi durs et violents. Stan a maintenu que je devrais me battre et le rappeler pour lui faire entendre raison, mais à quoi bon ? Jace ne m'a pas crue et rien ne changera ça. Il s'est fait son idée, préférant croire aux théories totalement tirées par les cheveux de Serena et me désignant comme coupable avant même de m'avoir laissé une chance de m'expliquer. Si j'avais su qu'une guerre ouverte faisait rage entre lui et Patty Asher, jamais je n'aurais contacté Storm US.

Je craque et commence à taper un message, mais je m'arrête en plein milieu, en proie aux doutes. Et s'il ne me répondait pas ? Je ferme les yeux et vois apparaître le sourire victorieux de Serena. Est-ce qu'ils ont recouché ensemble depuis mon départ ? Le cœur au bord des lèvres, je consulte Instagram à la recherche du moindre indice, mais Jace semble avoir déserté les réseaux sociaux. Serait-il possible qu'il soit aussi malheureux que moi ?

Alors que je reprends la rédaction de mon message, une douloureuse vérité me frappe : s'il avait eu envie de me contacter pour arranger les choses, il l'aurait fait. C'est tout de même lui qui m'a mise dehors et m'a ordonné de sortir de sa vie. Ai-je vraiment besoin de subir une nouvelle humiliation ? Les mains tremblantes, je décide alors de faire exactement ce qu'il m'a dit : je le bloque sur Instagram et fais de même avec son numéro de téléphone avant de le supprimer pour être sûre de ne pas craquer un soir de faiblesse, disparaissant ainsi définitivement de sa vie.

# 21

*Jace*

— Je t'ai attendu en bas de chez toi pendant une heure alors que tu es tranquillement ici, en train de manger ?

L'expression incrédule de Ryan a le mérite de m'arracher un sourire, chose assez rare ces derniers temps.

— Tu n'étais pas censé passer.

— Si, et tu le saurais si tu écoutais ton répondeur.

Le reproche est mérité. Je ne fais plus aucun effort pour avoir une vie sociale.

— C'est donc là que tu te caches tous les soirs depuis un mois et demi ? demande-t-il avec curiosité.

J'avale une bouchée de poulet au gingembre en ignorant sa question. Zang, le propriétaire des lieux et cuisinier de ce restaurant à emporter, continue de s'affairer devant les fourneaux, le téléphone vissé à l'oreille pour noter une commande.

— Il ne te parle même pas, ajoute-t-il, perplexe. Je vous observe de la rue depuis au moins dix minutes et tu n'as pas ouvert la bouche. Pas une seule fois. Je capte pas, c'est quoi, le délire ?

— Il n'y a pas de délire. Je suis là pour manger, pas pour raconter ma vie ou me faire psychanalyser.

Zang dépose une seconde boîte en carton fumante devant moi en levant le pouce. Je me penche, ravi de constater qu'il s'agit d'une portion de porc sauce aigre-douce.

— Vous avez développé une espèce de relation amicale ?

— Pas vraiment. Je me pointe, je mange, je paie et je repars.

Ryan observe le minuscule local et la cuisine sommaire remplie de caisses débordant d'ingrédients.

— Tu bouffes debout sur une pile de cartons ? Non, mais sérieux, qu'est-ce qu'il t'arrive ?

Un livreur entre dans le local et récupère une commande sans que nous comprenions un traître mot de ce qu'il dit. Puis, Zang remplit une nouvelle boîte de nouilles sautées qu'il tend cette fois-ci à mon ami. Malgré sa méfiance – Ryan n'a jamais été un grand amateur de nourriture asiatique –, il accepte poliment en le remerciant.

— Je ne sais même pas me servir de baguettes, lance-t-il à mon intention.

— Tu n'as qu'à utiliser tes doigts.

— Content de voir que tu as retrouvé ton sens de l'humour.

— À défaut de mon amour-propre.

— Et cynique en plus de ça. Merveilleux.

Je sens le poids de son regard, mais je continue de manger. Ryan a raison sur un point : c'est ici que je me planque tous les soirs, une fois que j'ai quitté Liberty Street. Ces derniers temps, je suis d'une humeur massacrante, je veux bien l'admettre. Je passe mes journées enfermé dans mon bureau, à m'assommer avec des chiffres et des réunions pour éviter de penser à Aubrey. Si les premiers jours ont été atroces, je place tout en haut de mon échelle de douleur la disparition de son compte Instagram. C'est comme si elle s'était volatilisée. Elle a disparu de ma vie et se résume désormais à un souvenir amer.

— Tu l'as appelée ?

Voilà exactement la raison pour laquelle je ne veux voir personne, et surtout pas Ryan. Il pose trop de questions auxquelles je n'ai pas envie de répondre. J'abandonne mes baguettes dans la boîte vide et m'essuie la bouche avec une serviette, puis je sors un billet de vingt dollars et salue Zang.

— À demain !

Je quitte le restaurant, Ryan sur les talons, sa boîte de nouilles à la main. Nous remontons la rue dans la fraîcheur du soir, laissant planer entre nous un silence pesant. Arrivé devant le hall de mon immeuble, je m'arrête pour faire face à mon ami.

— Écoute, Ryan, Zang ne me pose aucune question. Jamais. C'est pour ça que je squatte là-bas, ok ? Mon appart est vide et trop silencieux, mais je n'ai envie de voir personne. Vois le bon côté : je me nourris et je ne me laisse pas mourir, comme ça mon entourage n'a pas besoin de s'inquiéter. Je suis la même routine que des millions de New-Yorkais, je bosse, je…

— Tu devrais l'appeler.

Je regarde le défilé de taxis jaunes qui circulent et klaxonnent dans l'avenue grouillante, même à cette heure tardive.

— Je l'ai fait.

Mon aveu flotte entre nous pendant ce qui me semble une éternité.

— Je suis tombé sur un répondeur étrange.

— Et ?

— Et rien. Je ne pouvais pas laisser de message. Je n'ai pas cherché à m'humilier davantage en réitérant l'exploit, je morfle déjà suffisamment.

Je continue de fixer l'asphalte car la dernière chose dont j'ai envie, c'est de lire de la pitié dans les yeux de mon ami. Il se racle la gorge et je déglutis, redoutant ses paroles.

— Je suis seulement passé te prévenir que le gala de So what ? aura lieu dans quinze jours, le 28 août pour être précis.

— Ryan…

Il plonge son regard dans le mien, le visage tendu par une expression que je connais bien : la colère. Il y a un an, à l'âge de seize ans, sa petite sœur Emily a été diagnostiquée bipolaire et, pour soutenir mon ami et sa famille dans cette terrible épreuve, Good-up a parrainé une association qui vient en aide aux personnes atteintes de ce trouble. Ryan a tout lâché du jour au lendemain pour aider sa sœur, reléguant au second plan ses ambitions personnelles et parfois même sa vie. La culpabilité le ronge alors qu'il n'est en rien responsable du mal-être d'Emily.

— Emily compte sur toi, assène-t-il.

Il redresse le menton, me mettant au défi de refuser, et lorsque je finis par incliner la tête en signe d'accord, il tourne les talons sans rien ajouter.

# 22

*Aubrey*

*Début septembre*

Comment expliquer qu'un numéro inconnu fasse battre mon cœur à une vitesse aussi folle ?

La main sur la poignée de la porte d'entrée, je me fige. Et si Jace avait trouvé un moyen de me contacter ? Six semaines se sont écoulées depuis mon licenciement mais l'espoir est un sentiment tenace et irrationnel. Pourtant, ce n'est pas comme s'il m'avait envoyé des signaux encourageants. Du jour au lendemain, je suis sortie de sa vie sans même la possibilité de donner ma version des faits. En une fraction de seconde, je n'étais plus rien à ses yeux qu'une simple imposture. La méchante de l'histoire. Comment a-t-il pu tirer un trait aussi facilement sur notre histoire si je comptais vraiment pour lui ? A-t-il utilisé ses anciens talents d'acteur quand nous étions ensemble ?

Le corps tremblant, je retourne dans le salon et accepte l'appel en tentant de répondre d'une voix assurée. Hors de question qu'il s'imagine que je suis au trente-sixième dessous. Il me reste encore un peu de fierté. Malheureusement, le son de ma voix ne me convainc pas du tout.

— Mademoiselle Simpson ?

Mon ton peu assuré a dû laisser penser à mon interlocuteur qu'il avait fait une erreur de numéro. Aucun doute, cette voix grave et joviale n'a rien à voir avec celle de mon ex-amant. Inutile de préciser que la déception est immense, néanmoins je prends sur moi.

— Elle-même.

— Bonjour, M. Morisey à l'appareil, le directeur des ressources humaines du Wrigley[1]. J'aurais voulu m'entretenir avec vous au sujet d'un poste de chargé de communication qui vient de se libérer au sein de notre équipe.

Il me faut quelques secondes pour comprendre de quoi il s'agit.

— Oh…

— Vous semblez surprise.

— Si mes souvenirs sont bons, je vous ai envoyé une candidature spontanée il y a plus d'un an.

— En février 2017 pour être exact, vous aviez d'ailleurs dû recevoir une lettre de refus à l'époque.

— Tout à fait. « Merci de l'intérêt que vous portez au Wrigley, mais nous n'avons actuellement aucun poste ouvert au recrutement. Néanmoins, si la situation venait à évoluer, nous ne manquerions pas de revenir vers vous. »

Un léger rire de sa part fait écho à ma réponse.

— Vous avez une bonne mémoire.

— En réalité, toutes les entreprises formulent leur lettre de refus de la même façon.

— Dois-je comprendre que vous avez essuyé plusieurs réponses négatives ?

— Ce n'est pas facile de trouver un poste intéressant.

— Êtes-vous en poste actuellement ?

— Non. J'ai terminé une mission chez Good-up il y a un mois et demi.

— Qui consistait en quoi ?

— L'organisation de la soirée clients annuelle.

1. Célèbre stade de la ville de Chicago.

— Vous n'avez pas eu la possibilité d'intégrer l'entreprise définitivement ?

— Non, leur équipe était complète.

— Très bien, je dois vous avouer que cela m'arrange.

Je suis consciente de ne pas être tout à fait honnête. Seulement, je doute que m'épancher sur le marasme de ma vie privée fasse bon effet.

— Pourrions-nous nous rencontrer ?

— À Chicago ? dis-je, incrédule.

— Non, je suis à New York cette semaine.

La main sur la bouche pour éviter de laisser échapper une flopée de jurons, je ferme les yeux. Mon Dieu !

— Si vous êtes disponible demain, nous pourrions déjeuner ensemble. D'après votre CV, vous résidez à Brooklyn. J'ai justement un rendez-vous ce 4 septembre à Columbia Heights à 11 heures, donc nous pourrions nous retrouver au River Café. Disons, vers 13 heures ?

— 13 heures ? Oui, parfait, je devrais pouvoir me libérer.

— Très bien, je vous laisse m'envoyer une confirmation dans l'après-midi. Un SMS sera suffisant. Bonne journée, mademoiselle Simpson.

— Merci, à vous aussi.

Simple et efficace.

Le regard perdu dans le vague, il me faut vingt bonnes minutes pour réaliser que je viens de décrocher un entretien d'embauche pour bosser dans l'un des stades les plus prestigieux du pays, et qui se trouve à seulement trois heures de chez mes parents. Folle de joie, j'étouffe un cri dans les coussins du canapé.

*Deux jours plus tard*

J'entre au Brooke's bar pleine d'appréhension. La veille, mon entretien s'est très bien passé et, comme l'a laissé entendre M. Morisey, la balle est désormais dans mon camp. Qui aurait imaginé un tel revirement de situation ? Le Wrigley souhaite me recruter dans les plus brefs délais, à savoir sous une dizaine de jours, pour occuper le poste de chargée de communication du stade. Même dans mes rêves les plus fous, je n'aurais jamais imaginé obtenir un jour une telle occasion.

Derrière le bar, Harper me sourit, inconsciente de mes réflexions. Je lui fais un petit signe de la main avant d'apercevoir Stan, Jess et Arthur déjà installés à une table légèrement en retrait. Je leur ai proposé de venir boire un verre car je voulais leur annoncer de vive voix. Je n'ai aucune idée de comment ils vont accueillir la nouvelle, ni même si j'ai vraiment envie de les quitter.

# 23

*Jace*

Les jours passent, puis les semaines sont englouties par les mois. Octobre balaie septembre et New York devient glaciale, grise et triste, à l'image de mon humeur. Je me noie dans le boulot, m'obstinant à refuser tout contact. Je continue d'éviter Ryan et préfère me terrer dans mon bureau sous une montagne de paperasse qui d'habitude me fait horreur. Je ne sors plus, refuse systématiquement les invitations aux soirées et sur les plateaux télé et Zang est devenu mon nouveau meilleur ami. Pour avoir la paix, j'envoie même Serena à Detroit. Officiellement, elle règle un litige avec mon équipe juridique, officieusement, je profite de ce break pour respirer. Il y a une semaine, j'ai bien failli replonger et coucher avec elle.

Je me lève de mon fauteuil et observe la ville bruyante. Nous sommes le 17 octobre. Déjà trois mois. Aubrey me manque. C'est insensé qu'une personne puisse chambouler votre vie en si peu de temps. Les jours qui ont suivi notre rupture, je n'ai pas pu m'empêcher de consulter régulièrement mon portable et son profil Instagram, espérant qu'elle m'enverrait un signe. J'ai cru qu'elle serait aussi affectée que moi et qu'elle chercherait à me contacter. Mais elle a disparu d'Instagram deux semaines plus tard et a dû bloquer mon numéro car je n'ai pas réussi à la joindre ni à lui laisser un message. De toute façon, je ne sais pas ce que je lui aurais dit, mais entendre sa voix m'aurait apaisé.

Peu à peu, le temps a fait son œuvre et a fini par atténuer la douleur. Le manque, en revanche, persiste. Après de nombreuses nuits d'insomnie, j'ai enfin retrouvé le sommeil et les larmes d'Aubrey, ainsi que sa voix éraillée me demandant de lui faire confiance, ne me hantent plus.

Ana entre dans mon bureau, un parapheur à la main, et le dépose devant moi avec prudence. Même elle prend des pincettes pour me parler.

— Il faudrait signer ces documents aujourd'hui pour que je puisse les envoyer à Los Angeles.

— Je m'en occupe, dis-je calmement.

Elle m'observe, prudente. Il faut dire que, ces derniers jours, je n'ai vraiment pas été agréable, et ce, avec personne.

— Ne me regardez pas comme ça ! J'ai décidé de me reprendre en main.

— Merci, mon Dieu ! J'avais fini par désespérer. Si vous le voulez bien, je vous apporte vos messages du jour. Ryan a essayé de vous joindre six fois et a laissé autant de messages fleuris. Pour épargner mes oreilles chastes, il me les a épelés, mais j'ai compris le principal ! Il a aussi précisé que, s'il le fallait, il irait « foutre » le feu chez Zang. Ce sont ses termes.

— Promis, je vais le rappeler. Laissez-moi encore une petite heure de tranquillité, s'il vous plaît, je dois étudier un dossier.

Ana acquiesce et se dirige vers la porte.

— Bon retour parmi nous, monsieur.

— Merci de m'avoir supporté.

La porte se referme et je sors du tiroir l'épais dossier que Serena m'a donné le jour du départ d'Aubrey, celui qu'elle a essayé de nous voler. Plusieurs fois, elle m'a relancé pour savoir si j'avais eu le temps d'étudier son projet, mais j'ai sans cesse repoussé cette tâche, préférant m'abrutir de réunions. Je n'avais envie de rien et surtout pas de me lancer dans l'étude d'un projet qui nécessite toute mon attention. Ce dossier me rappelait trop Aubrey et sa trahison. Et même si Serena avait prédit qu'elle se mettrait en colère et qu'elle soutiendrait que les documents en question étaient les siens, j'éprouvais une étrange sensation de malaise. C'était inexplicable. Serena m'avait exposé sa théorie : Aubrey cherchait à se venger de cette histoire de bal de fin d'année où nous avions utilisé son thème Gatsby sans dire que le mérite lui revenait. J'ai trouvé ça ridicule, c'était de l'histoire ancienne. Pourtant Aubrey a semblé paniquer quand j'ai mentionné Storm US. Son discours est devenu décousu, et j'ai fini par douter de son honnêteté.

— Tu crois vraiment que c'est possible ? C'était il y a plus de dix ans, ai-je dit à Serena lorsqu'elle a débarqué dans mon bureau avec le détective. C'est un peu extrême comme vengeance, non ?

— Et comment expliques-tu qu'elle soit entrée dans ta vie comme ça, si ce n'est pour voler un de nos concepts ? Pourquoi ne pas avoir mentionné cet entretien avec Storm US ? Je te rappelle que c'est elle qui nous a envoyé sa candidature et qu'elle n'a même pas cru bon de préciser que nous nous connaissions.

Effectivement, quelque chose clochait. Aubrey a bien essayé de s'expliquer mais, trop aveuglé par la colère, j'ai été incapable de lui accorder le bénéfice du doute.

Je chasse ces souvenirs de mon esprit. Il est temps de passer à autre chose. J'ouvre le dossier et commence à lire la présentation. Tout y est détaillé de façon méthodique. J'y trouve un résumé expliquant le concept, une étude de faisabilité, une analyse de marché, des courbes de rentabilité, un rétroplanning, des idées de lieux avec la carte du pays ou le plan de la ville. Des suggestions de menus ont aussi été insérées avec quelques grands noms de chefs cuisiniers. Les pages suivantes mettent en avant des croquis, des lieux connus dans tous les États-Unis… et même en Europe. Pop-up restaurant. Bon sang, ce concept est absolument génial. Pourquoi n'y ai-je pas pensé avant ?

Comme par magie, le dossier éclipse tous mes soucis. Plus rien n'a d'importance, et je me sens embarqué, excité par l'attrait de la nouveauté. Je tourne les pages avec frénésie, réfléchissant déjà à toutes les options qui s'offrent à moi. Serena a pensé à tout, il y a même une partie consacrée à la tenue des serveurs pour laquelle elle a fait appel à un designer. Je n'en reviens pas du travail qu'elle a abattu. Il faut absolument que je l'appelle et que je m'excuse pour mon attitude odieuse des derniers mois. Sans attendre, je compose son numéro tout en observant un des croquis. La ligne élégante et épurée de la veste est à la fois originale et branchée. Une fine bande de couleur or orne le revers et a été astucieusement rappelée au niveau de la poche. Le créateur en a profité pour signer son travail à cet endroit. Je lis les initiales et me fige. SLCC. Je cligne plusieurs fois des yeux, mais les quatre lettres sont toujours là et me narguent. SLCC ? Les mains tremblantes, je tourne les pages à la recherche de la signification de cet acronyme qui m'est familier.

SLCC * : STANY LA CLASS CORPORATE.

C'est écrit noir sur blanc à la page 24. Comment est-ce possible ? Serena se serait associée à lui pour ce projet ?

— Allô… Allô ? Jace, c'est toi ? Tu m'entends ?

La voix de Serena me parvient alors que j'observe les dessins, médusé. J'essaie de me reprendre.

— Ouais, salut, dis-je dans un état second. Excuse-moi, je faisais autre chose en même temps. Comment se passent les négociations ?

— Bien, nous avons pu avancer sur les clauses 45b et 57c. Ce n'est déjà pas si mal, j'imagine.

— Très bien, très bien. Dis, j'ai été contacté par un designer. SLCC, ça te dit quelque chose ? C'est pour mettre en place un partenariat.

— Jamais entendu parler. Mais envoie-moi leurs coordonnées, je vais me renseigner.

J'inspire et me force à ne rien laisser paraître.

— Ok, merci.

Je raccroche mon téléphone avec humeur. J'ai envie de vomir. Comment ai-je pu être aussi con ? Je parcours une nouvelle fois le dossier à la recherche d'autres indices. Et cette fois, je les vois : tous ces petits détails, signes, éléments qui me prouvent que la rédactrice du projet est Aubrey, et non Serena. Immédiatement, j'essaie de la joindre, mais je tombe encore sur cette étrange messagerie. Et si elle avait changé de numéro ?

Je consulte ma montre. 16 heures. C'est jouable. Je laisse tout en plan sur mon bureau et me précipite vers l'ascenseur. Ana m'appelle, mais je l'ignore. Impatient, j'emprunte l'escalier et cours vers le vestiaire des employés du huitième étage. J'entre sans frapper et trouve la seule personne qui m'intéresse : Stan. Il est debout, un pied sur le banc, en train de nouer ses lacets.

— Salut, dis-je, essoufflé.

Il se redresse, surpris, et croise les bras sur sa poitrine.

— Qu'est-ce que je peux faire pour vous ? demande-t-il d'un air méfiant.

Son ton froid trahit son antipathie à mon égard, rien de surprenant lorsqu'on sait de quelle façon j'ai viré Aubrey. Je suis même étonné qu'il travaille encore pour moi.

— Aubrey, lâché-je en reprenant difficilement mon souffle.

— Quoi, Aubrey ?

— Elle a changé de numéro ?

Il hausse les épaules et enfile sa chemise.

— J'ai besoin de lui parler, c'est urgent.

— C'est un peu tard, si vous voulez mon avis.

— Putain, je n'ai pas le temps pour tes conneries.

Il me toise avec humeur.

— Elle n'a pas changé de numéro. Je suppose qu'elle vous a juste bloqué.

— Bloqué ?

— Oui, pour que vous ne puissiez plus la contacter.

— Où est-ce que je peux la trouver ? Je sais qu'elle a déménagé. Je suis passé chez elle, il y a un mois.

— Je sais, Jess me l'a dit. Vous pensez bien qu'on n'a rien dit à Aubrey. Si mes souvenirs sont bons, c'est vous qui l'avez virée comme une malpropre.

Je suis à deux doigts de lui envoyer mon poing dans la figure. Même si je sais que je mérite son petit sermon.

— Si elle n'a pas voulu vous donner sa nouvelle adresse, reprend-il, vous comprendrez que ce n'est pas moi qui vais le faire.

— SLCC. C'est bien toi ?

— Je ne vois pas le rapport.

— Oui ou non ?

Il me fixe un long moment, puis semble comprendre où je veux en venir.

— Oooh, alors ça y est ? Vous avez compris que vous vous étiez comporté comme le dernier des connards ?

— Dans d'autres circonstances, je t'aurais rappelé que je suis ton patron.

— Dans d'autres circonstances, je vous aurais foutu mon poing dans la gueule.

Nous sommes tous les deux très tendus. Je décide de calmer le jeu avant qu'on en arrive aux mains.

— Écoute, Stan, je dois lui parler, c'est important. Vraiment.

Il m'examine en silence puis met son blouson et passe sa sacoche en bandoulière.

— Dans la vie, il y a des conneries qu'on ne peut pas

réparer. Ce n'est pas contre vous, mais Aubrey mérite quelqu'un qui lui fasse confiance.

Puis il sort, me laissant seul au milieu du vestiaire désert. Abasourdi, je m'assois sur le banc. Mon téléphone se met à sonner et le prénom de Serena apparaît sur l'écran. Je refuse l'appel, incapable d'avoir une discussion avec elle avant d'avoir mis les choses au clair avec Aubrey.

Soudain, j'ai une idée : le Brooke's bar.

Il est à peine 18 heures lorsque je parcours du regard la salle à moitié vide. Aucune trace d'Aubrey. Avec la chance que j'ai, elle ne travaille pas ce soir. J'enlève ma casquette et m'approche du bar. Harper est à son poste et, connaissant son caractère volcanique, je ne suis pas certain d'être le bienvenu. Peu importe, il faut que je trouve Aubrey, j'ai besoin de réponses. Je m'installe au comptoir et attends patiemment qu'elle me remarque.

— Salut, qu'est-ce que je vous s…

La fin de sa phrase meurt dans un hoquet de surprise.

— Salut.

Elle me fusille du regard et s'approche avec méfiance. J'imagine que ce n'est pas si mal. Elle attrape le torchon sur son épaule et commence à essuyer des verres en m'ignorant.

— Tu n'es pas censée me servir ?

— Tu n'es pas censé être là.

Je me passe la main dans les cheveux tout en jetant un coup d'œil derrière mon épaule.

— Elle n'est pas là, lâche-t-elle sèchement.

— C'est son jour de repos ?

Elle stoppe son geste, pose le carré de tissu sur le comptoir et me regarde droit dans les yeux.

— Qu'est-ce que tu lui veux ?

— Je préférerais parler à Aubrey directement. Toi

et Stan commencez à me faire chier à me mettre des bâtons dans les roues.

Elle penche la tête, le visage fermé.

— Tu lui as fait beaucoup de mal.

Son ton cinglant me fait l'effet d'un coup de poignard. Je l'ai bien cherché, c'est mérité.

— Harper… je reconnais avoir été un vrai con, mais à ma décharge, comment aurais-je dû réagir ? Pourquoi Aubrey ne m'a pas parlé de cet entretien avec Storm US ?

— Tu aurais dû l'écouter, elle avait une bonne explication. Une très bonne même. Merde, Jace, j'avais cru comprendre, à tort a priori, que c'était sérieux, vous deux. Enfin, pour elle, ça l'était.

— Pour moi aussi !

— Drôle de façon de le lui montrer.

— Je sais.

Je ne cherche pas d'excuse, je n'en ai aucune de valable.

— C'est pour ça que je dois lui parler. Stan m'a dit qu'elle avait bloqué mon numéro alors…

— Alors tu t'es dit que tu la trouverais ici ?

— Exactement.

— Sauf qu'Aubrey ne bosse plus ici depuis quatre semaines.

Je me redresse, étonné.

— Quoi ?

Elle hausse les épaules et fait signe à un client qu'elle arrive.

— Une occasion s'est présentée et, comme ce n'était pas la grande forme, on lui a dit de foncer.

— Elle est toujours à New York ? demandé-je, inquiet.

Le regard triste de Harper n'augure rien de bon.

— Elle avait besoin de passer à autre chose alors, quand le Wrigley lui a proposé un poste, Stan, Jess et moi lui avons conseillé d'y réfléchir. Elle a déménagé le 15 septembre.

— Tu plaisantes ? Tu es en train de me dire qu'Aubrey vit à Chicago ?

Qu'est-ce que c'est que ce putain de bordel ? Aubrey n'habite plus ici ?

— Assieds-toi, on dirait que tu as vu un fantôme. Tiens, avale ça ! Cadeau de la maison.

Elle me serre un shot de tequila. J'accepte, bois le verre cul sec et laisse la brûlure de l'alcool me calmer.

— Rassure-moi, elle n'a rencontré personne ?

Harper tente de retenir un petit sourire.

— Franchement, j'aimerais te dire qu'elle a rencontré quelqu'un, rien que pour te faire chier, mais Aubrey est une sentimentale.

Sans réfléchir, j'appelle Ana pour qu'elle me réserve un billet sur le prochain vol pour Chicago. Une fois que c'est fait, je me lève et remercie Harper. Au moment où je passe la porte du bar, je l'entends crier :

— Va la récupérer, Jace, et ramène-la-moi. Elle me manque à moi aussi.

# 24

*Aubrey*

*Chicago,*
*Dix jours plus tard*

Loin des yeux, loin du cœur, non ? Chicago ne doit pas être assez loin de New York alors, me dis-je amèrement.

J'ai déménagé il y a cinq semaines, bientôt six. Jess, Arthur, Stan et Harper me manquent. Mais le plus important : Jace me manque. C'est inconcevable, surtout après la manière dont il m'a traitée. Je dois avoir des tendances masochistes. Si seulement tirer un trait sur les personnes qu'on a aimées – ou qu'on aime – était aussi simple que le prétend l'un des derniers numéros de *Vogue*. Selon la journaliste, ce processus comprend cinq étapes obligatoires.

*La tristesse.*
*La colère.*
*Le sevrage.*
*L'acceptation.*
*L'envie.*

Si les deux premières phases sont venues naturellement, les trois suivantes me semblent encore inenvisageables. Je suis même à des années-lumière d'accepter quoi que ce soit.

Amis loufoques, crèmes glacées aux pépites de

chocolat, soirées branchées et beaux mecs célibataires : d'après cet article, ce sont les ingrédients essentiels pour se remettre d'une rupture. Je dois être l'exception qui confirme la règle, alors, ou je suis un cas désespéré. Pourtant, j'ai mis toutes les chances de mon côté. Jess s'est occupée des crèmes glacées, et Harper et Stan des soirées branchées. Mon congélateur a pris des allures de magasin Häagen-Dazs, mais la seule chose que j'ai gagnée après avoir ingurgité six pots de *chocolate fudge brownies* a été une crise de foie monumentale. J'ai alors laissé tomber ces thérapies inefficaces et j'ai décidé de m'en tenir à la bonne vieille méthode : une grosse déprime. J'ai squatté le canapé en pyjama, avec pour seule compagnie ma couette, jusqu'au jour où le Wrigley Field m'a contactée. Je ne me souvenais même pas avoir postulé à un poste de chargé de communication. C'était le remède parfait. Là où mes amis ont vu le signe d'un prétendu karma, j'y ai vu l'occasion de disparaître.

Partir, repartir de zéro, loin de tout, loin de lui, est devenu ma priorité, et surtout ma seule porte de sortie. J'avais besoin de tourner la page et de me donner une nouvelle chance. Bien sûr, je ne pouvais pas ignorer l'ironie de la situation : j'allais bosser pour les Cubs, l'équipe de base-ball préférée de Jace, mais j'ai décidé de ne pas m'arrêter à ça, après tout il n'était qu'un supporter parmi tant d'autres. C'est comme ça que j'ai quitté New York le 15 septembre, presque du jour au lendemain.

Mon nouvel employeur m'a facilité la tâche en mettant à ma disposition un appartement et en s'occupant des démarches administratives. Quitter mes amis a été très difficile et nous n'avons pas échappé aux au revoir larmoyants, mais j'avais besoin de m'éloigner de New York. Surtout depuis que j'avais vu Jace en couverture d'un magazine en compagnie de Serena. Le petit sourire victorieux qu'elle affichait avait suffi à me faire vomir. Ils couchaient ensemble, j'en étais persuadée. « Oublier » est donc devenu mon seul mot d'ordre et quitter New York m'a semblé être le meilleur moyen. Stan a été le moins emballé par mon déménagement mais il a fini par comprendre que c'était le mieux pour moi.

Le trajet pour rejoindre le stade de Chicago est agréable et rapide. Le bus longe le lac Michigan et, comme tous les jours, je me perds dans la contemplation de cette magnifique étendue d'eau. Ce vaste écrin bleu n'a rien à envier à la mer. L'un des intendants du stade, originaire de la région, m'a parlé de la multitude de petites îles qui se trouvent au large. Je pourrais peut-être aller les découvrir au printemps.

Je descends au club house de Waveland Park pour finir le trajet à pied. Marcher a toujours été un plaisir et l'air marin est des plus agréable. L'ambiance si particulière de cette ville m'a d'ailleurs étonnée. Avec ses trente-trois plages, Chicago se ferait presque passer pour une énorme station balnéaire !

Les abords du stade, d'ordinaire si calmes les lendemains de match, grouillent de monde. Perplexe, je regarde les différents groupes, me demandant ce qu'ils peuvent bien attendre. Un peu inquiète à l'idée d'avoir oublié un événement ou une manifestation, je consulte rapidement mon agenda. Rien de particulier ce jeudi 26 octobre, à part la barbante réunion de débriefing d'après match. Pourtant, la centaine de personnes semble être là pour une raison précise. Je me faufile entre les petits groupes et constate que, pour la plupart, ils n'ont rien à voir avec les Ballhawks, les célèbres supporters des Cubs. Pas de maillots, pas de casquettes, pas de bières, ni de gants géants. Étrange. Arrivée devant les grilles, je fais signe au gardien qui se dépêche de me faire entrer dans un brouhaha de protestations.

— Salut, Trent, qu'est-ce qui se passe ? C'est quoi, tout ce monde ?

— Aucune idée, mademoiselle Simpson. On m'a

juste dit de ne faire entrer personne. Moi, vous savez, je fais ce qu'on me dit.

Je signe le registre, récupère mon courrier en grimaçant, car je n'ai pas fini de trier celui d'hier, puis je pénètre dans l'enceinte du stade.

Dans le hall, là où il ne devrait pas y avoir un chat, règne une drôle d'effervescence. Des personnes se hèlent, d'autres courent dans tous les sens, zigzaguant entre des montagnes de chaises et de tables, les bras chargés de caisses. Je manque de me faire renverser par un type, qui s'excuse mais continue de courir, le téléphone à l'oreille, aboyant des ordres à une dizaine de jeunes femmes occupées à essuyer des verres. De plus en plus intriguée, j'emprunte l'escalator en observant ce curieux manège. Au fond du hall, près d'une des entrées donnant accès au terrain, des types font de grands gestes. Ils tiennent des plans dans leurs mains et étudient la pelouse. Alors que je marche vers mon bureau sans quitter des yeux cette étrange agitation, Richard Artemis, le directeur technique du stade, m'interpelle depuis le rez-de-chaussée. Je me penche par-dessus la balustrade et il me fait signe de l'attendre. Je m'exécute car, même si j'ai une réunion dans dix minutes et qu'il n'est pas mon responsable direct, c'est la personne la plus importante ici. Rien ne se passe sans qu'il ait donné son accord. Il doit forcément être au courant de quelque chose.

— Bonjour, Aubrey. Vous vous êtes remise du match ? Quelle victoire… Cette série éliminatoire nous aura donné du fil à retordre ! Le staff doit souffler à l'heure qu'il est.

— Bonjour, Richard. Oui, belle victoire ! C'est moi ou il y a nettement plus de monde que d'habitude aujourd'hui ? J'ai de plus en plus peur d'avoir supprimé de mon agenda un événement ultra-important et, un peu plus d'un mois après mon arrivée, ça ferait désordre.

— Pas du tout, dit-il en souriant. Allons dans votre bureau, je vais vous expliquer les grandes lignes.

Il me fait signe de passer devant lui, ne me laissant pas la possibilité de refuser.

— Très bien, mais j'ai une réunion dans dix minutes…

— Je n'en ai pas pour longtemps.

Le petit air mystérieux qu'il arbore attise ma curiosité. Je ferme la porte derrière lui, pose mon courrier à côté de la pile de la veille, puis m'appuie contre le bureau, les bras croisés.

— Pourquoi tant de mystère, Richard ? Que se passe-t-il au juste ? J'ai déjà demandé à Trent, et il n'a rien su me dire.

— Le stade a été privatisé pour une soirée qui aura lieu demain.

— Très bien. De quelle entreprise s'agit-il ?

— Je ne peux pas vous révéler cette information.

Je lui fais les gros yeux.

— C'est confidentiel.

— Pardon ?

— Ça ne vous concerne pas.

— Vous vous foutez de moi ?

Richard a beau être un membre du comité de direction et avoir cinquante ans, il est inutile de prendre des pincettes avec lui. C'est le genre de personne à parler et à réfléchir après, alors je ne m'offusque plus de ses commentaires maladroits. Depuis mon embauche, nous nous sommes souvent accrochés, mais je le soupçonne d'apprécier nos prises de bec.

— Richard, je suis votre chargée de com. C'est mon boulot d'être au courant de ce genre de choses.

— Écoutez, mon p'tit…

— Je ne suis pas votre petit. Dites-moi ce que signifie ce bazar.

Pour me calmer, je contourne mon bureau et m'installe dans l'énorme fauteuil.

— Ce bazar ?

— Oui, tous ces gens qui courent partout pour je ne sais quelle raison.

— Tout ce que vous avez besoin de savoir, c'est que le Wrigley a donné son autorisation pour l'organisation d'un événement un peu particulier.

Richard se tait, pensant certainement que cette explication va me suffire.

— Et donc…, dis-je pour l'encourager à développer.

— Et donc, rien. Le client a réservé le stade pour une soirée privée et a expressément demandé à garder son anonymat.

— Richard, je perds patience… Vous savez que me coucher tard ne me réussit pas très bien, alors on va essayer de trouver une solution calmement.

— Aubrey, vous savez ce que veut dire le mot « confidentiel » ? Pour vous la faire courte, le principe de…

— Je crois surtout que vous pensez pouvoir faire mon boulot à ma place. Vous allez donc appeler ce type et lui dire que je veux lui parler. Donnez-lui mon adresse mail ou mon numéro de téléphone, peu importe, mais je veux avoir passé en revue tous les aspects de cette soirée avec lui d'ici deux heures maximum.

— Vous ne pouvez pas me faire confiance ?

— Ce n'est pas une question de confiance, je fais mon boulot et vous savez très bien que si cette soirée dégénère, c'est moi qui serai en première ligne pour sauver les fesses du Wrigley. Alors appelez ce type !

Nous nous affrontons du regard en silence avant qu'il finisse par accéder à ma requête. Je me garde bien de sourire, mais dans ma tête j'exulte. Je ne m'offusque pas lorsque Richard sort en claquant la porte, ces rapports de force entre nous sont monnaie courante. Je ferme les yeux et m'autorise enfin à respirer, satisfaite d'avoir remporté la bataille. Mon collègue aura ma peau, surtout un lendemain de match !

L'après-midi passe à une vitesse folle. Le téléphone vissé à l'oreille, j'observe toujours avec le même étonnement l'agitation qui règne au premier niveau. Les deux heures que j'ai octroyées à Richard sont écoulées depuis bien longtemps et je ne connais toujours pas l'identité du mystérieux commanditaire. Alors que j'essaie de me concentrer sur la conversation avec mon homologue de Seattle, je le vois passer devant mon bureau et frappe avec vigueur sur la vitre pour attirer son attention. Il relève la tête et je lui fais signe que j'attends toujours, en désignant ma montre, mais il poursuit son chemin comme si de rien n'était.

À peine dix minutes plus tard, alors que je cherche un renseignement dans un dossier, la tête dans une armoire, il frappe et entre. J'abrège ma conversation téléphonique, raccroche et me tourne vers lui, mon masque de chargée de communication agacée bien en place.

— Franchement, Richard, toute cette histoire me so…

Mon téléphone s'écrase au sol et ma voix se meurt en découvrant la personne qui est entrée dans mon bureau. Ce n'est pas Richard. C'est Jace. La main sur le cœur, je recule, stupéfaite. Un frisson parcourt mon échine et je cligne plusieurs fois des yeux, croyant rêver. Décidément, les lendemains de match ne me réussissent vraiment pas.

Je reste figée pendant de longues secondes, et lorsque je reviens à la réalité, Jace est toujours là en train de m'observer. Les mains derrière le dos, je me pince discrètement la peau. Une vive douleur me fait grimacer. Pourtant je suis toujours dans cet étrange monde parallèle. Mon portable sonne et rompt le charme de ces retrouvailles gênantes. Je me baisse pour le ramasser et constate que la vitre est cassée. Génial. Il ne m'en faut pas plus pour démarrer au quart de tour.

— Qu'est-ce que tu fais là ?

Il s'avance avec prudence, mais je recule. J'en profite

pour le détailler. Son visage d'ordinaire si détendu a l'air fatigué, ses yeux sont cernés et, même s'il n'a rien perdu de son charisme, il semble nerveux.

— Richard Artemis…

— Quoi, Richard ? Qu'est-ce que Richard Artemis vient foutre dans cette histoire ?

Je suis perdue, incapable de savoir comment réagir. Ma voix sèche trahit ma douleur, pourtant mon cœur, lui, se gonfle d'espoir. Une part de moi aimerait rester fière et arrogante alors que l'autre n'aspire qu'à une seule chose : lui sauter au cou… et le gifler aussi. Mais ma raison reprend le dessus et s'empresse de barricader mon cœur. J'adopte une attitude distante et neutre. Devant mon trouble évident, il esquisse un sourire.

— Il m'a dit que je devais venir te voir car tu voulais connaître le déroulé de la soirée. Je t'aurais bien appelée mais, aux dernières nouvelles, tu m'as bloqué. Je n'avais plus aucun moyen de te joindre, alors je me suis déplacé. Je voulais te parler.

— Me parler ? Et pour quelles raisons ? Parce que, *aux dernières nouvelles*, tu ne voulais plus rien avoir à faire avec moi.

Un silence lourd de reproches s'installe.

— Merde, Jace… Tu te pointes comme une fleur des mois après m'avoir virée sans me laisser la moindre chance… Je croyais que…

Je ferme les yeux, envahie par l'émotion.

—Tu croyais quoi ?

Je le dévisage, prenant conscience de l'énorme gâchis de notre relation.

— Que tu étais… amoureux, murmuré-je.

Ma voix se brise légèrement sur le dernier mot. Je redresse la tête alors qu'une maudite larme s'échappe. Jace fait un pas vers moi mais je l'arrête en essuyant rageusement ma joue.

— Reste là où tu es ! Je n'ai pas besoin de toi, et encore moins de ta pitié.

Il semble hésiter sur l'attitude à adopter.

— Aubrey, laisse-moi t'expliquer.

J'inspire profondément et décide de ramener la conversation sur un plan plus professionnel.

— Donc tu es l'organisateur anonyme de cette fameuse soirée ?

— Je suis en train de virer Serena.

— Je n'en ai plus rien à faire, je veux savoir pourquoi tu es venu à Chicago !

— Le projet Pop-up restaurant, précise-t-il. Je l'ai lu et il est génial, vraiment.

— Tais-toi !

— Il est innovant et précurseur, il répond à toutes mes attentes et le plus important : il est gage de nouveauté et d'un renouvellement perpétuel.

— Tu es sourd ? Je t'ai dit d'arrêter.

Mais Jace continue sans prêter attention à mes paroles.

— Les possibilités de lieux sont infinies. Aucun risque de lassitude pour les clients. C'est sûr que la logistique sera conséquente, mais Good-up a les capacités financières, et surtout humaines, pour mettre en place un projet de cette envergure.

Je change de tactique et choisis d'adopter l'ironie.

— Pourquoi virer Serena dans ce cas-là ? Elle va t'être indispensable.

Il me dévisage. Je l'observe avec un air que j'espère provocant.

— Aubrey… Je sais que c'est ton idée, je l'ai compris en lisant ton dossier. D'ailleurs, je t'ai apporté un contrat afin que ton nom soit associé au projet. Je voudrais que tu le lises et que tu le signes. Prends ton temps si tu veux le faire vérifier par un avocat d'abord.

Puis, il se lance dans un long monologue et me dit tout ce que j'aurais rêvé d'entendre il y a trois mois.

Il fait les cent pas en se passant rageusement la main dans les cheveux sans s'arrêter de parler, de s'excuser, de s'expliquer. Trop absorbée par ses paroles, je baisse la garde et le laisse m'approcher. Lorsque son souffle me frôle, je sursaute en prenant conscience de notre dangereuse proximité. Il plonge son regard dans le mien, mais je suis incapable de le soutenir, alors je baisse les yeux. La fuite me paraît être la meilleure solution. J'observe nos pieds et compte jusqu'à trente. Je rappelle mes émotions à l'ordre, les enferme dans mon cœur que je verrouille à double tour et lorsque je suis certaine d'être redevenue cette femme froide et distante – la seule que Jace mérite – je prends la parole d'une voix détachée.

— Comment as-tu su où je travaillais ?

La colère doit être le seul sentiment qui m'anime. Je me ferme et ignore l'étincelle de regret qui assombrit ses prunelles.

— Harper, répond-il calmement.

— Évidemment.

Je soupire. Elle va passer un sale quart d'heure.

— Tu ne dois pas lui en vouloir. Je suis allé au bar pour te parler, pour te demander pardon pour l'énorme connerie que j'avais commise, mais tu n'étais pas là. Elle a dû penser que j'étais sincère.

— Ou alors elle est trop naïve.

— Si ça peut te rassurer, Stan m'avait envoyé chier juste avant. Aubrey, tu sais ce qu'elle m'a dit ?

Je détourne le regard.

— Regarde-moi, s'il te plaît, me supplie-t-il.

Je ferme les yeux en entendant la douceur de sa voix et incendie silencieusement mon cœur qui s'emballe.

— Elle m'a demandé de venir te chercher. Tu lui manques, et à Stan aussi.

— Ils me manquent aussi, dis-je, la voix tremblante.

— Aubrey, tu me manques.

Comme je ne réponds pas, il s'éloigne et s'installe sur le canapé. Les avant-bras posés sur les genoux, il fixe le sol. Si mon silence semble l'anéantir, moi, c'est sa distance soudaine qui m'asphyxie.

Comment expliquer que je réagisse de façon si contradictoire ? J'ai tellement envie de me réfugier dans ses bras, de lui dire que je l'aime, mais… c'est trop facile. Je refuse de céder. Je dois me montrer forte. Il me faut quelques secondes pour calmer les battements erratiques de mon cœur.

— C'est trop tard, Jace.

Mon aveu le désarçonne. Il redresse la tête et je lis dans ses yeux une infinie tristesse, aussitôt balayée par une détermination sans faille. Il se lève et s'avance vers moi d'un pas sûr. Je reste immobile, incapable du moindre mouvement. Cette fois, il me touche. Au début, ce sont seulement ses doigts qui viennent caresser ma joue avec douceur. La sensation est tellement réconfortante que je m'autorise à fermer les yeux. Encouragé par ma réaction, son index glisse alors le long de ma mâchoire et dessine le contour de mes lèvres avec la légèreté d'une plume. Je frissonne au contact de la pulpe de son doigt, anticipant le moment où il va essayer de m'embrasser. Il se penche lentement, mais s'arrête à quelques millimètres.

— Il n'est jamais trop tard Aubrey, murmure-t-il. Jamais. Tu peux faire croire à qui tu veux que nous deux, c'est fini, tu peux faire semblant de garder le contrôle, mais je sais, je suis même persuadé qu'au fond de ton cœur, une petite voix te supplie de me laisser une chance. Alors prépare-toi, car ce n'est pour l'instant qu'un simple murmure mais il va grandir jusqu'à devenir une évidence. Je sais que j'ai été le dernier des abrutis, que je t'ai fait du mal. Je sais aussi que je me suis royalement planté en faisant confiance à Serena, mais je vais me battre comme un fou pour que tu me pardonnes. Je sais que tu n'es pas encore prête, mais ce n'est pas grave, j'attendrai. Ouvre les yeux, Aubrey, je veux que tu me regardes.

Envoutée par le timbre rauque de sa voix, j'obéis sans la moindre résistance.

— Tu vois, là, je meurs d'envie de t'embrasser, mais je ne vais pas le faire parce que ce n'est pas encore le bon moment.

Il rompt le charme en reculant d'un pas.

— Je vais te laisser réfléchir à tout ça, Aubrey. Prends ton temps. Mais sois sûre d'une chose : je suis venu te chercher.

# 25

*Jace*

*Trois mois plus tard*

Les applaudissements retentissent alors que je fais mon entrée sur le plateau surchauffé du Today Show, la matinale la plus suivie du pays. D'une démarche assurée, je rejoins Megyn Kelly, la présentatrice, et la salue chaleureusement avant de me tourner vers le public en souriant. Elle me complimente sur ma tenue, ce qui n'échappera pas à Stan, et m'invite à m'asseoir dans le fauteuil en cuir, face aux caméras. J'entre dans son jeu et lui fais un clin d'œil, conscient d'être là pour séduire, entre autres choses. J'adopte une posture décontractée et attends que le public se calme. Megyn rit et m'adresse un sourire de connivence. Que le spectacle commence !

— Jace, comme vous pouvez le constater notre public est essentiellement féminin aujourd'hui ! Surpris ?

Les clameurs redoublent pendant quelques secondes avant que Megyn continue son manège.

— Mon petit doigt me dit que certaines espèrent vous passer la corde au cou…

Sa remarque déclenche une salve de réactions. Elle rappelle l'assistance à l'ordre en s'éventant.

— Mesdames, mesdames, on se calme !

Puis, elle ajoute à mon intention :

— Alors, le plus beau parti des États-Unis est-il un cœur à prendre ?

Sa question déchaîne à nouveau les cris et les sifflements dans la salle. Ma vie privée a toujours été un sujet passionnant pour les journalistes et je savais parfaitement à quels risques je m'exposais en acceptant ce type d'invitation. « Un cœur à prendre » ? Non, me dis-je, catégorique, par contre, un cœur brisé, sans nul doute. Je choisis de répondre sur le ton de l'humour, peu enclin à me confier.

— Toujours pas marié, si c'est ce que vous voulez savoir !

— Vous jouez sur les mots, Jace.

— Les femmes aiment les hommes mystérieux. C'est un fait avéré.

L'échange dure quelques secondes et a pour but de détendre l'atmosphère et de me mettre à l'aise. Le direct n'est jamais un exercice facile et même si j'ai été briefé par mon équipe de com, je ne suis pas à l'abri de dire une connerie. Je décide donc d'orienter l'interview sur des questions plus professionnelles.

— Megyn, je ne pense pas que vous m'ayez fait venir uniquement pour parler de ma vie privée.

Elle feint d'être outrée par ma remarque.

— Si ça ne tenait qu'à moi, bien sûr que si. La question m'intéresse comme la moitié du pays ! Mais vous avez raison, revenons-en à notre sujet.

Je bois une gorgée d'eau pendant qu'elle s'adresse à la caméra.

— Mesdames et messieurs, bonjour, nous sommes le mardi 26 janvier et nous sommes en direct. Aujourd'hui, j'ai l'immense privilège de recevoir Jace Adam avec qui nous allons partager les vingt prochaines minutes.

Les studios lancent le jingle. Ce genre d'émissions télé respecte une dynamique bien rodée.

— Jace, vous vous êtes fait plutôt discret ces dernières

semaines. La rumeur court que vous avez remanié votre équipe et que M^lle^ Parker aurait été évincée. La question est sur toutes les lèvres : avez-vous rompu ?

Elle ne va pas me faciliter la tâche, malheureusement, c'est le jeu. Je décide de rebondir sur son entrée en matière.

— Discret ? J'ai pourtant la sensation d'avoir très peu dormi ces derniers temps et d'avoir enchaîné interview sur interview.

Depuis le lancement des Pop-up restaurants, c'est la course à la communication. Les investisseurs se bousculent aux portes de Good-up et nous avons même dû recruter une équipe de dix personnes dédiée uniquement à ce projet. Lorsque je dis « nous », je parle de Ryan, à qui j'ai demandé un coup de main, et moi. Exit Serena, Megyn a raison sur ce point, même si nous avons tout fait pour ne pas ébruiter la nouvelle. Je n'ai pas pour habitude de laver mon linge sale en public et convier les journalistes à la fête aurait été d'un sordide mauvais goût. Digérer les manigances de mon amie a déjà été suffisamment difficile sans que les journaux en fassent en plus leurs choux gras.

Quand j'ai compris que Serena m'avait menti, je lui ai dit de sortir de ma vie, dans des termes nettement moins agréables. Contre toute attente, un duo improbable est né de ce chaos : Ryan et Serena. Je lui avais demandé d'assister à notre entretien car je n'étais pas certain de pouvoir garder mon sang-froid. J'ai eu raison, la fureur me consumait et je n'ai pas été tendre dans mes propos. Pendant que je crachais ses quatre vérités à Serena, il s'est interposé entre nous, m'enjoignant à plus de retenue, ce qui nous a presque valu d'en venir aux mains. Serena, elle, se confondait en excuses, mais rien ne pouvait effacer le mal qu'elle avait fait. Elle m'avait menti. Sciemment. C'était douloureux et impardonnable. À cause d'elle, j'avais perdu la femme que j'aimais et même si elle n'était pas la seule à blâmer, elle m'avait manipulé. Hors de question qu'elle remette les pieds chez Good-up.

Les jours qui ont suivi la découverte de sa trahison, j'ai tout mis en œuvre pour récupérer Aubrey, allant même jusqu'à me rendre à Chicago plusieurs fois. À ce moment-là, je pensais avoir encore une chance de tout arranger. Quel idiot ! La revoir fin octobre a été une épreuve, mais ce n'était rien comparé à la souffrance de rentrer à New York sans elle. Évidemment, je n'avais pas la prétention de croire qu'elle me pardonnerait si vite, mais j'avais au moins espéré qu'elle participerait à l'inauguration du premier Pop-up. Mon service juridique a même rédigé un contrat afin qu'elle soit partie prenante du projet. Contre l'avis de mon avocat, j'ai fait intégrer une clause sur sa participation aux bénéfices. Seulement, Aubrey a refusé de signer. Elle était trop blessée pour me laisser l'approcher. Je n'avais pas réussi à atteindre son cœur, même si, j'en étais convaincu, la petite étincelle au fond de ses yeux n'était pas totalement morte.

Ces derniers jours, rester calme est devenu difficile. Même si Stan et Harper me conseillent d'être patient, j'ai de plus en plus de mal à les écouter et à garder espoir. Après ma prise de conscience tardive, j'ai eu une explication musclée avec Stan, mais nous avons réussi à aplanir nos différents. Nous sommes même en passe de devenir amis. J'ai trouvé en lui et Harper des oreilles attentives qui ont entendu mes explications et, surtout, accepté mes excuses. Je n'ai pas reparlé à Aubrey depuis trois mois, mais je suis de façon assidue les actualités sportives, à la recherche du moindre communiqué de presse qu'elle aurait pu rédiger pour son nouvel employeur. J'ai l'illusion naïve d'avoir gardé un lien avec elle, même si je suis toujours *persona non grata* dans sa vie. Impossible de la joindre sur son téléphone ou via les réseaux sociaux. Pas plus tard qu'avant-hier, Stan m'a montré une photo d'elle, entourée de ses nouveaux collègues, et a dû me retenir de ne pas sauter dans un avion pour aller casser la gueule du type qui se tenait, à mon goût, un peu trop près d'elle.

— Un simple collègue, je t'assure. Aubrey est célibataire.

— Pourquoi il la colle comme ça alors ?

— Putain, tu fais chier, Jace. Je t'ai montré cette photo pour te prouver qu'Aubrey va bien, pas dans le but de te faire péter un plomb.

Il avait raison, mais savoir qu'elle continuait sa vie sans moi me rendait fou.

— Elle se reconstruit, tu ne peux pas lui en vouloir. Tu dois lui laisser du temps.

— Est-ce qu'elle te parle de moi ?

Il a grimacé et je me suis senti pitoyable. Mon ego morflait, mais ce n'était rien comparé à mon cœur. Vivre avec des regrets était la pire des choses.

— Il va falloir te battre. Fais preuve d'originalité !

J'ai passé la nuit à réfléchir, et par extension Stan aussi, ce qui m'a permis de découvrir que le manque de sommeil ne lui réussissait vraiment pas. Sa mauvaise humeur n'a cependant pas réussi à me décourager et lorsque 7 heures ont sonné, j'ai décidé que c'était une heure honnête pour mettre mon plan à exécution. Aubrey ne m'avait pas pris au sérieux à Chicago lorsque je lui avais dit que j'étais venu la chercher. J'allais lui prouver que je ne mentais pas. Stan, quant à lui, a claqué la porte de mon appartement après avoir écouté mon idée. Il a joué la diva, claironnant que mon plan était irréalisable. Ça ne l'était pas, et il le verrait. Harper, en revanche, m'a tout de suite soutenu.

Je chasse mes pensées et reporte mon attention sur la présentatrice.

— Jace, merci d'avoir accepté notre invitation. Je sais que vous êtes très sollicité en ce moment. Votre nouveau concept de restaurant rencontre un immense succès ! Comment expliquez-vous cet intérêt si rapide ?

— Je pense que la nouveauté et l'aspect éphémère du concept sont des points qui plaisent à notre clientèle. La sensation de participer à un événement unique contribue grandement à leur enthousiasme.

— Quelle clientèle visez-vous ?

— Nous n'avons pas de profil établi, ces restaurants sont destinés à tous.

— Et quel est votre plan de communication ?

— Le principe, c'est de communiquer sans communiquer justement… Je vois dans vos yeux que cela vous intrigue !

— Et est-ce que vous voyez aussi dans mes yeux que je ne serais pas contre une explication en tête à tête ?

Le public applaudit, emballé par l'attitude provocante de Megyn. C'est son petit jeu habituel, donc je ne réagis pas et continue mon discours.

— Le but n'est pas de faire zéro communication, mais de semer quelques indices ici et là, relayés par des personnes triées sur le volet.

— Des personnes qui connaîtront donc le lieu de l'événement ?

— Non, enfin si, mais au tout dernier moment. Aux clients de se rendre disponibles si l'expérience les intéresse.

— Je comprends mieux. Fin octobre, vous avez inauguré votre concept des Pop-up restaurant à Chicago, dans le stade mythique du Wrigley. Pour quelle raison avez-vous choisi ce lieu ?

— Vous n'êtes pas sans savoir que je suis un grand fan de base-ball et surtout de cette équipe. Je voulais un lieu original pour le lancement.

— C'est la seule raison ?

Je vois à son sourire qu'elle a fait ses recherches. Megyn est une bonne élève et, sans le savoir, elle devient l'alliée de mon plan.

— Vous en voyez une autre ?

Je l'appâte volontairement. Elle se redresse sur son siège, flairant le scoop. Je suis d'habitude très avare sur les confidences et les journalistes savent que je ne parle jamais de ma vie privée.

— Une femme, peut-être ? tente-t-elle.

C'est presque trop simple.

— Vous n'y allez pas par quatre chemins !

— Votre temps sur le plateau est compté, je cherche à en apprendre le maximum.

— Alors, en toute honnêteté : oui.

Elle s'esclaffe, presque hystérique.

— Oui ? Et vous nous annoncez ça comme ça, l'air de rien ! Vous n'avez donc aucune pitié pour nous ?

Mes doigts pianotent sur mon genou. Je me force à garder une expression neutre et à retenir le sourire qui me vient naturellement. Parler d'Aubrey a toujours cet effet-là sur moi.

— Il va falloir être plus précis, Jace. On veut tout savoir.

Je prends mon temps avant de répondre.

— Il n'y a pas grand-chose à dire. J'avais besoin de la voir pour discuter, j'ai donc concilié les deux.

— Discuter ? Je ne vous crois pas ! Peut-on savoir qui est l'heureuse élue ?

— Je crois que vous en savez déjà trop.

— Vous êtes conscient que tous les journalistes du pays vont chercher à découvrir l'identité de cette fameuse jeune femme ? Elle habite donc à Chicago ?

— Je prends le risque.

— Pensez-vous qu'elle nous regarde en ce moment ?

— C'est peu probable.

Je n'en dis pas plus volontairement.

— Vous ne nous dévoilerez donc rien de plus ? Est-ce qu'un jour vous reviendrez nous voir avec elle ?

— J'espère bien !

Seulement, pas tout de suite... Il va déjà falloir qu'Aubrey me pardonne. Ensuite, je compte bien informer le monde entier que l'idée des Pop-up restaurants est la sienne.

Une demi-heure plus tard, alors que je monte dans ma voiture, je reçois un appel de Stan.

— Dis-moi que c'est bon, Stan.

— Tu ne veux pas respirer deux secondes et me laisser parler ?

Je l'imagine très bien lever les yeux au ciel. Aubrey avait raison lorsqu'elle me disait que ce type est un comédien-né.

— Je t'ai laissé toute la journée d'hier, je te signale.

— Au cas où tu aurais oublié, tu m'as filé une tonne de boulot.

— C'est toi qui m'as conseillé d'être original si je veux espérer qu'Aubrey me pardonne !

— Je ne pensais pas que ton plan impliquerait de me faire travailler jour et nuit !

— Arrête tes conneries, tu adores ça ! Alors, tu l'as ?

Il reste silencieux, faisant durer le suspense exprès pour mettre mes nerfs à rude épreuve.

— Stan, magne-toi si tu ne veux pas que je finisse par péter un plomb !

— Oui, c'est bon. Je te l'envoie.

— Sérieux, tu as réussi à avoir le numéro de M. Lindle ?

— Ça n'a pas été très difficile. Votre ancien prof de littérature travaille toujours dans votre lycée de ploucs !

— Génial, je l'appelle dès que j'arrive chez Good-up. Tu sais ce qu'il te reste à faire ?

— Oui, étant donné que tu me l'as répété une centaine de fois.

— Et donc...

Je l'encourage afin de m'assurer qu'il a bien saisi l'importance de son rôle.

— Convaincre Aubrey d'aller séjourner chez ses parents dans deux semaines, dit-il comme un môme qui réciterait sa leçon à son prof.

— Parfait !

— Deux semaines, Jace ! Tu te rends compte de ce que tu me demandes d'accomp…

— Merci, Stan !

Je le coupe, sachant pertinemment qu'il va me demander un délai supplémentaire. C'est hors de question : ces deux semaines s'annoncent déjà comme étant les plus longues de ma vie.

# 26

*Aubrey*

*Février*

Je plisse les yeux et agrandis la photo. Fermer cette stupide page Internet serait la meilleure chose à faire, la plus mature sans aucun doute, sauf qu'une femme amoureuse et blessée est tout sauf raisonnable. J'ignore la petite voix qui me supplie de m'épargner ça et je passe au crible le duo glamour, cherchant, avec la précision d'un expert, le moindre indice d'une quelconque relation. Chaque signe est plus douloureux que le précédent.

Sourires radieux : aïe

Visages heureux : aïe.

Regards pétillants : double aïe.

Main de Jace sur la hanche de cette illustre inconnue : triple aïe.

Je grimace. Malheureusement, c'est plutôt limpide. La légende est d'ailleurs sans équivoque :

*Jace Adam, la nuit dernière, lors du New Kids York Gala, accompagné de sa nouvelle conquête.*

Agacée par ma réaction, j'envoie valser mon portable qui rebondit sur la couette douillette rose bonbon et fixe, pendant de longues secondes, les petites étoiles fluorescentes collées au plafond de ma chambre d'adolescente. Le « il n'allait pas rester célibataire toute sa vie » derrière lequel je me retranche n'apaise pas ma déception, au contraire, il accroît même le trou béant dans ma poitrine. Le constat est douloureux et impitoyable : Jace a tourné la page. À quoi je m'attendais ?

Je soupire, dépitée : Exit la naïve Aubrey.

Pourtant, sa dernière interview sur le plateau du Today Show laissait sous-entendre que tout n'était pas fini, enfin c'est de cette façon que j'avais choisi d'interpréter ses mots. Que des paroles en l'air ! Je n'ai pas suivi l'émission en direct et je me suis bien gardée d'en parler avec Stan, Jess et Harper. Son nom était déjà sur toutes les lèvres au stade et même mes collègues s'accordaient à parler à longueur de journée de son charisme et son nouveau concept de restaurant génial. Je n'avais pas besoin de m'infliger ce calvaire. Il faut dire que sa dernière visite à Chicago n'est pas passée inaperçue. L'avantage ? Ça nous a fait une sacrée publicité gratuite pour le stade.

N'oublions pas que les Pop-up restaurants sont avant tout mon idée. Les « Aubrey's pop » comme aime les appeler Stan. Malgré tout, je n'ai pas pu me résoudre à signer le contrat que Jace m'a apporté en octobre. C'était trop facile. Une simple signature était-elle censée effacer toute la douleur qu'il m'avait infligée ? Mon entêtement ne l'a pas découragé et début janvier j'ai reçu un chèque. La lettre d'accompagnement rédigée par son service financier stipulait qu'il s'agissait de ma rémunération en tant que consultante extérieure. D'après le montant, Good-up avait réalisé d'importants bénéfices grâce à la soirée du Wrigley.

Jace et Stan sont désormais associés et mon ami est même devenu son styliste attitré. Je suis fière de sa réussite, mais étonnée qu'il n'ait pas cherché à évoquer son rôle dans le projet ni à me cuisiner à propos de cette interview. Est-ce que c'est à Jace que va sa loyauté maintenant ? Il fut un temps où il m'aurait harcelée de questions pour connaître la moindre de mes pensées. Nous aurions décortiqué cette interview mot par mot. Seulement Stan est resté silencieux et je n'ai pas osé lui avouer que cette émission avait ébranlé ma décision de rester loin de Jace. J'ai eu peur de paraître pathétique. C'est moi qui fuyais toute discussion le concernant depuis des semaines. Comportement idiot quand on sait qu'il hante toujours mes nuits avec son adorable sourire.

Le jour de l'émission, j'ai résisté à l'envie de la regarder mais des tonnes de photos inondaient mon fil Instagram. Après avoir passé en revue toutes les publications sur le sujet, j'ai craqué et trouvé un replay de la matinale. Comment pouvait-il être aussi sexy quand moi j'avais le sentiment d'être devenue une véritable loque ? Il était tellement à l'aise, tellement sûr de lui que j'ai failli céder à la tentation de l'appeler. J'étais prête à lui pardonner, à accepter que nous nous donnions une seconde chance. Mais alors que je déverrouillais mon portable, une petite voix insidieuse m'a fait douter. Comment pouvais-je être sûre qu'il ne recommencerait pas ? Quand il était venu dans mon bureau à Chicago, il avait bien essayé de s'expliquer, mais tout ce qu'il m'avait dit, je le savais déjà. Serena avait orchestré ma chute et, malgré mes tentatives désespérées de lui faire entendre raison, c'était elle qu'il avait choisi de croire. Elle, et pas moi. Que se passerait-il si elle décidait de revenir dans sa vie ? Toutes ces années d'amitié ne pouvaient pas s'effacer aussi facilement et, même s'il avait été catégorique, j'avais du mal à lui faire confiance.

« Je suis venu te chercher » : j'aurais aimé que ce soit aussi simple. Une part de moi espérait qu'il séjourne quelques jours dans ma nouvelle ville d'adoption, mais il s'est envolé dès le lendemain matin pour New York, sans chercher à me revoir. La conclusion s'est donc imposée : sa tentative pour se faire pardonner s'arrêtait là et il renonçait à notre histoire. Je ne valais pas plus que ça à ses yeux. La prise de conscience a été douloureuse, mais au moins, je savais à quoi m'en tenir et pour me réconforter, j'ai parié que Serena serait de retour dans sa vie dans les jours à venir.

Finalement, j'ai presque eu raison, me dis-je avec amertume. Sa mère peut être fière de lui, ce n'est qu'un demi-enfoiré : il a eu la décence de patienter trois mois avant d'afficher sa nouvelle relation et de choisir une autre femme que Serena.

La voix traînante de Lana del Rey interrompt le cours de mes pensées. J'attrape mon téléphone, méfiante. Ces derniers jours, mon pouls s'emballe à la moindre sonnerie. Merci à mon célèbre ex-amant pour sa déclaration lors de son passage dans le Today Show. La présentatrice a eu raison : en révélant mon existence, il a lancé tous les journalistes du pays à mes trousses, et le moins qu'on puisse dire c'est que lorsqu'il s'agit de décrocher un scoop, ils sont redoutables. J'ai rapidement été démasquée et mon nom a été dévoilé comme le scoop de la semaine. J'ai même assisté à la naissance de mon propre hashtag sur les réseaux sociaux (#WHOISAUBREY) !

Une heure après que mon nom est apparu sur Internet, ma vie privée n'était plus un secret pour personne et j'ai dû rassurer mes parents, morts d'inquiétude de me savoir au cœur d'une telle tempête médiatique. C'est ainsi que l'enfer a commencé. Impossible de me déplacer sans qu'un de ces abrutis me colle aux fesses, et je ne parle même pas du harcèlement téléphonique. À l'heure actuelle, ma vie s'apparente à une partie de cache-cache géant où le stade est devenu mon seul refuge. Par chance, personne ne peut y entrer sans accréditation.

Mes journées de travail n'ont jamais été aussi longues et faire des heures supplémentaires dans l'espoir de décourager les journalistes est devenu une habitude, sauf que ces charognards sont infatigables. Ténacité et acharnement, voilà leur marque de fabrique. Ils adorent jouer au chat et à la souris alors je dois sans cesse me montrer plus maligne. Heureusement, j'ai trouvé parmi mes collègues des alliés de taille qui réussissent parfois à faire diversion et me permettent ainsi de rentrer chez moi sans être suivie. Pas plus tard que cette semaine, Richard Artemis a même réalisé l'exploit de me faire sortir en toute discrétion par l'arrière du stade, en conviant tous les journalistes à une fausse conférence de presse. Grâce à lui, j'ai pu me rendre à l'aéroport sans encombre et prendre mon avion en toute tranquillité. Je n'avais pas besoin qu'une horde de journalistes me suive jusqu'à Delsin et envahisse mon havre de paix.

La sonnerie s'arrête et le prénom de Stan disparaît de l'écran de mon téléphone. Je m'en veux de ne pas avoir décroché, mais j'ai peur de trahir mes émotions s'il m'interroge au sujet de Jace. J'ai besoin d'un peu de temps pour me ressaisir et être capable de faire bonne figure. Rongée par la jalousie, je consulte à nouveau la photo de cette femme et Jace. Pourquoi parler de moi en interview pour ensuite s'afficher tout sourire au bras d'une autre ? Aucune info n'a encore filtré sur l'identité de la mystérieuse inconnue et je suis donc réduite, comme les milliers de fans de Jace, à faire des suppositions. Est-ce que poser la question à Stan serait déplacé ? Depuis des semaines, je me refuse à toute indiscrétion et je m'efforce de garder pour moi les questions qui me brûlent la langue, mais ma curiosité ne cesse de grandir. La photo s'efface justement au profit du visage souriant de mon ami. J'inspire et décroche.

— Salut, Stan !

— Salut, ma jolie, comment vas-tu ?

Je décide de mettre les pieds dans le plat sans attendre.

— Pourquoi m'as-tu poussée à venir à Delsin ?

La question me hante depuis ce matin. Était-ce pour m'éloigner de New York et m'épargner de croiser Jace ? Sur sa suggestion, et alors que j'avais prévu de venir me planquer chez lui le temps que cette agitation médiatique se calme, mon ami m'a conseillé d'aller me mettre au vert chez mes parents. Sur le moment, son idée m'a paru bonne, mais je commence à penser que sa proposition n'était pas anodine. Un silence tendu s'installe. Au bout de plusieurs secondes, je vérifie que la communication n'a pas été coupée.

— Il me semble que tu avais besoin de calme. Je me trompe ? dit-il.

Alors, il veut la jouer comme ça ?

— Stan, on n'a même pas parlé de tu-sais-qui.

— Effectivement, Aubrey, mais si ma mémoire est bonne, on n'a pas le droit de prononcer son nom.

Sa voix est froide et distante, comme si le sujet l'agaçait. Je soupire et reprends la contemplation du plafond de ma chambre.

— Tu es toujours là ? demande-t-il d'une voix plus douce.

— Qui est-ce, Stan ?

— Qui ça ?

— Tu sais très bien de qui je veux parler.

— Aubrey, excuse-moi de te dire ça, mais je ne lis pas encore dans tes pensées. Ces derniers temps, j'ai du mal à te suivre.

Je me vexe, sentant la colère et la déception des dernières semaines m'envahir.

— Qui est cette putain de bonne femme avec qui Jace s'affiche ?

— Voilà, tu vois quand tu veux !

Je ne m'attarde pas sur sa pointe de sarcasme.

— Oui, et tant qu'on y est tu pourras dire à ton nouveau meilleur ami que c'est un enfoiré d'avoir parlé de moi aux journalistes et d'avoir fait de ma vie un enfer pour ensuite me zapper comme si j'étais une vulgaire groupie.

Cette fois, le silence qui flotte entre nous est presque palpable. Mon cœur bat la chamade. J'ai enfin vidé mon sac. Sauf que, au lieu d'être soulagée, je me sens horriblement mal. Ma réaction est injuste envers Stan. Il a toujours été là pour moi, sans oublier que c'est moi qui l'ai forcé à accepter de collaborer avec Jace. Il a passé trop de nuits blanches sur ses croquis pour les laisser dormir dans un coin. C'était hors de question qu'il paye les pots cassés de ma vie sentimentale. Je suis une adulte, et je dois être capable de faire la part des choses entre ma rupture avec Jace et mon amitié avec Stan. Pourtant, la Aubrey immature et jalouse a en travers de la gorge le fait qu'ils soient devenus si proches.

Stan laisse échapper un long sifflement rageur.

— Nouveau meilleur ami ? Qu'est-ce que tu me reproches au juste, chérie ?

— Rien, excuse-moi, dis-je d'une petite voix. Je ne sais pas ce qui m'arrive, je crois que toute cette histoire me fait péter les plombs.

— Qu'est-ce qui se passe, Aubrey ? Tu avais dit que ça ne te dérangeait pas que je m'implique dans les Aubrey's pop.

— Ne les appelle pas comme ça, s'il te plaît.

— Écoute, tu devrais l'appeler. Il a des choses à te dire.

— Tu es de son côté, alors ?

— Je ne suis du côté de personne. J'essaie de trouver ma place dans votre bordel et, crois-moi, ce n'est pas facile. J'ai presque dû me battre avec lui quand il a menacé d'aller étriper le type de la photo.

— Quel type ?

— Je ne sais pas qui c'est. Ton collègue, le grand brun, celui qui était à côté de toi sur la photo que tu m'as envoyée quand tu as passé la soirée au Mojito bar. Jace jugeait qu'il était beaucoup trop près de toi.

— Pourquoi tu la lui as montrée ?

— Il s'inquiétait pour toi. J'ai simplement voulu le rassurer en lui prouvant que tu allais très bien.

— J'essaie, mais c'est dur.

J'inspire et ferme les yeux pour enrayer la montée d'émotions et retenir le flot de larmes qui menace de céder.

— Il me manque.

Ma voix est presque inaudible. Je ne suis moi-même pas sûre d'avoir parlé à voix haute. Je me pince l'arête du nez, perdue.

— Tout le temps, Stan. À chaque minute. Il n'y a pas une seconde où je ne regrette pas ce qui s'est passé, mais comment surmonter cette histoire ? Comment accepter le mal qu'il m'a fait ?

— Est-ce que tu te sens capable de lui pardonner ?

— Oui… non… je ne sais pas !

Stan émet un petit rire étouffé et je me sens aussitôt stupide.

— Laisse tomber, je suis fatiguée. Je ne gère pas très bien tout ce cirque, je…

— Tu es toujours amoureuse.

Son commentaire réveille mon ego malmené.

— Évidemment que je suis toujours amoureuse ! Si tu savais… j'ai vraiment l'impression d'être la dernière des idiotes.

— Pourquoi ?

— Pourquoi ? Tu oses me le demander ? Je vais te dire pourquoi, Stan. Je suis là à broyer du noir pendant que lui s'affiche devant les journalistes avec cette sublime jeune femme. Certes, ce n'est pas Serena, mais ça ne m'empêche pas d'être jalouse.

— C'est ma sœur.

— Quoi ?

Sa révélation me fait l'effet d'une gifle. Une nausée soudaine et violente monte dans ma poitrine. C'est ça, le goût de la trahison ? Je me redresse, prête à vomir.

— Et elle est lesbienne.

*Quoi ?*

Merci pour l'ascenseur émotionnel. Je pose la main sur ma poitrine pour essayer de calmer mon pauvre cœur.

— Il avait besoin d'une cavalière. Yasmine était dispo et elle me devait un service. Bon, je n'ai pas vraiment eu besoin de me mettre à genoux.

— Tu as une sœur ? Pourquoi tu n'en as jamais parlé ?

— On était en froid à cause de ce service qu'elle me devait. Bref, j'ai ravalé ma fierté pour aider Jace et lui trouver une cavalière sexuellement inoffensive.

Sa précision me tire un léger sourire, le premier depuis des jours.

— Tu lui manques aussi, ajoute-t-il, plus sérieux. Il ne t'a pas oubliée comme tu as l'air de le penser. Il passe son temps à parler de toi. On va finir par péter un câble, Harper et moi, s'il continue. Il devient insupportable !

— J'ai du mal à te croire. Il n'a pas essayé de me joindre depuis sa venue à Chicago. Pas une seule fois.

— Bon sang, Aubrey, tu l'as bloqué !

— Je l'ai débloqué.

Je grimace. C'est vrai que je me suis bien gardée d'en parler à qui que ce soit. J'ai débloqué son numéro et son profil Instagram à la suite de l'émission. J'étais curieuse de voir s'il m'avait appelée ou s'il allait le faire. Rien, mis à part un message qui datait du mois d'août.

Nouveau sifflement de Stan.

— De mieux en mieux. Et comment pouvait-il le deviner ?

— Stan, cette histoire me rend folle.

Quelqu'un frappe à la porte de ma chambre et le visage rassurant et souriant de ma mère apparaît. Stan a eu raison de me conseiller de venir chez eux car depuis mon arrivée, je me fais chouchouter. C'est un peu étrange de me retrouver dans ma chambre d'adolescente, mais c'est loin d'être désagréable. J'ai d'ailleurs vite repris mes marques et j'ai même croisé Amber, mon amie d'enfance, au supermarché. Nous sommes allées boire un café hier pour rattraper le temps perdu et nous raconter nos vies. Elle a quitté Delsin il y a des années, mais est revenue pour une occasion spéciale. Elle est restée évasive et je n'ai pas osé me montrer indiscrète.

Pour l'instant, je profite de ces quelques jours de vacances liés à la basse saison de base-ball, même si je ne vais pas pouvoir me planquer au fin fond de l'Illinois indéfiniment. Ça fait déjà une semaine que je suis là, et le risque qu'un abruti monnaie l'information est de plus en plus grand. De toute façon, il faudra bien que je retourne à Chicago un jour.

Le portable à l'oreille, je demande à Stan de patienter car ma mère m'appelle.

— Chérie, on te demande au téléphone.

Ma tension grimpe en flèche. Ont-ils déjà réussi à débusquer le numéro de mes parents ?

— Qui ça ?

J'attends sa réponse, le cœur battant.

— Ton ancien prof de littérature, M. Lindle.

Oh ! M. Lindle ! J'adorais ce prof

— Pas trop tôt, murmure Stan.

— J'arrive dans deux minutes, dis-je à ma mère, juste le temps de dire au revoir à mon ami.

Puis, à l'attention de Stan :

— Tu as dit quelque chose ?

— Absolument pas.

Son ton amusé, un brin excité, ne m'échappe pas.

— Tu me caches quelque chose ?

— Tu me connais si bien, Aubrey, que c'en est presque frustrant. Bisous, ma toute belle, on s'appelle bientôt !

Et il raccroche sans me laisser le temps de répondre.

# 27

Je me gare et reste immobile quelques minutes, prisonnière des souvenirs de mon adolescence. Étonnant comme notre esprit a cette capacité à se replonger aussi facilement dans les méandres du passé à partir d'un simple détail. Étrange aussi, car sept ans se sont écoulés depuis la dernière fois que j'ai mis les pieds ici et pourtant, c'est comme si j'avais fermé les yeux à peine une seconde. Comme si rien n'avait changé et que je sortais de la voiture de ma mère, mon sac à dos sur l'épaule, prête à conquérir le monde du haut de mes dix-huit ans. Je m'extirpe de la petite Ford familiale, en imaginant retrouver l'effervescence de début de journée des établissements scolaires. J'avance lentement vers l'entrée, guidée par le brouhaha imaginaire des adolescents. J'arrive presque à entendre leurs rires, les discussions puériles des pom-pom girls, les grognements agacés des intellos, les disputes stupides et immatures de certaines filles ou encore les pleurs provoqués par la révélation de nouvelles rumeurs. En approchant du large perron, je remarque que l'énorme banc est toujours là. Je me demande si c'est encore le QG des footballeurs. Peu importe l'heure qu'il était, il y avait toujours au moins trois ou quatre membres de l'équipe autour de ce banc, en train de ricaner ou de s'insulter. Je ne sais même pas s'ils allaient en cours ! Je caresse le dossier du bout des doigts et examine le bois. La rumeur disait qu'ils y inscrivaient le prénom des filles faciles, celles qui acceptaient de coucher avec eux dès le premier soir. Liste dont je ne faisais bien sûr pas partie. Ce n'était pas mon genre. Amusée, je ne résiste pas à l'envie de grimper sur le banc et de m'asseoir sur le dossier, les pieds sur l'assise, goûtant ainsi à cette forme de popularité qui nous était interdite. Amber et moi en avons toujours rêvé, sans jamais oser nous le permettre. Combien de fois nous sommes-nous imaginées, installées au milieu d'eux à plaisanter et à rire ? Ils étaient populaires, nous ne l'étions pas. À leurs yeux, nous étions sans intérêt.

Perchée sur mon banc, j'observe le parking en me replongeant dans cette période heureuse avec mélancolie. Tout est passé tellement vite. Je me souviens parfaitement du défilé ininterrompu des bus scolaires, des voitures et des vélos. Je vois encore certains élèves arriver en courant de peur d'être en retard pendant que d'autres se faisaient sermonner car ils ne se pressaient pas. Les couples bras dessus, bras dessous qui fendaient la foule avec assurance, les intellos du club d'échecs qui cherchaient à recruter de nouveaux joueurs, et parmi eux : Amber et moi.

Je me souviens même de notre dernier jour. Elle s'était arrêtée sans prévenir au milieu des marches. J'avais presque failli lui rentrer dedans.

— Et si on se perdait de vue, Aubrey ? avait-elle murmuré, la voix chargée d'émotion.

J'avais haussé les épaules. Elle était beaucoup trop sentimentale. Selon moi, il n'y avait aucun risque qu'une telle chose arrive. J'avais ri et l'avais entraînée vers le parking où nos amis nous attendaient. David organisait une *pool party* pour fêter la fin du lycée et le début des vacances. J'espérais qu'il me déclare enfin sa flamme. C'était ma seule et unique priorité du moment, loin devant les inquiétudes d'Amber.

— Bien sûr que non, les vraies amies ne s'oublient jamais, lui avais-je répondu.

Quelle naïveté ! J'en suis consciente aujourd'hui, mais à cette époque, je n'imaginais pas ma vie sans Amber et même si nous avions choisi des universités différentes, j'étais persuadée que rien ne changerait. Seulement la vie en avait décidé autrement et, au fil des mois, nous nous étions peu à peu éloignées jusqu'à se perdre de vue complètement. Pas de dispute, juste l'effet du temps et de l'éloignement. Chacune de nous a construit sa vie, oubliant nos promesses d'amitié éternelle.

Je suis un peu en avance alors je décide de profiter quelques instants encore de la douceur du début de soirée. M. Lindle m'a proposé de lui rendre visite pour discuter comme au bon vieux temps. Dire que son appel m'a surprise est un euphémisme, mais je crois que ce n'est rien comparé au fait de savoir qu'il enseigne toujours ici. Apparemment, il a appris que j'étais en ville et n'a pas résisté à l'envie de prendre de mes nouvelles. Comme j'ai toujours apprécié ce prof, je n'ai pas cherché à comprendre. Nous avons rapidement discuté de mes différentes expériences professionnelles au téléphone, puis il m'a suggéré de passer le voir ce samedi. Une soirée était organisée pour les dernière année et il était réquisitionné pour jouer les chaperons. J'ai accepté avec plaisir, n'ayant rien de spécial de prévu. Peut-être qu'Amber serait partante pour aller boire un verre après ?

Je déverrouille l'écran de mon téléphone et essaye d'appeler Stan. Depuis notre dernière conversation, je n'ai pas réussi à le joindre. Nous avons échangé quelques messages et j'ai fini par avoir l'étrange sentiment qu'il m'évitait. Dans son dernier SMS, il mentionnait une commande de dernière minute qui l'obligeait à travailler jour et nuit, sans être plus précis. J'ai cherché à en savoir plus, mais mon message est resté sans réponse

Plus tard, il a posté sur Instagram la photo d'une très jolie plume grise, avec pour légende : « À une plume du passé ». Qu'est-ce que ça pouvait bien vouloir dire ? Stan n'était pas du genre mystérieux. Il y avait une quinzaine de commentaires, dont un de Harper avec des emojis coupes de champagne. Encore plus dingue : Jace l'avait liké. Ils semblaient partager un secret ou une bonne blague. Je me suis sentie exclue. La jalousie m'a poussée à naviguer sur le profil de Jace alors que je me l'interdisais depuis des semaines. Sa dernière publication a particulièrement attiré mon attention. À croire qu'ils s'étaient passé le mot ! Des lettres majuscules noires sur fond blanc indiquaient : « *PRIVATE* ». Il n'y avait aucune légende. Un lien existait sûrement entre ces deux posts énigmatiques, mais j'étais incapable de mettre le doigt dessus.

Je relève la tête alors qu'un petit groupe d'élèves passe devant moi en riant, joyeux et insouciant. Je les regarde avec un mélange d'envie et de nostalgie. Tout était tellement plus simple à cette époque. Ils me saluent puis disparaissent à l'intérieur de l'école. J'examine à nouveau la photo de Jace, essayant d'en découvrir le sens caché. Soudain, je comprends. Mais bien sûr ! Pourquoi n'y ai-je pas pensé plus tôt ? Jace et Stan communiquent tout simplement à propos du futur pop-up restaurant. La prochaine soirée doit être imminente. Fière de les avoir démasqués, j'appelle le Brooke's bar pour vérifier ma théorie. Harper est forcément au courant de quelque chose.

— Salut, Tom, c'est Aubrey !

Mon ancien patron ne cache pas sa joie et m'accapare pendant quelques minutes. Je discute avec plaisir, ravie d'avoir de ses nouvelles et rassurée de savoir que je lui manque. En quittant New York, j'ai laissé beaucoup de monde derrière moi et je comprends seulement aujourd'hui à quel point ces personnes étaient essentielles à mon bonheur. Sans eux, ma vie me semble triste et monotone.

Certes, j'ai fait de nouvelles rencontres à Chicago, mais pour être honnête, je ne cherche pas à m'investir dans ces relations, un peu comme si je savais déjà que cette situation était temporaire.

— Je te passe Harper. Ne la retiens pas trop longtemps, il y a foule ce soir.

— Promis !

Je l'entends appeler mon amie et prendre sa voix de patron exigeant.

— Pas trois heures, Harp !

Je distingue des bruits étouffés. Je parie qu'elle vient de lui rentrer dedans exprès pour se venger. Ils me manquent tellement.

— Salut, Aubrey ! Quoi de neuf ?

Je ne perds pas une minute.

— Est-ce que Stan est devenu un des relais de communication des Pop-up ?

Ma question la fait rire.

— C'est gentil de demander, Aubrey, je vais bien, merci. Pas mal de boulot, mais je m'en sors.

Je lève les yeux au ciel.

— On s'est parlé ce matin ! Je sais déjà tout ce qu'il y a à savoir sur ta vie, enfin sauf si tu as enfin décidé de rejoindre Liam sur la côte ouest.

Contre toute attente, mon amie – au cœur prétendument solitaire – est folle amoureuse d'un mec qui a participé au même concours de barman qu'elle. Après toutes les épreuves qu'elle a traversées, je suis très heureuse pour elle.

— Toujours pas.

— Sérieux ? Je croyais que le sexe était exceptionnel avec lui !

— Et alors ?

— Tu adores le sexe !

Elle grogne, certainement parce qu'elle sait que j'ai tapé juste.

— Quelle était ta question, déjà ?

— Est-ce que l'inauguration d'un nouveau pop-up se prépare ?

— Hum hum.

— Ce n'est pas une réponse, ça ! J'ai vu ton commentaire sous la photo de Stan.

— Intéressant. Dois-je en déduire que tu es de retour dans le monde virtuel ?

— Et pourquoi Jace a liké ton commentaire ? Tu es au courant de quelque chose ? Lui aussi a posté un truc bizarre.

J'écope d'un rire moqueur en guise de réponse.

— Harper !

— Je ne peux rien dire, chérie, désolée… Par contre, je suis ravie d'entendre que tu t'intéresses de nouveau à Jace !

Je me braque, agacée par sa conclusion.

— Je ne m'intéresse pas à lui. Je voulais simplement vérifier ma théorie.

— Mais bien sûr ! J'ai comme l'impression que je ne suis pas la seule à ne pas être totalement honnête à propos de mes sentiments.

— J'en étais sûre ! Alors tu as déjà programmé ton déménagement ?

— Et toi ? Est-ce que Jace est à nouveau dans la course ?

Je devine son sourire au travers de ses paroles. Mon cœur s'emballe à l'idée de le laisser revenir dans ma vie. Je reste silencieuse, cherchant mes mots. Révéler mes intentions à voix haute me fait peur. Je n'ai aucune idée de comment je vais m'y prendre. L'appeler serait un bon début, mais j'ai la trouille d'être ridicule. Et si Stan se trompait ? S'il avait bel et bien tourné la page ?

— Je t'entends cogiter d'ici, Aubrey ! Arrête de te prendre la tête, écoute ton cœur. Ça arrive à tout le monde de faire une connerie. Je l'ai vu, il est aussi perdu que toi et je peux t'assurer une chose : il est dingue de toi. Ce mec t'a dans la peau, toi et pas une autre. Alors ravale ta fierté, digère le coup tordu de cette salope de Serena et laisse-lui une chance de se rattraper.

Son discours d'encouragement me touche. Les larmes me montent aux yeux.

— Et puis, c'est quand même con d'avoir chopé un mec qui est capable de t'envoyer au septième ciel et de le laisser filer. Fonce, ma belle, tu as le droit d'être heureuse.

— Merci, Harp.

— À ton service, ma chérie ! Je dois y retourner. Tom n'arrête pas de s'agiter autour de moi, il va bientôt me faire une retenue sur salaire.

Au loin, j'entends Tom se défendre et crier qu'elle ment. Je ne suis pas surprise qu'elle préfère écourter notre conversation. Harper a tendance à fuir les grandes déclarations sentimentales. Elle est pudique et préfère souvent jouer la carte de l'humour pour échapper aux discussions trop sérieuses.

— D'acc, bon courage. Hé, Harp !

— Yes ?

— Ne laisse pas Liam mariner trop longtemps.

Son rire mélodieux efface mes doutes.

— T'inquiète, je compte aller le voir ce week-end pour lui annoncer la bonne nouvelle !

Puis elle raccroche sans me révéler aucun détail. La peste, elle ne perd rien pour attendre !

M. Lindle n'a pas changé. C'est toujours le même avec sept années de plus et quelques cheveux grisonnants. Nos retrouvailles restent simples, à l'image de son naturel et de sa bonne humeur. Il me pose beaucoup de questions sur mon parcours universitaire et semble être sincèrement intéressé par les projets que j'ai pu mener. Alors qu'il regarde discrètement sa montre, je décide de le libérer.

— Je vais y aller. Si ma mémoire est bonne, vous êtes censé aller embêter ces pauvres élèves et jouer les rabat-joie ! Quel est le thème de la soirée, cette année ?

Il me répond en me regardant droit dans les yeux.

— Seconde chance.

— « Seconde chance » ?

Je hausse les épaules en riant.

— C'est un peu bizarre ! Et ça ressemble à quoi ?

Il sourit et se dirige vers une armoire. Il récupère une boîte et me la tend.

— Le mieux, c'est d'aller voir par vous-même.

Je le regarde sans comprendre pendant qu'il m'encourage à prendre le carton.

— Allez, mademoiselle Simpson. Et ne pensez même pas à vous échapper par la fenêtre, nous sommes toujours au deuxième étage et je suis presque sûr que vos aptitudes en sport n'ont pas changé !

Mes yeux passent du carton à mon ancien professeur, cherchant une explication. Il n'ajoute rien et ouvre la porte de la salle de classe. Il reste sur le seuil pendant quelques secondes, comme s'il me laissait le temps d'assembler les pièces du puzzle.

— Les toilettes sont juste en face. Je vous invite donc à vous changer rapidement et ensuite, je pourrai vous accompagner.

— Où ça ? dis-je dans un murmure, tremblante.

Il ne répond pas et me fait un signe de tête m'intimant de me presser.

*Jace*

Elle est en train de se changer.

L'heure de vérité.

On y est.

Enfin.

J'inspire profondément en lisant le message de M. Lindle. Le rallier à ma cause n'a pas été aussi difficile que je l'imaginais. Évidemment, comme il est prof, j'ai été contraint d'expliquer ma démarche, en d'autres termes, j'ai dû ravaler ma fierté et admettre que je cherchais à me faire pardonner et que j'avais été un véritable abruti. Par chance, il m'a toujours apprécié et au fond, je crois qu'il était ravi qu'une injustice, même vieille de dix ans, soit enfin réparée. À l'époque de la soirée Gatsby, il avait laissé Aubrey s'effacer à contrecœur, sans cacher son désaccord. Serena et moi en avions pris pour notre grade et, à plusieurs reprises, il était venu me voir, insistant sur la nécessité qu'Aubrey participe à cette soirée.

— Il faut rendre à César ce qui appartient à César, et à Dieu ce qui est à Dieu.

Aubrey Simpson n'avait rien de Dieu ni de César, c'était une jolie fille de quatorze ans qui ne cherchait pas à se faire remarquer. Avant ce concours, je n'avais d'ailleurs jamais entendu parler d'elle. Après cette histoire, j'avais eu droit à une série d'œillades noires et de majeurs levés de la part de son amie Amber. Finalement, c'est presque elle que j'ai eu le plus de mal à convaincre de venir ce soir.

Je vérifie que tout est prêt et réponds au message de M. Lindle, le cœur battant. Ryan réajuste son nœud papillon, se fend d'un large sourire et me tape dans le dos en signe d'encouragement.

— Ça va l'faire, mon pote. On se voit tout à l'heure, je vais aller pervertir M^lle^ Siveri.

Discrètement, il ouvre sa veste et me montre une flasque d'alcool. Je lève les yeux au ciel, c'est du Ryan tout craché.

— Merci d'être venu.

— Merci de rendre mon fantasme possible. J'ai toujours rêvé de coucher avec une prof.

— Parce que tu ne l'as jamais fait, peut-être ?

Il se contente de me répondre par un clin d'œil. Je ne suis pas dupe, il peut me servir n'importe quelle excuse, je sais qu'il est là pour moi, au cas où mes plans ne se dérouleraient pas comme prévu.

— Évite de te faire choper par le principal. N'oublie pas que M^lle^ Siveri est là pour surveiller les élèves.

— C'est pas une bande d'ados boutonneux qui va m'arrêter !

Nous contemplons la salle en silence. Ce soir, les dernière année sont un peu plus d'une centaine. Les faire adhérer à mon projet a été un jeu d'enfant. Mon nom y est pour beaucoup, c'est vrai, mais je sais aussi d'expérience qu'à cet âge-là, on ne passe pas à côté d'une fête, même si le thème, la décoration, la musique et les tenues sont imposés. Sur ce dernier point, Stan risque de m'en vouloir un moment, même si, sous ses airs agacés, je suis sûr que l'idée lui a plu. Il aurait simplement voulu en être l'instigateur ! Stan est impulsif, il s'énerve vite, mais en travaillant avec lui j'ai appris à canaliser son tempérament explosif. Il a eu beau se plaindre, il ne s'est pas fait prier et je le soupçonne d'en avoir rajouté pour que je lui sois redevable à vie. Ce qui va certainement être le cas !

Pour cette mission, je lui ai fait entière confiance. Il a récupéré, avec l'aide du lycée, la liste des participants, leur taille et leur poids, puis s'est mis en quête de costumes trois pièces pour les garçons et de robes pour les filles. Ma seule condition a été la variété. Il n'était pas question qu'ils soient tous habillés de la même façon. Nous avons ensuite consulté les archives photo de l'époque pour que la soirée ressemble au maximum à celle qu'Aubrey avait imaginée.

Je savais que Stan pouvait être difficile. Mais j'ai découvert qu'il est bien plus que ça : c'est un perfectionniste. Et son niveau d'exigence a atteint des records lorsque nous avons commencé à évoquer la robe d'Aubrey. Il avait une idée arrêtée du modèle – tout comme moi – sauf que je n'ai pas eu voix au chapitre malgré mes tentatives pour donner mon avis.

— Sa robe doit avant tout être élégante. Un vert très foncé serait parfait, ai-je lancé un soir.

Stan m'a regardé d'un air méprisant avant d'énumérer avec emphase les caractéristiques emblématiques des robes type Charleston :

— Noire, classique, sobre, glamour, bling bling. Cette robe sera tout ça à la fois. Elle sera ornée de strass, de paillettes, de plumes et de perles, rien de moins. Pour le tissu, je vais choisir du satin et pour la coupe, un modèle court évidemment. Aubrey a des jambes magnifiques.

— Et je le sais mieux que personne !

Il m'a ignoré et a continué à détailler tous les aspects de la robe.

— Ajustée sans être trop moulante, confortable et légère. Ah oui, et un magnifique *headband* en dentelle, rehaussé de plumes noires et d'une pierre imitation diamant. L'ensemble sera sublime.

Il m'a accordé une seule concession. La robe serait verte. Après quoi, il m'a mis dehors et je n'ai plus eu droit au moindre indice concernant la tenue.

Un ensemble de spots balaie la piste de danse et éclaire les élèves. Sur les murs, plusieurs guirlandes d'étoiles blanches et noires forment une pluie de lumière élégante et raffinée. Les conversations autour de moi deviennent peu à peu imperceptibles, se transformant en un brouhaha ambiant. Seuls me parviennent les battements de mon cœur. L'excitation se mêle à l'impatience de découvrir la réaction d'Aubrey et de savoir enfin si elle acceptera de me laisser une nouvelle chance. Et si j'avais fait toute cette mise en scène pour rien ? Je m'exhorte au calme, inspirant et expirant doucement. Même l'avant-première à Hollywood du seul film dans lequel j'ai joué ne m'a pas autant stressé.

Je reste en retrait, le regard braqué sur la porte. Je ne veux rien rater de son arrivée et de sa réaction, mais je ne souhaite pas être la première personne qu'elle verra. J'espère qu'elle comprendra que je suis prêt à tout pour me faire pardonner. Autour de moi, les étudiants dansent et rient, inconscient de l'enjeu de cette soirée pour moi. Ils profitent, avec la fougue et l'innocence propres à leur âge.

Soudain, la porte s'entrouvre lentement et Aubrey apparaît enfin, l'air intimidé. La main sur la poitrine, elle s'arrête brusquement, surprise par le tableau qui s'offre à elle. Elle cligne des yeux plusieurs fois, croyant sans doute rêver. Elle est magnifique, et sa robe est belle à couper le souffle. Je lui laisse le temps d'apprécier tous les petits détails. Car jamais je n'ai fait quelque chose d'aussi romantique pour une femme. Jamais.

Elle pivote sur elle-même pour admirer le gymnase, ce qui me permet de la détailler à loisir. Sa robe courte vert saphir – merci, Stan – met en valeur ses longues jambes fuselées. Les franges de tissu caressent sa peau dans un mouvement sensuel qui donne envie à mes doigts d'être à leur place. Elle fait un pas et remarque l'affiche dessinée par les élèves. Elle pose alors sa main sur son cœur, émue. J'ai essayé de reproduire le plus fidèlement possible la soirée qu'elle avait imaginée à l'époque. Sur l'une des photos d'archive, il y avait cette pancarte où était inscrit « Les années folles n'ont jamais été aussi folles ». La formule venait d'Aubrey. Je n'ai donc pas hésité une seconde et j'ai demandé au club de dessin de la reproduire à l'identique, en y ajoutant une précision : « Sur une idée folle d'Aubrey Simpson. » En voyant sa réaction et ses yeux brillants d'émotion, je me félicite. Après une longue minute, elle détourne enfin le regard et balaie la salle des yeux. C'est le signe que j'attendais : elle me cherche.

Et elle me trouve.

*Aubrey*

Jace se tient devant moi dans un sublime smoking noir, trois pièces. Les larmes que je peine à retenir m'empêchent de distinguer correctement l'expression de son visage, mais chaque centimètre carré de mon corps a conscience de sa présence.

« Écoute ton cœur. » Les paroles de Harper ne cessent de résonner dans ma tête, réussissant l'exploit de faire tomber les barrières que j'avais pris soin d'ériger pour me protéger. Les secondes s'égrènent et je dois me faire violence pour ne pas me précipiter vers lui et me blottir dans ses bras. Il m'a tellement manqué.

Le poids de son regard pèse sur moi avec une ardeur intense et je sens le rose envahir mes joues. Ses prunelles me caressent des pieds à la tête, appréciant à n'en pas douter la somptueuse robe cousue main par Stan. Il plisse les yeux puis plante son regard dans le mien pour sonder mon âme et s'assurer que je comprends bien la signification de cette mise en scène. J'essaie de rester impassible et d'ignorer les battements affolés de mon cœur, alors qu'à l'intérieur un flot d'émotions me submerge. La joie, la surprise, la colère, le bonheur, la peur et la douleur s'affrontent sans que je sache laquelle finira par prendre le dessus. « Écoute ton cœur. »

Nous restons immobiles un long moment. Puis une larme roule sur ma joue, et c'est seulement lorsque le goût du sel arrive sur mes lèvres que je comprends : je pleure.

De joie.

De soulagement.

Mais pas de tristesse, seulement d'amour.

Si j'avais encore des doutes sur la sincérité de notre dernière conversation à Chicago et de ses sentiments pour moi, Jace vient de les reléguer au rang de lointains souvenirs. Ne dit-on pas que les gestes comptent plus que les paroles ? Ce soir, j'en ai la preuve évidente, et ce, pour mon plus grand bonheur.

Malgré la musique – une agréable mélodie de Joséphine Baker –, une conversation silencieuse s'opère entre nous, celle du pardon, celle où les mots sont inutiles et où l'émotion qui illumine nos regards est suffisante. Évidemment, nous devrons parler de tout ce qui s'est passé. Évidemment, il nous faudra du temps pour accepter nos failles et pardonner nos erreurs, mais pas maintenant, pas ici, à la vue de tous. Nous le ferons dans l'intimité avec beaucoup de mots doux, de caresses et de baisers.

Je fais taire mes peurs et j'écoute mon cœur. Enfin.

Je prends l'initiative de faire le premier pas. Jace, lui, reste stoïque. Il ne me quitte pas des yeux lorsque j'avance lentement vers lui, lui permettant ainsi de me contempler. Je sais que ma tenue le rend dingue, le tic nerveux qui fait tressauter son œil le trahit. Il serre et desserre les poings comme pour calmer son impatience. Son allure sauvage est un véritable aphrodisiaque et me donne envie de faire encore plus durer le plaisir. Ces retrouvailles sont comme de délicieux préliminaires.

Je m'arrête à une trentaine de centimètres de lui. Mes doigts me démangent de le toucher, pour m'assurer qu'il est bien réel, mais je résiste. J'ai envie de jouer. Juste un peu, pour laisser à mon cœur un instant de répit. Je désigne la pièce de la main.

— Tu te lances dans les Pop-up soirées ?

Je me félicite d'avoir parlé d'une façon claire et audible, sans avoir la voix tremblante. Une fossette apparaît au creux de sa joue. Je suis à deux doigts de craquer.

— Pour de très rares occasions.

Je hausse un sourcil interrogateur. Un sourire se dessine sur son beau visage.

— Et pour une seule personne, précise-t-il.

— Une seule personne ? Huuum, intéressant. Dois-je en déduire qu'il y en aura d'autres ? Des soirées, je veux dire.

— C'est une possibilité que je n'exclus pas. Tout dépend de cette personne. Je dois d'abord connaître son avis.

— Et si ça ne lui plaît pas ?

— Je redoublerai d'efforts. Je suis quelqu'un de persévérant, les obstacles ne me font pas peur. Surtout que la personne en question en vaut vraiment la peine.

Je détourne le regard, le temps de reprendre mes esprits. J'inspire et observe la piste de danse. Les jeunes dansent et s'amusent, profitant avec joie de leur samedi soir. Soudain, ma peau se couvre de chair de poule. Jace vient de franchir la distance de sécurité que nous avions maintenue entre nous. La chaleur de son corps m'enveloppe sans que nous ayons besoin de nous toucher. Je souris, anticipant son prochain mouvement. Son souffle vient chatouiller mon oreille.

— Je t'avais prévenue, Aubrey. Je suis un homme de parole. Je suis venu te chercher et, cette fois, je ne repartirai pas sans toi.

Je frissonne. Son ton rauque, plein de promesses, m'émoustille. Je me laisse aller contre lui, ravie de retrouver la fermeté de son torse et son parfum si envoûtant. Il garde les bras sagement le long du corps alors que je ne rêve que d'une chose : qu'il m'enlace.

— Si nous allions boire un verre ? propose-t-il.

Sans attendre ma réponse, il entrelace nos doigts et m'entraîne vers le buffet, nous faisant slalomer entre les danseurs. Alanguie par la caresse de son pouce dans le creux de ma main, je décide soudain de nous faire faire un détour.

— Où va-t-on ? demande-t-il, surpris.

— Quelque part où il n'y aura pas de chaperon !

La pression de ses doigts se fait plus insistante.

— Aubrey, attends… Je… J'ai plein de choses à te dire…

Je me retourne et découvre un Jace visiblement perdu. Je penche la tête sur le côté et lui souris avec douceur.

— Jace, ne t'inquiète pas, nous aurons tout le temps pour parler. Mais pour l'instant, j'ai besoin que tu m'embrasses et comme je nous connais, il y a de fortes chances pour que ça dérape… Alors il vaudrait mieux qu'on trouve un coin tranquille où personne ne viendra nous déranger, à moins que…

Je n'ai pas le temps de finir ma phrase que nous sommes déjà en train de traverser le couloir à grandes enjambées. Après que nous sommes passés devant plusieurs salles, Jace s'arrête, lève le bras et tâtonne avec sa main sur le rebord situé au-dessus d'une porte pendant une dizaine de secondes avant de trouver ce qu'il cherche et de brandir fièrement une clé.

— J'ai toujours su que tu étais un homme de défis !

Son regard devient lubrique.

— Oh, Aubrey, tu n'as pas idée !

Je suis contente que l'éclairage de la salle de bal soit tamisé car j'ai les joues en feu. Je tente de redonner un semblant de discipline à mes cheveux en priant pour que notre petit interlude soit passé inaperçu. Jace arbore un sourire béat qui contraste avec son expression inquiète d'il y a une demi-heure.

— Maintenant que tu es satisfaite, on va le boire, ce verre ?

Cette fois, je le laisse nous conduire vers le buffet où je découvre avec amusement de grands saladiers transparents, habillés de pancartes noires. Le nom de chaque cocktail a été écrit en lettres stylisées couleur or. Comment a-t-il réussi à reproduire tous les détails de cette soirée ?

— Virgin Bronx, Virgin Sidecar, Virgin Bacardi ou Virgin Old fashion ?

Je souris.

Amber et moi avions passé de nombreuses soirées à faire des recherches Internet. Proposer les boissons softs habituelles n'était pas une option, je tenais à ce que le buffet soit original et ces quatre cocktails incontournables des années 1920 étaient une valeur sûre. Les élèves n'étaient pas des saints et il ne faisait aucun doute qu'ils buvaient de l'alcool en soirée. Je n'avais pas été stupide au point de soumettre l'idée au lycée, bien sûr. La limonade avait donc été ma solution pour remplacer le rhum, et le Coca, l'alcool ambré. J'avais fait quelques essais dans la cuisine de mes parents et les résultats avaient été plus que satisfaisants. Du moins, dans mes souvenirs !

— Je suppose que tu as passé des heures à fouiller dans les archives. Est-ce que M. Lindle a conservé mes dizaines de recommandations ?

— Tes centaines, tu veux dire !

Il me sert un verre de Virgin Bacardi et me le tend.

— Qu'est-ce qui te fait penser que c'est celui-ci que je veux ?

Jace se fige, comme pris en faute. Il répond sans quitter mon décolleté des yeux.

— Tu avais dessiné un petit cœur rouge en face de ce cocktail.

— Mes yeux sont un peu plus hauts, tu sais.

Mon rire interrompt sa contemplation. Ni une ni deux, il relève la tête sans même avoir l'air gêné, bien au contraire, il se permet même le luxe de me faire un clin d'œil. Alors que je tends ma coupe pour l'inviter à trinquer, Ryan sort de nulle part et verse discrètement une goutte de rhum dans nos verres. Je m'esclaffe. Il est la dernière personne que j'imaginais voir à Delsin !

— Ryan ! Qu'est-ce que tu fais là ?

— Surprise ! Je suis venu voir à quoi ressemblait une soirée à la campagne.

Il attrape un verre qu'il arrose copieusement d'alcool et trinque avec moi.

— C'est nettement plus petit que ce à quoi je suis habitué, mais ça se défend. En tous les cas, je ne regrette pas d'être venu…

Il hausse un sourcil, m'invitant à l'interroger.

— Pour… ?

— Mlle Siveri !

Il se penche vers moi et désigne une jolie jeune femme rousse un peu plus loin en train de circuler entre les danseurs.

Jace grogne.

— Ryan… bouge !

Je ris en entendant l'agacement dans sa voix.

— J'ai quand même le droit de dire bonjour à Aubrey.

Il m'embrasse sur la joue puis détaille ma tenue.

— La fameuse robe. Tu avais raison, elle est canon, très sexy !

— Dégage ! le menace Jace.

Ryan lui présente son majeur tout en continuant de me parler. Ces deux-là sont pires qu'un vieux couple. Il me prend par les épaules et poursuit sans s'inquiéter de Jace.

— Franchement, il n'y a qu'un mec raide de sa nana pour faire un truc aussi dingue.

— Ça tombe bien car mon petit doigt me dit que cette nana est aussi folle amoureuse de ce mec.

J'ai à peine prononcé ces mots que je sens le regard brûlant de Jace se poser sur moi, mais je me force à garder les yeux rivés sur son ami.

— Voilà une excellente nouvelle ! Enfin sauf pour…

Il semble réfléchir.

— Pour ?

— Zang.

— Zang ?

— Le Chinois de sa rue, il n'arrêtait pas de…

— Aubbreeeyyy !

Jace a juste le temps de m'arracher mon verre des mains avant que je me retrouve emportée dans une violente étreinte. Une tornade blonde me serre contre elle en me hurlant dans les oreilles.

Amber.

Je ris, émue. Cette soirée est riche en émotions !

— C'est pour ça que tu es revenue à Delsin ?

— Je n'aurais loupé ça pour rien au monde, répond-elle en me faisant un clin d'œil complice.

— Dixit la femme qui m'a raccroché au nez quand je l'ai contactée, intervient Jace.

Elle hausse les épaules, l'air innocent.

— Je n'allais quand même pas te faciliter la tâche.

— Cinq fois, précise-t-il.

Je pouffe.

— Cinq fois ?

— J'étais toujours très en colère contre lui ! Attends, il t'avait quand même piqué ta soirée, bon sang. Ça aurait fait de moi une amie pitoyable si j'avais passé l'éponge aussi vite.

— Amber a toujours été très rancunière, dis-je.

— Merci, je m'en suis rendu compte.

— Donc il y a un rassemblement et personne ne m'invite ?

Je sursaute en entendant la voix de Stan. Je me retourne et découvre mon ami vêtu d'un élégant smoking beige. Je lui saute dans les bras, sans retenir mes larmes. Je sanglote dans son cou acceptant enfin de me laisser aller à l'émotion qui me submerge. J'ai l'impression de ne pas l'avoir vu depuis des mois. Je l'attire à l'écart du buffet.

— Merci, Stan, merci pour tout… Je sais que tu l'as aidé. Je suis désolée de t'avoir crié dessus et d'avoir dit que tu étais de son côté. Je me sentais tellement seule et je crois que j'étais jalouse de votre amitié.

Il me caresse le dos avec tendresse.

— Allez, ma belle, allez… Il me faisait de la peine, tu sais. Il a fini par me convaincre de sa sincérité et de son amour. J'ai essayé de t'aider, mais tu refusais de parler de lui.

— Oui, je sais… Tu es vraiment adorable.

— Je ne te le fais pas dire ! Ce mec est raide dingue de toi, Aubrey, alors fonce. Je pense qu'il a bien compris sa connerie. Il n'est pas près de recommencer !

— Il n'a pas intérêt, dis-je entre deux sanglots.

— Mais oui, ma jolie. Et sinon, il aura affaire à moi. Tiens, au fait, Jess et Arthur t'embrassent. Et avant que j'oublie…

Il recule d'un pas, fouille dans sa poche et sort son portable.

— Souris !

Un énorme flash se déclenche et m'éblouit.

— Stan !

— Pour Harper ! se justifie-t-il.

— Je dois être horrible, dis-je en m'essuyant le nez. Je suis sûre que mon maquillage a coulé.

— C'est rien, tu connais Harp. Elle a été claire, elle veut une photo de ta réaction.

Il mime des guillemets et ajoute :

— En direct live.

Il observe la photo et fait la moue.

— Ça fera l'affaire. Ne me regarde pas avec ces yeux de merlan frit ! Si je ne lui envoie pas, elle va me briser les couilles et entre nous, elle est bien trop flippante pour que je prenne le moindre risque. Je tiens trop à mes bijoux de famille !

Je ris et pleure en même temps. Jace, qui nous a

rejoints, m'attire contre lui. Ses doigts caressent ma peau dans un délicieux va-et-vient. Je ferme les yeux et laisse échapper un soupir de contentement, ravie de retrouver enfin notre proximité. Il m'embrasse sur la tempe. Je passe mon bras autour de sa taille et lève le visage vers lui.

— J'ai l'impression que tu vas avoir une tonne de choses à m'expliquer.

Il acquiesce en souriant.

— C'est certain. Mais si on commençait par danser ? Histoire de se retrouver juste tous les deux.

— Parce qu'on n'a pas déjà passé un peu de temps seuls peut-être ?

Ses yeux s'assombrissent à l'évocation de nos retrouvailles sensuelles. Je fixe ses lèvres avec envie, oubliant le monde autour de nous. Mais une voix autoritaire nous interrompt.

— Ne vous avisez plus de quitter cette salle en catimini, monsieur Adam. Nous sommes là pour veiller au respect des règles. Alors montrez l'exemple !

M. Lindle lève son index en signe de négation puis s'éloigne. Stan le regarde avec curiosité.

— Qu'est-ce qu'il a voulu dire ?

Jace et moi répondons en chœur.

— Rien !

Jace caresse ma joue amoureusement et fixe mes lèvres pendant une éternité.

— Je t'aime, Aubrey, j'espère que ce soir tu l'auras compris.

Il m'entraîne vers la piste, au milieu des jeunes couples qui dansent d'une manière chaste. Lorsque nous arrivons au centre, il me fait tourner délicatement puis me serre tendrement et commence à bouger en suivant le rythme de la musique. Je me blottis contre lui sans retenue, bien décidée à le faire craquer. Cinq petites secondes sont suffisantes pour que ses lèvres glissent le long de mon cou jusqu'à mon oreille, avec langueur et sensualité. Elles effectuent plusieurs fois le chemin, trahissant son désir. Il mordille doucement mon lobe et m'arrache un gémissement de plaisir.

— Est-ce que je suis pardonné ? murmure-t-il.

Il effleure mes lèvres avec douceur et, en guise de réponse, je l'embrasse amoureusement.

# Épilogue

*Aubrey*

*Quinze mois plus tard, mai 2020*

Mon avion atterrit à JFK[1] avec une demi-heure de retard. Je peine à contenir mon impatience et me concentre sur la piste qui défile sous mes yeux en direction du terminal. On y est. Enfin, plutôt, j'y suis.

Lorsque nous recevons l'autorisation de nous détacher, je saute de mon siège, prête à me ruer vers la sortie, sous le regard interloqué de mes voisins qui ouvrent les coffres à bagages. L'avantage d'entretenir une relation à distance, c'est que je voyage léger. J'ai tout ce qu'il me faut chez Jace. Ce qui me fait d'ailleurs penser que bientôt, je vais me retrouver avec toutes mes affaires en double dans un seul et même appartement. Peu importe.

Les hôtesses n'ont même pas le temps de me souhaiter un bon séjour que me voilà déjà en bas de l'escalier. Je traverse le terminal au pas de course et allume mon téléphone en slalomant entre les voyageurs. J'ignore les quatre messages de mon fiancé et me dépêche de lire celui de Stan. Mon ami m'attend au dépose-minute, prêt à m'emmener chez Good-up. Le hall ne m'a jamais paru aussi grand et semé d'embûches, j'évite même in

1. Aéroport John Fitzgerald Kennedy situé à New York.

extremis une valise en sautant par-dessus comme s'il s'agissait d'une haie d'athlétisme. Je passe enfin les portes automatiques et essaie de repérer la Prius noire de Stan. Évidemment, c'est comme chercher une aiguille dans une botte de foin.

— Auuubbreeyy !

Il faut plusieurs secondes à mon cerveau pour comprendre que ce hurlement m'est adressé et encore quelques-unes pour stopper ma course folle. Essoufflée, je me retourne et plisse les yeux. Stan se tient à vingt mètres de moi et me fait de grands gestes. Je fais demi-tour et lui saute au cou, manquant de le renverser.

— J'ai cru voir passer une fusée !

Je ris et l'embrasse sur les deux joues avant de le bousculer pour ouvrir la portière.

— Dépêchons-nous ! Je suis très en retard.

Stan contourne sa voiture sans se presser.

— Ne t'inquiète pas, Ana l'a averti que son rendez-vous était décalé d'une heure. Je te préviens, cela l'a rendu très bougon.

— Bougon ?

Je dévisage Stan, amusée. Il attache sa ceinture avec un petit sourire.

— Le sexe lui manque, ça peut jouer sur l'humeur, tu sais…

Je glousse. Jace et moi ne nous sommes pas vus depuis quinze jours. C'était mon idée et, même s'il m'a atrocement manqué, j'avais besoin de ces deux semaines pour faire mes cartons en toute discrétion.

Mon téléphone se met justement à sonner, et son nom apparaît sur l'écran. Je fais signe à Stan de se taire.

— Salut, chéri !

— Ma puce, enfin ! Où étais-tu passée ? Ça fait des heures que je cherche à te joindre !

— Des heures ? Tu n'exagères pas un peu ?

— Trois, ça fait bien « des » heures, il me semble.

— Ma réunion s'est éternisée, désolée. Tout va bien ?

Pour toute réponse, j'écope de grognements incompréhensibles. Je lève les yeux au ciel. Stan a raison.

— Qu'est-ce que tu marmonnes ? dis-je en souriant.

Mon chauffeur me lance un regard entendu et murmure :

— Je te l'avais dit. Le seeexe !

— J'en ai marre que nous soyons séparés, j'aimerais te voir quand j'en ai envie. Tu ne peux vraiment pas venir avant samedi ?

Je mens avec aisance.

— Je te l'ai dit, j'ai beaucoup de travail et il y a un match demain. Ça ne serait pas professionnel que je m'absente. Et puis, si ma mémoire est bonne, ton agenda est ultra chargé.

— Il le serait moins si j'avais une personne à plein temps pour gérer les Aubrey's pop.

Je ris en l'entendant prononcer ce nom.

— Arrête de les appeler comme ça, on dirait Stan !

— Tu donneras le nom que tu veux à ces restaurants quand tu auras accepté mon offre. Le contrat que je te propose est une véritable aubaine et ça n'a rien à voir avec le fait que tu sois la femme que j'aime. Je sais séparer vie privée et vie professionnelle.

Nous y voilà.

Jace cherche à m'embaucher depuis plusieurs mois. Au début, j'ai refusé en bloc car j'avais besoin de réussir sans être dans l'ombre de mon célèbre petit ami. Voir mon nom affiché dans la presse du jour au lendemain n'a pas été facile à accepter. J'ai trouvé très déstabilisant de découvrir ma vie décortiquée dans les journaux et de tomber sur des photos de moi pas toujours très avantageuses exposées à la une des magazines. Avec le temps, j'ai appris à gérer cet aspect de notre relation, mais les premières semaines, certains articles sont venus mettre à mal ma confiance. Selon ces torchons, Jace me trompait avec une dizaine de mannequins filiformes pendant que je dépensais son argent comme une prostituée de luxe. Tous semblaient avoir du mal à croire qu'un homme aussi charismatique que lui ait pu être attiré par une femme comme moi, simple et sans artifice. Heureusement, ma famille et mes amis ont su trouver les mots pour me rassurer. Jace, quant à lui, a redoublé d'efforts chaque jour pour me prouver son amour et, peu à peu, j'ai fini par m'habituer à cette attention démesurée.

— Tu ne rencontres pas justement une candidate aujourd'hui pour ce poste ?

Je regarde le GPS de Stan. Nous devrions arriver dans quarante-cinq minutes. Plus qu'une petite heure avant de le serrer dans mes bras.

— Si, mais figure-toi qu'elle est en retard. On peut dire que ça ne commence pas très bien. Franchement, il est presque 20 heures, je n'avais pas prévu de rester si tard.

J'essaie de garder mon sérieux.

— Elle a sûrement eu un imprévu, ce sont des choses qui arrivent. Promets-moi de lui laisser une chance. Si ça se trouve, c'est la perle rare que tu attends.

— Je sais déjà qui est la perle rare que j'attends et je peux te dire que ce n'est pas elle.

Il râle comme un gamin à qui on aurait imposé un partenaire de jeux. Je me moque de lui alors que Stan traverse enfin le pont nous permettant de rejoindre le centre de New York.

— On dirait un gros bébé capricieux !

— C'est Stan qui a insisté pour que je la rencontre. Une de ces connaissances, tu parles ! Il ne m'a même pas envoyé son CV, tu imagines ? Je suis censé la recevoir sans rien connaître d'elle. Du Stan tout craché !

Mon ami pouffe à côté de moi, je lui donne une tape pour l'enjoindre à plus de discrétion.

— Rassure-moi, tu connais au moins son nom ?

— Même pas. Il ne voulait pas que je me renseigne sur elle avant. Selon lui, ça aurait altéré mon jugement. Quelle connerie ! Je sens que je vais perdre mon temps.

— Je suis sûre qu'elle est très bien. Stan ne t'enverrait pas n'importe qui. Le connaissant, il doit avoir ses raisons.

— Bébé, je vais te dire, elle ne sera jamais aussi bien que toi. C'est toi que je veux pour ce poste. Toi et personne d'autre. Pourquoi tu ne veux pas l'entendre ? Je suis persuadé que nous formerions une équipe de choc. Tu es le cerveau de ce concept, c'est à toi de le développer.

— Chéri…

— Aubrey, dans quelques mois, nous serons mariés. Il va bien falloir trouver une solution acceptable. Il est hors de question que je vive loin de ma femme !

Depuis une dizaine de jours, le sujet est devenu source de tension. J'ignore son ton agacé.

— Tout ça pour m'avoir à ta disposition, sexuellement parlant !

— Évidemment.

Le timbre chaud de sa voix me fait frissonner.

— Ose me dire que ces milliers de kilomètres entre nous ne te gênent pas !

— L'attente est un excellent catalyseur sexuel.

À côté de moi, Stan fait mine de vomir. Je grimace en signe d'excuse. À l'autre bout de la ligne, Jace poursuit, inconscient de ce qui se trame :

— Promets-moi que nous en reparlerons ce week-end.

— Tu vas encore essayer de me convaincre ?

— Et comme tu le sais, je suis plein de ressources ! Je t'aime, ma puce.

— Je t'aime aussi. À plus tard.

S'il savait… C'est moi qui suis pleine de ressources !

Il y a un mois, j'ai donné ma démission dans le plus grand secret et décidé de le rejoindre à New York. J'ai négocié avec mon employeur pour que mon départ reste confidentiel et éviter ainsi que les médias s'emparent de la nouvelle. Je voulais surprendre Jace. J'y pensais depuis un moment déjà et il m'a suffi d'émettre l'idée pour que Stan prenne les choses en main et m'aide à mettre mon plan à exécution.

L'ascension des vingt-quatre étages me semble durer une éternité. L'accueil a prévenu Jace de mon arrivée en préservant mon anonymat et j'ai été invitée à le rejoindre directement dans son bureau. Parfait.

Lorsque j'arrive, il est au téléphone et contemple la ville, perdu dans ses réflexions. J'en profite pour l'observer et mon cœur se gonfle d'amour car à partir de demain, je me réveillerai tous les jours aux côtés de cet homme magnifique.

Cinq.

Quatre.

Trois.

Deux.

Un.

Je frappe.

Il se retourne et fait un bond de stupeur lorsqu'il m'aperçoit.

— Surprise !

Le sourire qui illumine son visage est unique et, en cinq secondes, il met fin à son appel et fond sur moi. Sans cérémonie, il m'embrasse et la tension qui m'habitait ces deux dernières semaines disparaît. Comme une droguée en manque, je prends mon shoot de Jace et me laisse planer avec délectation. Puis il me plaque contre le mur et ferme la porte d'un coup de pied violent. Il est tellement sexy ! Nous nous embrassons longuement avant qu'il glisse ses doigts sous mon pull. Je frissonne de plaisir. Nous sommes en train de perdre le contrôle et l'un de nous doit retrouver la raison. Je cesse de répondre à ses caresses et pose les mains sur ses joues pour l'immobiliser.

— Tu n'es pas censé me faire passer un entretien ?

Il soupire et pose son front contre le mien. Les yeux fermés, il reprend sa respiration. Mes doigts jouent avec ses cheveux.

— Alors c'est toi, la candidate mystère ? murmure-t-il.

J'embrasse sa joue puis me recule pour échapper à son emprise. Il râle mais ne me retient pas.

— Aubrey Simpson, dis-je en tendant la main. Je viens pour le poste. Merci de me recevoir à cette heure si tardive, j'ai eu quelques soucis de transport.

Il incline la tête, incapable de masquer son sourire, et presse doucement mes doigts. Il me fait signe de m'asseoir et prend place derrière son imposant bureau.

— C'est moi, mademoiselle Simpson, qui vous remercie de mettre votre talent au service de mon entreprise, répond-il en entrant dans mon jeu. Je crois que vous venez de loin. Votre décision est-elle mûrement réfléchie ?

— Elle l'est.

— Je tiens à vous préciser qu'il sera impossible de faire marche arrière une fois votre contrat signé.

— C'est légal ?

— Pas le moins du monde.

Je fais mine de réfléchir et me tapote les lèvres avec mon index.

— Hum… Je pense que cela pourrait me convenir.

Il arque les sourcils, amusé.

— « Pourrait » ?

J'acquiesce, prenant plaisir à minauder et ainsi faire grimper la tension sexuelle déjà palpable.

— Où dois-je signer ?

— Pas si vite ! Je dois d'abord vous faire passer quelques tests.

— Quelle sorte de tests ? Mon ami Stan n'a jamais parlé de …

— C'est d'accord, vous êtes embauchée !

Il se lève d'un bond, le regard intense, attrape ses clés et son portable puis me tend la main. Je ris face à son empressement soudain mais ne me fais pas prier, trop heureuse de retrouver mon homme.

Vous avez aimé
*Bien cordialement, votre employée (complètement folle de vous)* ?
Découvrez les autres comédies romantiques de Caro M. Leene !

Composé et édité par HarperCollins France.

Achevé d'imprimer en juin 2021.

CPI
BLACK PRINT

Barcelone

Dépôt légal : juillet 2021.

FSC
www.fsc.org
MIXTE
Papier issu de sources responsables
FSC® C159065

Pour limiter l'empreinte environnementale de ses livres, HarperCollins France s'engage à n'utiliser que du papier fabriqué à partir de bois provenant de forêts gérées durablement et de manière responsable.

*Imprimé en Espagne.*